燕歌行

卷14

幕後真凶

酒徒 著

目錄

CONTENTS

第一章

浴火涅槃

劉伯溫並沒有背叛他的儒學信仰，
而是換了另外一種方式，讓他的信仰融入新的人間，
而作為劉伯溫的前世崇拜者和這一世摯友，
朱重九則有義務替他完成這個心願，
讓儒學在科學與平等的基礎上浴火涅槃。

「主公聖明，微臣慚愧之至！」張松第一個站起來拱手道。他一直以為朱重九是顧忌名聲，所以不肯下令抓捕那些老儒，此刻才發現，自家主公竟然想得如此長遠。

若論得罪人，整個淮揚大總管府內，除了劉基劉伯溫之外，就屬他張松最多，若是真開了因言罪人的頭，哪怕朱重九對他再信任，最後他也難逃身敗名裂的結局！

「主公此言，微臣必銘刻在心！」陳基、黃老歪等人紛紛表態。

他們的思維局限於時代，但並不代表他們理解不了此後六百年人類智慧的結晶，**不因言以罪人，保護的不是某一個人，或者某一類標新立異者，這條準則是雙向的，約束和保護的是持不同觀點的雙方。**

「主公智慧如海，微臣愧不能及！」劉基這輩子第二次為朱重九所折服。

但接下來朱重九的話，卻讓大夥對他的印象急轉直下。

「你們先別忙著拍我的馬屁，光拍馬屁解決不了問題，終究還得想些辦法，不能眼睜睜地看著他們繼續折騰。敬初，此事便交給你們軍情處來負責，永年帶內務處全力配合，除了不准動武抓人之外，其他辦法都可以考慮，就當他們是蒙元派來的細作，我就不信，一群專業人士還會輸給幾個業餘玩家！」

朱重九嘴裡經常會冒出一些誰也沒聽到過的新詞，讓大夥聽得滿頭霧水，**專業？還有業餘？如果前者出自韓退之「術業有專攻」那句話，後者又語出何典？**

正困惑間，又聽朱重九說道：「會後你們兩個打報告向蘇長史請一筆款子，專門用在這上面，我會讓蘇長史從我的私庫裡撥付，不必通過戶局，也不必經過三院公議。」

「是！」軍情處主事陳基和內務處主事張松雙雙躬身領命。

「不必給我省錢，不夠可以再撥！」朱重九咬牙切齒地又道：「我就不信了，老百姓放著好好的安穩日子不過，會跟著他們走！」

「是！」陳基和張松兩個再度答應，然後互相看了看，進諫道：「主公，微臣以為，大總管府對各家報館的補貼金額，應該儘快重新議定！」

「微臣附議！主公不能由著他們拿了主公的錢，卻專門跟主公對著幹！」

「有道理！」朱重九聽了，點頭道：「就由永年負責出個具體提案，從下半年起，各家報紙的補貼不再光和銷量掛鉤，具體考核辦法由內務部自己去琢磨。」

「是！」陳基和張松兩人欣喜地答應了一聲，雙雙歸座。

「主公……」劉伯溫本能地想要勸阻，但話到嘴邊，卻發現自己找不到一個合適的理由。

所有大總管府的核心人物都知道，眼下淮揚各地的報紙，全靠朱重九私人出錢在扶持，無論是銷量最好的《淮揚旬報》，還是以往最不受人待見的《儒林正義》，每季度都能從大總管府內拿到一筆數額不菲的辦報補貼。如果沒有這筆收入，即便採用水力印刷和硬木活字，以一個華夏銅元一份報紙的售價，各家報館根本無法收回本錢，用不了幾個月，就得相繼陷入關門的命運。

「怎麼？我從自己的私庫花錢，伯溫也覺得不妥當麼？」聽到劉伯溫似乎有話要說，朱重九問道。

「不敢，微臣只是覺得，此舉未免有逼人就範之嫌！」劉伯溫臉一紅，用微弱的聲音回道。

「不是逼，是**引導，他們可以不聽，但不能鼓勵別人跟我對著幹！**」朱重九吩咐張松，「永年，你不妨再加一條，大總管府鼓勵私人辦報，頭三個月的資金，可向官府申請補貼，三個月後的虧贏，就得看他們的銷量及考核成績！近千萬人口就這麼六七分報紙，真的是太少了！」

「是，微臣遵命！」張松先喜出望外地說。

「坐下說話！」朱重九衝他揮揮手，笑容裡露出幾分狠辣。

現在，淮揚大總管府不但掌控著地方政權，並且掌控著經濟命脈，他就不信，幾個老儒和所謂的名士，能跳出這兩隻看得見和看不見的手。

想到這兒，他腦中忽然靈光乍現，道：「不光是報館和讀書人，其他行業也不該忽視。這樣吧，從今年起，本總管每年拿出十萬貫來，重賞那些在各行各業有傑出貢獻者，就叫『炸藥獎』，算了，還是叫『華夏獎』吧！具體怎麼分配，等改天三院齊聚時，再另行公議！」

「主公英明！」張松、陳基、黃老歪、焦玉等人齊齊起身拱手。

眼下揚州城附近的上好天字號水田，每畝售價才四貫華夏通寶，而到了睢陽、宿州附近，普通良田每畝頂多一貫半，十萬貫華夏通寶哪怕被分成二十份，也夠每個受獎者立刻變成大富豪，足夠子孫後代揮霍好幾輩子。可以預見，當這個消息傳播出去後，會給淮揚各地，給全天下帶來何等的震撼。

「平等宣言」再驚世駭俗，受影響的也只是士紳和儒林，普通百姓和那些小門小戶並沒有太大感覺，而十萬貫華夏通寶卻是看得見摸得到的好處，只要你有本事，肯上進，就有機會將其賺到手裡，從此往後不必再看任何人臉色吃飯，也不必再拍任何人馬屁。

「主公視金銀如糞土，微臣欽佩之至！」即便是劉伯溫，當琢磨明白十萬貫的威力之後，也只能自嘆不如。

「都是些小道爾，根本還是沒有解決！」朱重九意興闌珊地道：「如何讓平等之道深入人心，還請諸君以良策教我。」

如果那些士子和名儒們不主動前來淮揚找麻煩，也許他還不會意識到自己提出來的「平等宣言」會被對方如此敵視，現在，當發覺到濃濃的敵意之後，他的好勝心反倒被激發出來，決定傾盡全力跟明裡暗裡的對手們鬥上一鬥，哪怕是失敗了，頂多是自己變成另外一個朱元璋罷了！

「報紙上最近冒出來一個青丘子，末將以為此子是個大才！」感覺到朱重九濃烈的鬥志，胡大海大力薦賢道：「他說的，非但切合主公平等之意，更令末將佩服的是，此君出招，甚得兵家之要，輕而易舉就把鄭玉等人耍了個團團轉！」

「這個青丘子的確了得！」劉子雲也附和道：「末將前段時間，被那幫腐儒們氣得只想殺人，但看了青丘子的高論，開心得想痛飲三杯，非但觀點與腐儒們針鋒相對，難得的是言必有出處，所引皆為聖人的原話，讓那些腐儒完全反駁不得！」

「哦，竟有這麼一個人才？」朱重九聽得有趣，目光轉向張松，「該不是你們內務處專門請來看場子的吧？」

「微臣不敢！」張松趕緊擺手，「未得主公將令，微臣不敢輕舉妄動，不過，如果主公想要查出此人身分，微臣保證，兩日之內就能將其請到大總管府裡來！」

朱重九略加斟酌，擺手道：「算了，還是不打擾他了，如果哪天他想現身了，今年的華夏獎就算他一份！」

「微臣遵命！」張松偷偷鬆了口氣。

身為內務處主事，猛然間冒出一個可以跟鄭玉等人一爭短長的儒林翹楚，他不可能不派人去查。結果不查還好，一查之下，立刻冷汗直冒，竟然是集賢館現任館長逯魯曾的小兒子逯鵬，年方弱冠，跟自家主公差不多大小。

「像這種有學問，又肯順應時勢改變的，諸位平時不妨多留意一些！先推薦他們去集賢館，等適應了咱們淮揚的情形後再酌情留用。今年的科舉題目，我也會叮囑逯長史，讓他略做些變化！」朱重九吩咐著，他鐵了心要將自己的平等之路走到底，因此願意吸收任何生力軍。

「多謝主公厚愛！」舉薦雖然沒有成功，卻換來一道專門的政令，胡大海高興地躬身施禮，「但末將今年的推薦名額……」

朱重九迅速反應過來，立刻出手將疏漏堵死，「這個屬於特殊情況，不算在你們各自原有的名額之內，但如果所薦之人不堪大用的話，該追溯的責任依舊會追溯到爾等頭上。我再強調一次，我不在乎你們舉薦的是不是自己的親朋好友，我在乎的是，他們是否可用！是否跟咱們一條心思！」

「末將知曉！」胡大海尷尬地回道。

上次他出征在外期間，長子胡三舍勾結其他幾個衙內，打著父輩的名義安插私人，拉幫結夥，惹下了天大的禍事，雖然過後朱重九並未追究，但他心裡卻始帶著陰影，如今君臣兩人將話點破了，心中的憂慮自然煙消雲散。

「恐怕這依舊是治標不治本！」又是劉基特立獨行，提出異議：「禮教畢竟傳承千年，對也罷，錯也罷，早已深入人心，即便來的人口稱平等，內心深處依舊還是老派思想，只是為了前程，不得不跟主公虛與委蛇罷了！」

「伯溫有何良策？」被潑了冷水的朱重九卻不生氣，求教道。

劉伯溫果然語出驚人，道：「微臣早年間曾得《奇門遁甲》三卷，據傳深研之即可觀星斷命，推演古今，然微臣數月前偶然興起，拿起望遠鏡觀星，卻發現星空與微臣以往所學大相徑庭！」

劉伯溫嘆了口氣，語氣裡充滿了失落。

「唉——！」陳基、張松等人感同身受，不計前嫌，陪著劉基一道長吁短嘆。

他們也都算飽學之士，當然受傳統影響，除了儒學經義之外，對星相、道法等玄妙的學問都有所涉獵。然而，隨著在大總管府見識到的新東西越多，他們發現自己以往信以為真的玄學越不靠譜，特別是望遠鏡出現之後，廣寒宮變成了一個滿臉大坑的圓餅；而傳說中的太白金星，居然也是個暗黃色的圓餅，除了表面沒麻子之外，看上去竟然跟廣寒宮無絲毫差別！

這給他們帶來的衝擊幾乎不堪忍受，好在跟在朱重九身邊見到的怪異事情多了，大夥已經漸漸學會了自我安慰。大總管是非常人，行非常之事，所以看到的東西也受其影響，真假難辨，所以被劉伯溫一提出來，就覺得自己以前所學皆是謬誤，頭頂的星空更加遙不可及。

「諸君切莫嘆氣，請聽劉某一言！」劉伯溫的眼睛看各遠方。「**儒家之禮，道家之德，墨家之兼愛，皆起源於天**！天人合一，伍德始終，三統三正、三綱五常學，更是與天空星斗密不可分。**可是以巨鏡觀之，天根本不是原來那個天，星亦非原來的星宿，禮儀道德，綱常正統自然也失去了依託！**」

「伯溫！」朱重九突然長身而起，在眾目睽睽下，對著劉伯溫深深施禮。不是為了對方的計策有多高妙，而是為了劉伯溫在淮揚與儒學之間，最終選擇了淮揚。

正如劉伯溫自己所說，當通過天文望遠鏡，將一幅全新的星圖展現在眾人面前時，自漢代以來儒學所推崇的天命禮儀，所苛求的等級秩序，綱常正統，就會被連根拋起。除非有人故意視而不見，否則他根本無法解釋面目一新的璀璨星空，而劉伯溫為此付出的代價，則是將半生所學都推倒重來，這不單單是簡單的知識重新修正梳理，並且還是信仰的自我否定與重塑。

「主公！」見朱重九向劉伯溫作揖，眾人都被嚇了一大跳，紛紛驚呼。

「主公不必如此！」劉伯溫的表現卻遠比其他人平靜，向朱重九還了一個長揖，然後嘆道：「不破不立，周禮不復，但聖人道統卻未必不能得以傳承，況且為人謀而忠其事，正是聖人所推崇的大道，微臣並未稍離！」

「伯溫，我不敢說開萬世之太平，但必竭盡所能為生民立命！」朱重九抓起劉伯溫的手，鄭重承諾道。

劉伯溫並沒有背叛他的儒學信仰，而是換了另外一種方式，讓他的信仰融入新的人間，而作為劉伯溫的前世崇拜者和這一世摯友，朱重九則有義務替他完成這個心願，讓儒學在科學與平等的基礎上浴火涅槃。

「願附主公尾翼青雲直上！」胡大海、陳基等人紛紛大聲表態。

「願與諸君共同開闢一個時代！」朱重九被眾人的話激蕩，大笑著與眾人一擊掌。

這一刻，君臣個個躊躇滿志，覺得天下之事無不可為，商量起方略來，也是精神抖擻，效率加倍，很快就決定好與老儒名流們爭奪儒學解釋權的基本策略，按照政務、監察和樞密三院方式，重新分割了職能和管轄範圍，大總管府的運轉效率得到了極大的提高。

當天下午，一系列由樞密院簽發的政令開始落實執行，與此同時，政務院與各級官府衙門也做出了最積極的配合，**一場看不到血光和硝煙的戰爭悄然打響**。

俗話說，破壞總是比建設要容易些，鄭玉、王翰這群老儒名士們，既不懂如何治國，也不懂如何帶兵打仗，暗中給淮揚大總管府使其絆子來，動作卻非常俐落，他們發現繼續跟青丘子辯論下去，只會被對方牽著鼻子走，乾脆把心一橫，直接轉向對淮揚大總管府這幾年施政過程中出現的問題上做打擊重點。

於是，經過才子的生花妙筆，一個個受盡淮揚官府迫害的悲慘形象迅速出現在報紙上，茶肆中，甚至變成了戲曲在民間流傳。

比如某人祖孫三代吃糠咽菜才積累起偌大家業，卻因為戰火所毀啦；比如說某士紳修橋補路，做了一輩子善事，卻因為無意中收留了一位做過高官的恩人，被淮陽大總管府株連，傾家蕩產……，林林總總，一個勝過一個悲慘曲折。

更有甚者，乾脆將蒙元淮安守將褚布哈塑造成一個忠義無雙、愛民如子的百戰良將，曾經多次奉命剿滅山賊與水寇，護得兩淮百姓周全，然而紅巾軍殺來，褚布哈寡不敵眾，最後在淮安城外大喊三聲「勿害我治下百姓」，然後拔劍自刎，以死回報君王……

這些故事實在過於荒誕不經，凡是曾經在運河兩岸生活過，親眼目睹淮安軍崛起和自家日子變化的父老鄉親都對其嗤之以鼻。但某些因為淮揚新政失去了特權的士紳子弟，或某些曾經為蒙元效力，在淮揚各級官府都撈不到位置的在野「遺賢」，還有曾經勾結蒙元底層小吏為禍鄉里的大俠小俠們，卻聽起來津津有味，不時地拍案叫好。

在他們的帶動下，有些從外地遷來謀生的百姓，或者不明就裡的懵懂少年，也覺得大元朝的統治下曾經是四處歌舞昇平，褚布哈將軍的人格光芒萬丈，與故事中相比，眼前看到和聽到的景象則灰敗且平庸。

這年頭，基本沒什麼娛樂項目，所以一些無知少年在學校和茶館聽到新奇故事，難免要回家跟長輩們分享一番，以期待幾句褒獎。

然而這回，他們得到的卻不是長輩的誇讚，而是兜頭一頓狠罵：「小王八蛋，才吃上幾頓飽飯就學別人裝大頭蒜！也不看看，你阿爺和你爺爺都是幹什麼出身！要是褚布哈還活著，甭說你，連你哥哥一起早就抓了給蒙古人放馬去了，還喝茶聽書呢！」

「爺爺，您別生氣！孫兒我這不是想給您找個樂呵麼？」一家姓常的少年人挨了打，抱著腦袋滿屋亂竄，「再說，這忠臣孝子人人可敬，隔壁的王老夫子還說呢，褚布哈將軍不是壞人，只是不得其主！」

「放狗屁，那王老夫子要真有見識，就不至於連考三次府學都考不上了！」做祖父的聞聽，氣更不打一處來，「叫你少跟他搭扯，你就是不聽！姓褚的是忠臣孝子，那朱佛爺是什麼？要不是佛爺他老人家趕走了韃子，你就得蹲在城外的草窩子裡喝一輩子菜粥。韃子，色目二老爺，官差、二流子，隨便哪個出來把你給打死了，都不用賠一文錢！」

少年人當然不服氣，頂嘴道：「瞧您老說得那樣，莫非早些年揚州人就都沒法活了？我怎麼聽戲園子的小桃紅說，她家那時候走到哪都坐轎子，從城裡一路走到海門，夜不閉戶……」

「小桃紅他爹是王府的書辦，當然有轎子坐，走到哪都有人捧著，你投錯胎了！你爹當年想給小桃紅他爹抬轎子都排不上隊！」做祖父的，不知不覺間眼裡淌出了淚來，「當然是夜不閉戶，路不拾遺！窮窩子連窗戶都是草編的，還有什麼可偷！」

「人家李家坊的來福……」

「來福他爹是南城的二路元帥，手底下欠了多少條人命？要不是被張明鑒一把火給燒死了，少不得也被吳大人抓去填礦坑！你個小王八蛋，怪不得嘴裡說不出人話來，瞧瞧你交的人都是些什麼玩意，除了戲子，就是騙子賭棍！」

做祖父的終究身子骨沒有少年人靈便，追了幾圈沒追上，腿腳失了力氣，噗通一聲坐下去，捶地大哭，「我常老四缺大德嘍！養了個白眼狼孫子，早晚得連個墳頭燒紙的都沒有，老天爺啊，你怎麼不長眼睛啊！」

做孫兒的沒想到自家祖父突然來這一齣，愣道：「爺爺，您哭什麼啊？不就是跟您說了幾句笑話麼？您老不愛聽，我以後不說了還不行麼？」

「你以為不說就算完了，這要擱在蒙古人當政那會兒，咱們全家都得掉腦袋！你這個沒良心的狗雜碎……」

祖孫兩個鬧得不可開交，當家的媳婦聽到吵鬧聲跑了過來，然而老的是長輩，小的是自己心頭肉，幫哪邊都不是，只能隔著簾子悄悄地抹眼淚。

正束手無策間，院子大門發出「匡噹」一聲響，原來是在工坊裡做活的父親常壽，和在店鋪裡做夥計的大兒子常富貴回來了。

爺倆聽到正屋裡傳出的悲鳴聲，各自被嚇了一跳，趕緊三步兩步衝進去扶起老人，詢問究竟。

不問則已，一問老人更是悲從心來，將自己當年與老伴如何吃糠咽菜拉拔兒子，如何為了給兒子娶上媳婦，夫妻兩個數九寒天去水裡摸老貝，老伴如何得了病沒錢治，硬是沒挺到朱佛子的佛兵打到揚州，以及過去遭受的種種屈辱和苦難顛三倒四說了一大堆。

臨了，則指著自家孫兒哭訴道：「本以為到了這輩上，老常家祖墳上終於出了棵蒿子，誰料到頭來依舊是烏米一支，我常老四缺大德嘍……」

「小兔崽子，還不給我跪下！」工坊裡做到三級工的常壽一聽，立刻兩眼冒火，抬腿先狠狠給了自家兒子常小二一腳，扯開嗓子喝令。「跪下，給爺爺磕頭認錯！」

「哎呀！爺爺，我錯了。阿爺別打，別打，我知道錯了！」做孫子的何曾受過如此對待，登時就趴在地上放聲嚎啕。

沒等常老四來得及心疼，外邊的兒媳先哭著抱起自家孩子，轉身露出脊背，喊道：「你打死我們娘倆好了，他小孩子不懂事，外邊聽了有趣的，當然想說給長輩圖個一起樂呵，你怎麼能下如此狠心，兒啊，我苦命的孩子……」

常壽聽了，抬在半空中的第二腳也踹不下去了，唯恐老父傷心，吼道：「還不都是你慣的！既捨不得他去當徒工，又不督促他好好念書，一天到晚遊手好閒，早晚會惹出禍事來！」

「那你也不能拿腳往肚子上踹！」常老四將兒子推開。「小孩子不懂事，照著屁股來幾下就行了，怎麼能踹肚子！萬一踹出毛病來，你還讓我白髮人送黑髮人不成?!」

說到這兒，禁不住又是心中一陣悲涼，扶著桌子角，老淚縱橫。

「我這不是想給您老出口氣麼？」常壽兩頭沒落到好，攤開雙手，急得滿頭大汗。

「我看你就活活想把我給氣死！我常老四缺大德哦！」老人捨不得孫兒挨打，肚子裡的氣無從發洩，拍著老腿哭訴道：「老天爺啊，你趕緊把我給收了去吧，早閉眼早利索，省得看你們爺兒幾個折騰！」

「阿爺！」常壽急得在原地手足無措。

還是在店鋪裡做夥計的常富貴機靈，見自家祖父、父親、娘親和弟弟鬧成一鍋粥，趕緊滿臉堆笑道：「爺爺，您這是怎麼了？您平時不是最疼老二麼？他怎麼惹您不高興了？娘，您也別哭了，阿爺腳上留著力道呢，真下狠心，老二早就門外哭去了！爹，您別生氣，我回來路上給您和爺爺抓了幾條活魚下酒。哎呀，我的魚還在筐子裡呢，大熱天的，再不收拾就臭了！」

除了趴在娘親懷裡裝死的老二之外，家中其他人都是過慣了苦日子的，豈肯讓剛買的鮮魚白白扔掉，於是乎，爺三個丟下娘兩個，荒手亂腳地去收拾筐子，待把鮮魚去腮剝鱗都下了蒸鍋，老人肚子裡的氣也全消了。

「阿爺，老二到底怎麼惹您了？」常壽趁空向老人問道。

「唉，也是我脾氣急！怕他惹禍！」老常四又紅了眼睛，嘆息著，將事情的原委緩緩道明。

常壽聽了，火冒三丈，從灶臺旁抄起一把火鉗子，就要去給自家小兒子長記性。

老大常富貴當然不能眼睜睜地看著父親將剛剛恢復安寧的家庭再弄成一團糟，趕緊雙手抱住他的腰，勸阻道：「阿爺，您別生氣！老二他年紀小，不懂事。想當年大總管剛下揚州的時候，他才十歲出頭，家裡有什麼好吃的又全供著他，當然記不住以前的苦處。如今年紀稍長，咱們家的日子在左鄰右舍裡頭又是數得著的寬裕！所以……」

「所以我才不能再由著他胡鬧！」常壽掙扎幾下無法掙脫，急得額頭上青筋亂冒。「我送他去社學讀書，是想讓他學本事，將來改換門庭，不是讓他去給全家惹禍的，那些混帳話能亂說麼？擱在過去，就是抄家殺頭的罪名！」

「那他已經說了，您還能怎樣？」老大常富貴勸道：「眼下這揚州城裡，至少有幾萬人在聽在說，也沒見衙門裡有什麼動靜。再說了，哪次改朝換代沒幾個對前朝念念不忘的？淮揚軍兵鋒甲於天下，吳王他老人家還會在乎有人去給敗軍之將哭墳頭？」

「那也輪不到他去哭！」常壽既沒長子力氣大，又沒長子嘴巴靈光。跺著腳說道：「咱們家以前啥樣，你又不知不知道，再說，吳公他老人家雖然大度，但自古以來，閻王好見，小鬼難纏！」

「不還沒到那個份上麼？」常富貴聽了，心中不免也有些忐忑，想了想，勸道：「即便官府將來真的追究，也不可能同時追究這麼多人，頂多是抓幾個實在沒長心眼的去下礦井！」

「你看你弟弟這樣，是個有心眼兒的麼？」常壽嘆了口氣，「別抱了，鬆手吧！你說得對，他已經被慣成這樣了，打他一頓也長不了記性！」

說罷，心裡又覺得一陣陣難過。自己小時候家裡窮，念不起書，所以現在還是個三級工匠，那些多少能識幾個字的同行，手藝有自己一半好的，也早就升了匠師，錢能多拿好多不算，走到哪裡還都被周圍的人高看一眼。

所以，自己才豁出紙筆錢送小兒子去讀書，本想他能讀出個人上人模樣，誰料卻眼瞅著越長越歪。早知如此，還不如讓他直接進店鋪當學徒，或者進工坊學手藝呢，好歹一天到晚累個半死，沒閒功夫去聽戲子和騙子瞎忽悠。

「老大，你給他找個地方做學徒吧，最好是外地，越快越好！」常老四在一旁聽兒子和長孫對話，琢磨一會兒，斷然做出決定。

「啥？」常壽和常富貴齊齊驚問。

「送他去外地做學徒！好歹你也是能頂大梁的大夥計了，掌櫃的不會這點方便都不給！」常老四這回真的是下了狠心，咬著牙道：「俗話說，慈母多敗兒，老二如此不長心，都是咱們和他娘給慣的，送到外地去做學徒，苦上幾年，自然就明白事理了。另外，他去了外地，萬一衙門裡的人秋後算帳，也能避開風頭，不至於被人忽悠傻了，自己抱著腦袋朝刀尖上撞！」

「讓他去做學徒？」老大常富貴兩眼頓時瞪得如同雞蛋。

他自己就是從七八歲開始給人做不拿工錢的學徒，一直熬了整整十年，才爬到了「瀚源總號」大夥計位置，其中付出的汗水和受到過的委屈簡易難以想像。

而怎麼看，自家弟弟都不像是個能吃苦的模樣，真的去做小學徒，估計用不了半個月就得被掌櫃掃地出門。

常壽也不願自家老二再去走老大同樣的路，猶豫道：「是啊，阿爺，現在的孩子還有幾個做學徒的？要麼百工技校，要麼淮揚商校，學費一文不交不算，出來之後就有工錢拿！」

「問題是他得有那個命！」常老四狠狠一巴掌排在鍋蓋上，差點把鐵鍋直接拍進灶膛裡去。「那倆學校，一個在江灣，一個在集慶，等於沒離開揚州，萬一過後衙門裡頭人找他，不是一抓一個準麼？就這麼定了，讓他去外地當學徒，沒出師之前不准回來！」

「這……」常壽好生不捨。但想想父親的話也沒錯，讓老二遠遠離開揚州，至少能躲開不少是非。說不定到了外地，沒有什麼小桃紅、張來福的影響，他還能收一收心思。

想到這兒，他對長子常富貴帶著幾分懇求道：「狗剩兒，這事你能安排得了麼？不行的話，趕明兒我殺兩隻雞，親自跟趙掌櫃說去！老二雖然不爭氣，畢竟手心手背都是肉，我這當爹的，總不能看著他被衙門抓去挖石頭！」

常富貴向來孝順，不忍心看父親為難，嘆了口氣，「唉！您都說到這份上了，我還能怎麼說？應該能吧！就是您得跟他交代明白，到了那兒，別打著我的名義胡鬧，否則，非但他得被掌櫃攆回來，我這當哥哥的也少不得要受牽連！」

「行，行！」常壽也覺得這事挺難為兒子的，連連點頭。

「那就先吃飯吧！明天一大早，我就跟趙掌櫃說這件事，剛好我們商號在集慶開了家分號，讓他到那邊去也不算遠，不過是一水之隔，哪天娘和您想他了，就直接搭船過去！」常富貴說道。

祖孫三個一時間都失去了談興，悶著頭將蒸好的鮮魚端上餐桌，坐下開吃。

待大夥都吃得差不多了，常壽放下了碗筷，跟妻子劉氏說起要安排小兒子去集慶做商鋪學徒的事，劉氏聞聽，當然是一百二十個不樂意。

倒是常小二反覺得鳥出牢籠，魚歸大海，跳起來拍著巴掌喊道：「我去，我去。阿爺啊，您這回可是做了一件大好事，社學裡頭頂沒意思的，訓導天天板著張棺材臉不說，還要念滿四年才能卒業！卒業後還不給安排差事，得去念縣學，待縣學念滿三年，就得去考府學，考上了又是三年，前後十多年就搭進去了，哪如去做學徒，只要熬過頭兩年，就能領一份工錢！」

「狗屁！」常壽舉起巴掌朝兒子屁股上拍了一下，教訓道：「就知道錢！你要是再不務正業，保準還得讓人家給打發回來，到那時，看你有什麼臉進這個家門！」

常老四重重地將筷子拍在桌上，「就這麼決定了，早打發他離開，再讓他跟著你們，還不知道會慣成啥德行呢！」說罷，倒背著雙手，氣哼哼地回了後屋。

劉氏見此，知道無法再讓丈夫改變主意了，心中發痛，將老二摟在懷裡，淚眼婆娑。

常壽瞪了妻子一眼，呵斥道：「你哭什麼？真要是讓他繼續跟在張來福身後鬼混，有你哭不出來的時候！集慶左右不過一天半的水程，你想他了，什麼時候不能過去看他？碼頭上有專門的客船，一天三趟，咱們家現在，也不是掏不起船錢！」

話說的雖然硬氣，心中畢竟還是有些割捨不下，於是少不得又將小兒子拉過來，仔細叮囑，然後又是準備四季換洗的衣服鞋襪，又是準備路上的零花錢和平時過日子的開銷，夫妻兩個連續四個晚上，每天都忙活到大半夜。

一直到第五天頭上，老大把學徒的名額給求了回來，又蹭到了可以免費搭商號的貨船去集慶，才勉強把心放進了肚子裡。

第七天一大早，常老四等人將常小二送上了貨船，一家人揮手惜別。已經改裝了布帆的貨船借著北風，沿著運河緩緩南下，不一會兒就駛入揚子江，然後猛的一挑船頭，逆著水流朝東南駛去。

常小二是第一次離家這麼遠，看什麼都好奇，看什麼都興奮，所以旅途也不覺得如何難熬。

到了集慶，因為他是總號當家大夥計常富貴的親弟弟，整個分號上下，無論是掌櫃的，還是已經出徒的老夥計，誰都不敢真的拿他當小徒弟使喚，有什麼新奇玩意，或者時鮮瓜果，少不得給他留上一份，這令常小二愈發覺得自己此番離家離得正確無比，渾身上下有使不完的力氣。

然而，集慶畢竟去年才落入淮安軍手裡，繁華程度遠遠比不上揚州，茶餘飯後的消遣娛樂更是與前者相差萬里，當最初的新鮮勁過去之後，很快常小二就覺得百無聊賴，不知不覺過去的一些習慣就又回到了身上。

好在臨行前，家裡給他的行囊中帶足了盤纏，娘親和祖父又互相瞞著，私下裡偷偷塞了不少零花，所以手頭十分寬鬆，於是乎，每天收了工，要麼是茶館，要麼就畫舫，日子過得比分號掌櫃還要逍遙。

這天傍晚，他正和幾個新結識的朋友在茶館品茗，就聽隔壁桌有人站起來，大聲喊道：「各位父老鄉親，在下周不花，乃中書省碭山人士，就是漢丞相蕭何所居的那個碭山。紫陽書院卒業，至正十三年，就是前年，鄉試第七……」

「周年兄大才，我等自愧不如！」

話音未落，與常小二同座的幾個新結識的朋友，已經拍案喝起彩來，剎那間，誇讚聲不絕，幾乎在座的人都為能與文魁老爺同屋飲酒而為榮。

常小二雖然覺得眾人的反應頗為誇張，但好歹念過幾年社學的他，也知道科考的艱難，按照屢試不第的王老夫子說法，凡鄉試前十已經是天上星宿下凡，能從紫陽書院大門走出來的，更非浪得虛名之輩。

正激動時，又見那周不花四下做了個羅圈揖，繼續說道：

「聖人有云『鬱鬱乎文哉，吾從周』；亞聖亦有云『生我所欲也，義亦我所欲也，二者不可得兼，捨生取義可乎？』今有淮揚吳公欲推平等之政，棄禮治，毀鬱離，吾雖然不才……」

「好！」

「周兄高義！我等願隨其後。」

「周兄振臂一呼，我等當唯馬首是瞻！」

……

第二章

移星轉斗

王宏武道：「吳公他老人家真正要做的是移星轉斗，
徹底毀了蒙元的國運！
所以他才不在乎別人搶在他前面偷窺星宿呢，
別人看得越清楚，才越能證明他老人家法力高強，
的確把星斗的位置都給掉了個！」

四下裡，叫好聲又響成了一片，不少酒客聞聽，便慘白了臉，悄悄結帳出門；但也有許多酒客從二樓或者臨近的館舍裡走了進來，將周不花圍在中間，用喝彩聲和撫掌聲以壯其威。

常小二讀書時不肯用心，對周不花所引用的典故一個也沒弄懂，卻被周圍的氛圍感染得心頭之血漸熱，看向此人的目光裡頭充滿了崇拜。

「今天下飽學之士，雲集揚州和江寧，只待覲見吳公面陳利害，然吳公身側卻是群賊環繞，忠直之士輕易不得相近，周某近聞吳公本月欲往江寧紫金山祭天拜星，故而周某不惜千里而來，欲效昔日大宋名相李伯紀，於本月十五吳公駕臨江寧時，叩闕請願……」

周不花四下拱了拱手，聲音愈發地慷慨激揚。

這幾句話，常小二總算聽明白了，原來這一代文曲星周不花，是擔心淮揚大總管吳公朱重九的新政亂了綱常，所以才放棄了前往大都參加會試的名額，前來淮揚痛陳利害。

然而因為朱總管身邊圍著一群小人，周才子和他的志同道合者們根本沒有機會見到正主，所以他們才連袂南下，準備在朱重九來江寧時，效仿當年大宋名臣李綱，帶著全天下的讀書人去堵吳公行轅的大門。

此舉自然風險重重，弄不好就是有去無回，君不見，當年大宋李綱雖然在太學生的支持下，成功讓朝廷接受了自己的主戰策略，然而在金兵第一次放棄汴梁北退之時，就被趕出朝廷，連貶十數級，若不是大宋有制度不殺文官的話，估計他的腦袋早就像伍子胥一樣掛在城門上了。

想到這兒，常小二只覺得心中一凜，有股悲壯之氣瞬間填滿整個胸膛，**子曰捨生取義，不就是指的這種情況麼？**周不花絕對是讀書人的楷模，自己在父兄眼裡不爭氣，如果尾隨其後做成此事，也足以光宗耀祖。

能聽懂周無憂所說之話的，可不止是小常二一個人，在座和圍攏過來的酒客與看客們，紛紛握緊了拳頭，滿臉慨然。轉眼間，就有一股「風蕭蕭兮易水寒」的氛圍籠罩了整個酒館，在場之人，恨不得每一個都變成高漸離，為即將赴死的周荊軻擊筑而歌。

再看那周不花，身影顯得愈發高大，連長衫上的補丁都閃著耀眼的金邊，毅然道：「此去吉凶未卜，所以周某就不邀諸君同行了，畢竟我聖人絕學不能斷了傳承，杵臼程嬰，吾當與諸君分而為之。」

這句話對常小二來說，用典又有點兒深，但同座幾個新結識的朋友主動指點道：「想當年，晉大夫趙朔死於奸臣之手，其妻卻產下一遺腹子，奸臣欲殺此子絕其後，趙氏門客程嬰與公孫杵臼帶著嬰兒隱藏於民間。為躲避追殺，公孫杵臼行了李代桃僵之計，用假孤兒換走了趙氏少主，然後讓程嬰去出首，奸臣爪牙大喜，抓到了公孫杵臼和假孤兒，一併處死，真的趙氏孤兒卻被程嬰暗中養大，終報父仇！」

「這周兄看來是準備以死相諫了！」

「不是相諫，是相拼，讓那朱賊知道我儒林正氣未絕。」

「什麼奸臣環繞？是咱們此刻在那人的地盤上，不得不說的婉轉之言而已，要我看，周兄此番定會罵賊而死，留名千古！」

說著說著，幾人不約而同地淚流滿面。

就在此刻，臨近座位又有人站起來，振臂疾呼道：「周兄儘管去，你的家人老母自有我等奉養！」

「然也，周兄，我等這就去籌集善款，以壯周兄行色！」

說著，就有人從口袋裡掏出大把大把的碎銀和銅錢來，朝面前桌上扔。

那周不花自然是含淚辭謝，身邊的朋友找了空的褡褳，將桌上的善款收起，再挨個桌案去募捐。

這年頭，能讀得起書的人，家境肯定都在溫飽之上，所以大夥你一貫我一兩的紛紛解囊相助，轉眼間就把褡褳塞了個半滿。

常小二見此，心頭愈發火熱得不能自已，朝裡衣深處一探，準備將臨行前娘親縫在衣角處的兩根金簪子拿出來給周名士送行。

就在這當口，門外忽然傳來一陣炸雷般的戰鼓聲，「咚咚咚，咚咚咚咚……」緊跟著，又是一陣激越的號角聲，「嗚嗚嗚，嗚嗚嗚——」

屋子裡的悲壯氣氛一下被打了個粉碎，眾人的注意力也從周不花身上快速轉向了街頭。

只見略顯狹窄的長街上，四名壯士乘著戰馬，護著一杆百孔千瘡的大纛旗緩緩走過。緊跟在後的，則是三輛馬車，每一輛上面都堆滿了殘破的旗子、頭盔、兵器、印信之類的斬獲物；再往後，則是數百名血戰歸來的老卒，一個個挺胸拔背，橫成排，豎成線，如林而進聲，身上的鎧甲和頭頂的銀盔，在陽光下耀眼生寒。

老兵們隊伍之後，則是三千餘輔兵和民壯，雖然走得略顯凌亂，卻一個個滿臉自豪。那些受了輕傷的彩號，則坐在沒有車棚的馬車上，被民壯和輔兵們眾星捧月般捧在中間，每走過一個巷子口，便雙手抱拳，朝道路兩邊看熱鬧的百姓行禮致意。

「姓徐的這又是玩的哪一齣？不過是殺人之事，有何可誇耀的？」常小二身邊一名姓崔的書生不高興地抱怨。

只見數名英武少年，騎著高大威猛的大食戰馬，沿著街道兩側，快速超過了自家隊伍，一邊策馬疾行，一邊揮舞著手中的錦帛大聲宣讀：

「大總管帳下，第三軍第三〇五旅指揮使馮國勝，前日於旌德大破黃山盜。擒其首哈拉丁，斬俘賊兵四萬，毀其虞山老巢！」

「威武！大總管威武！」

「馮將軍威武！」街頭巷尾，歡呼聲宛若湧潮。

雖然淳安城距離江寧甚遠，但黃山賊的殘暴大夥卻早有耳聞，這些人原本是蒙元官府旗下的一夥「義兵」，不知道為何就跟東家翻了臉，聚集於黃山腳下為禍一方，蒙元官府多次派兵征剿，卻都被其殺得丟盔卸甲。

與信仰明教的紅巾軍不同，這夥黃山賊舉的卻是大食人的星月旗，每次打了勝仗，就將俘虜斬殺殆盡。萬一他們攻破了某座城池，便宛若蝗蟲過境，將凡是看得上眼的東西，全都掠奪殆盡，看不上眼的，也就地焚毀。城中百姓除了已經宣布皈依的天方教者之外，其他皆被殺得血流成河，無論是貧窮還是富有，俱不能倖免。

故而儘管江寧城被淮安軍拿下還不到一年，民心未穩，但凡是頭上還長著腦袋者，誰都不願讓家園落入打著星月旗的黃山賊之手，更不願意因為沒信仰某個神仙，便被當作牲畜般隨意宰殺。

「此戰，黃山賊被犁庭掃穴，集慶、太平、寧國、廣德、鎮江五路，再無匪患！」那些騎著高頭大馬的少年將手中錦帛一收，策馬遠去。

「萬勝！大總管萬勝！」

「大總管萬勝，徐將軍、馮將軍公侯百代！」……

街頭巷尾歡呼聲一浪高過一浪，老百姓們不在乎治國的方略出自周禮還是什麼秦法，老百姓在乎的是誰能保護他們，誰能讓他們不受土匪和亂兵的禍害。

從這一點上，淮安軍顯然已經深得民心，至少他們打下來的地方，沒出現交戰雙方反覆拉鋸的情況，他們的軍紀比起蒙元官兵要好上一百倍。

江南五路再無匪患，就意味著江南五路的百姓從此可以安居樂業，同時也就意味著，淮安第三軍團經過近一年時間的耐心梳理，已經徹底控制住了這五路膏腴之地，具備再一次出擊的實力。

得知此訊，凡是不願意再給蒙古人為奴的軍民百姓，誰會不覺得歡欣鼓舞？很快，便有人主動拿出鞭炮，掛在路邊的樹上「劈裡啪啦」地放了起來，還有許多紅著臉的少女，從路邊的攤子上抓了瓜果，直接就往馬車上的傷兵懷裡扔。

不多時，整條長街幾乎變成歡樂的大河。

唯一與周圍環境顯得格格不入的，則是周不花、常小二等人所在的酒肆，先前好不容易凝聚起來的悲壯氣氛，被來自四面八方的歡樂衝了個七零八落，任幾個有心人再怎麼試圖收攏也無濟於事。

「唉，連蒙古兵奈何不了的黃山賊都能收拾，依我看吶，這天下早晚都得姓朱！」坐在門口的幾個酒客嘆了口氣，將酒菜錢拍在桌子上，起身離開。

手疾眼快的店小二立刻上前替客人結帳，同時大聲謝賞，酒肆掌櫃則戀戀不捨地將目光從街頭上收回，然後滿臉堆笑地朝著賓客們拱手，「各位客官請慢用，哪道菜若是涼了，或者還想再添，儘管吩咐，本店從現在起，新點的酒水和菜肴一律七折！」

「多謝掌櫃！我等心領了！」

酒客紛紛還禮，卻生不起任何心思去占店家的便宜，反倒有更多先前捐了錢者，看了兩眼周不花，若有所思地站起身，叫小二過來結帳。

「這……」沒想到被得勝歸來的「丘八」們橫插了一槓，周不花不知道自己接下來該如何做，鐵青著臉沉吟了好半晌，才四下拱了拱手，結結巴巴地說道：

「這群武夫，豈不知國雖大，好戰必危之理？諸位仁兄休要生氣，待改日周某前去叩闕，定當面將此話跟吳公理論清楚！」

「對，諸位仁兄，我等此番乃是為千秋大義，非一時之短長！」不同的桌子上，有人陸續站起來附和，但底氣比先前弱了許多。

正尷尬時，二樓忽然傳來一聲調侃：「爾等當然不會爭一時短長了，爾等明天早晨就已經跑到千里之外了，怎會留在這裡等死！」

「誰？藏頭露尾，算什麼好漢！」

「你什麼意思，莫非是官府的爪牙，想朝周兄頭上潑汙水不成？」

「哈哈，聰明！不過爾等只猜對了一半！」樓上的人緩步走了下來，「張某的確在大總管府帳下當差，但張某卻不是朝爾等頭上潑汙水，因為爾等原本就是一夥騙子！今日居然敢在光天化日之下來江寧犯案，是欺我內務處無人乎？」

「你血口噴人！」周不花聞聽，第一個跳起來大聲斥責：「周某乃為弘揚天下正氣而來，豈能受你如此侮辱？今天若不還周某清白，周某就跟你同歸於盡！」

「拼了，殺了這個朱屠戶的走狗，為民除害！」

先前力主替周不花募捐的幾個人聽了，橫眉怒目喊道。

「我輩今日衛道而死，千古流芳！」

一眾先前帶頭募捐者從腰間撥出匕首、短刃，滿臉悲憤地朝樓梯口處堵去。眾讀書人還沒弄明白究竟發生什麼事，一個個站起來不知所措。

就在這個時候，周不花卻一把將裝銀子和銅錢的褡褳抄在手裡，大喊道：

「一起上啊，打死這個官府的狗腿子！打死了他，咱們一起去夫子廟前哭祭，就不信朱屠戶還敢殺絕了天下文種！」

「衛道而死，死得其所！」帶頭募捐者們齊聲回應，拔腿就朝樓梯上衝。

說時遲，那時快，他們腳步剛剛踏上三五級臺階，姓張的差役猛的從腰間拔出一把半尺長的短銃，右手食指猛的向裡一壓，只聽「砰」的一聲響，青煙滾滾，衝在最前方的那個「讀書人」仰面而倒。

「呀——！」其餘幾個手持短刃的讀書人嚇得大聲驚呼，隨即揮舞著胳膊喊道：「大夥一起上啊，殺了他，抬著徐秀才和他的屍體，一起去夫子廟前論理，看官府能把咱們怎麼樣！」

「一起上，火銃只能裝一顆彈丸，一起殺了他，然後咱們衝到夫子廟前，讓全天下讀書人都看清楚朱屠戶的嘴臉！」

「一起上，一起上！」……

雖然他們喊得大聲，卻誰也不肯搶先向樓梯上多前行一步。

倒是那個姓張的差役，從腰間拔出了第二支短銃，晃了晃道：「有種就別往後縮，張某就這麼兩支火銃，打完了就只能任由爾等宰割了，趕緊，別耽誤功夫！」

眾持刃的募捐者聞聽，又被嚇了一大跳，誰也不敢賭對方腰間藏沒藏著第三支要命傢伙，就在進退兩難之時，先前被火銃射翻了的徐秀才，忽然扯開嗓子哀嚎了起來：

「啊——！疼死我了。你們這幫王八蛋，不是說好了有難同當，有福同享麼？還不上去給老子報仇！」

「一起上，除魔衛道乃吾輩之責！」

「人生自古誰無死！大夥都來啊，我輩讀聖賢書，豈能心中沒了正氣！」

「上啊，都別躲。等官差趕來，咱們誰都逃不掉！」

持著兵器的募捐者，再度發出慷慨激昂的呼籲，動員酒肆裡發愣的讀書人們，跟自己一起去和姓張的官差拼命。

那些讀書人雖然被嚇得腿腳發軟，聽他們喊得義正詞嚴，忍不住熱血上頭，彎下腰，抄桌子腿的抄桌子腿，搬椅子面的搬椅子面兒，即便是身體孱弱如常家小二者，都把兩個酒壺拎在手裡，隨時準備奮力一擲。

「受聖人教化？我呸，你們幾個也有臉提聖人教化！」樓梯上，姓張的官差卻一點都不著急，一邊將打空了的那支短銃慢吞吞地別回腰間，一邊破口大罵：「**聖人教過你們，打著他的旗號騙人錢財了？聖人教過你們，煽動無辜者替爾等做炮灰了？**聖人門下才不會有你們這種不孝子弟！姓周的，你自稱是前年的中書省鄉試第七，我問你，中書省當年共錄取了多少名舉人，第一名是誰，主考官姓什麼？」

「啊！」手裡拎著半褡褳碎銀和銅錢的周不花，被問得一愣，扯開嗓子咆哮，「他這是在故意拖延時間，大夥不要上當，趕緊過去宰了他，然後咱們共同進退！」

「退你娘！」張姓差役先抬起手，一槍打在周不花手中的褡褳上，將其轟飛了出去，裡邊的銅錢、碎銀稀里嘩啦落了滿地，然後趁著眾人微微一愣的時候，大聲道：「連主考官是誰他都不知道，也敢自吹鄉試第七，老子這裡有一份名單，從第一名到第七十五，就一個姓周的，還是年過花甲的老儒，他再怎麼長得面嫩，也長不了似這般模樣！」

說罷，伸手自袖子裡掏出一張皮紙，「你們這群糊塗蛋，趕緊睜開狗眼看看，這是蒙元官府頒發的鄉試榜，哪個跟姓周的能對上號？」

「啊！」眾熱血上頭的讀書人發現事情好像不太對勁，紛紛停住腳步，一個個大眼瞪起了小眼。

「你血口噴人，大夥不要上當！」幾個持刀的募捐者見此，知道越耽擱越要麻煩，大喊了一嗓子，再度帶頭往樓上衝。

然而那姓張的差役雖然沒了火銃，身手卻遠比尋常人俐落，先踹翻了衝得最快的二人，然後彎腰抄起他們落下來的匕首，左右一劃，「叮叮」數聲，將其他幾人又全都逼回到樓梯下。

「紫陽書院，始建於宋，毀於元兵南下，至元年間重建於歙縣，至正二年北遷。從至正二到今年為止，共卒業學生一百七十八人，在讀二百一十人。姓周的，你既然師承紫陽書院，敢問你的授業恩師是哪個？哪一年卒業，同窗有誰？」張姓差役站在樓梯口大聲質問，每一句都如匕首般刺在周不花等人的臉皮上。

那周不花和他的同夥聞聽，知道事情敗露，卻捨不得掉在地上的銀兩和銅錢，朝其他讀書人們看了看，蠱惑道：

「別聽他的，他是朱屠戶的坐探，欲加之罪何患無辭？大夥今天要麼跟他拼命，要麼等著衙門挨家挨戶上門抓人，誰也甭想倖免！」

「狗屁！」張姓差役反應極快，搶在讀書人們衝動起來之前大聲反駁：「我家大總管連被俘的蒙古韃子都會放掉，哪有功夫理睬你們幾個窮措大?!至於這姓周的……」稍微頓了頓道：「先以死相諫之名，在恩州騙足了銀子，然後又一路騙到了淮安，上月初四，在高郵騙了四百貫，全都買了淮揚商號的乾股；本月初三又騙到了江寧，不信你們搜搜他的身，看看股票是否就隨身帶著！」

「啊——！」眾讀書人面面相覷，手裡的凳子腿、桌子面和酒壺再也舉不起來。

周不花的文憑造假，看在對方人模狗樣的份上，也許他們還能容忍，但此人居然把捐款買了淮揚商號的股票，不是明擺著覺得淮揚商號前程似錦麼？如何還有臉皮再忽悠大夥跟他們同生共死！

想到這兒，眾人一個個對周不花怒目而視，後者和他的同夥們臉皮雖然厚，也知道今天無法再蒙混過關了，隨即像事先約好了一般，大叫一聲：「大夥趕緊一起上啊，除魔衛道乃我輩之責！」猛的撞開身邊那些被氣得渾身發抖的書生們，撒腿就逃。

「哪裡走！」姓張的差役斷喝一聲，將匕首當作飛刀，狠狠地擲向周不花的屁股。

「啊——！」周不花的屁股顯然不及臉皮厚，厲聲慘叫著跌倒，在桌子底下來回翻滾。

他的同夥們卻誰也不肯停下來施以援手，繼續朝酒肆的門口猛衝。誰料迎面忽然伸過來數根水火棍，「砰砰！」兜頭幾棒，將他們統統打暈在地。

「城管辦案，閒雜人等回避！」隨著一聲斷喝，二十多名身穿黑衣的退伍老兵衝了進來，兩個服侍一個，將周不花和他的同夥們盡數擒拿歸案。

此時，眾書生心中又恨又怕。恨的是，自己白白讀了這麼多年書，居然被幾個騙子耍了個團團轉；怕的則是，此番被抓了現行，少不得要去知府衙門走一趟。即便過後被視作苦主平安脫身，按照過去的規矩，幾十貫的家財也是非破不可的，否則衙門裡那群虎狼今天提你去做個人證，明天要你去按個手印，絕對能將你折騰得五癆七傷，再也無法得一夕之安枕。

正後悔得恨不能以頭搶地之時，那張姓差役又走上前，探手從人群中拉出一個姓崔的書生，冷笑道：「喊啊，你怎麼不喊了？剛才替周不花募捐的時候，你不是喊得最大聲麼？」

「冤枉！」崔姓書生一邊掙扎，一邊喊冤。「青天大老爺，小人只是一時糊塗，所以才上了姓周的當，小人知道錯了，請大老爺務必網開一面！」

「我只管查案，不管斷案，冤不冤枉，你去江寧知府衙門裡分說！」姓張的差役膂力甚大，像拎小雞一樣將崔姓書生拎到門口，跟騙子們攢做一堆。

「你帶頭捐，然後劉生、李生、鄧生他們幾個跟著捐，過後你們幾個捐的錢雙倍返還，剩下的再提兩成！這話，張某可說錯了？」

「冤枉！」話音剛落，常小二所在的酒桌一位姓鄧的，還有其他做東者，紛紛跳起來便朝窗口撲去。

只是他們動作再利索，怎麼比得上城管裡的退伍老兵？轉瞬間就被後者給截了回來，一個接一個，繩捆索綁。

眾書生見了此景，愈發嚇得面如土色，誰也不知道，周圍的同伴們還有多少把柄攥在姓張的官差手裡。

然而，那張姓差役面相看起來雖然陰狠，行事卻極為磊落。盯著城管們將渾水摸魚者挨個綁好之後，扭過頭，對其他人道：

「你們這群措大，莫非書都讀到肚子裡去了麼？別人說什麼你就信什麼，哪天姓周的說他是龍王爺的女婿，莫非你們還要請他去行雲布雨？以後凡事都仔細想想，即便前年中書行省的鄉試榜你們這些人抄不到，我就不信這姓鄧，姓崔，還有其他幾個人平素都是什麼德行，你們誰都不清楚！」

各行省每年能通過鄉試的就那麼幾個人，只是先前大夥光顧著佩服周不花敢去找朱屠戶的麻煩，誰也沒心思去辯駁這些擺在眼前的破綻而已。一瞬間，眾書生個個被罵得面紅耳赤，誰也鼓不起勇氣來還嘴。

姓張的差役看了，忍不住搖搖頭，道：「若是真正有好處可撈也就算了，畢竟人為財死，鳥為食亡。那韃子朝廷立國七十餘年，統共才開了幾次科舉？從朝廷到地方，幾曾把爾等當作人看過？『漢人和南人不得參與國事』，這話可不是我家總管說的。如今我家總管又是開科舉，又是辦書院，又是恢復府、縣、社學；他老人家有哪點對不起你們了？你們這群措大不知道進取，反倒一門心思地跟他做對，莫非以為等到蒙古人打回來，人家就會拿你們當同族麼？」

罵罷，也懶得跟眾人計較更多，從懷裡掏出一疊紙張交給黑衣城管頭目，交代：「按照規矩，我們軍情處只有查案子的權力，沒有審問和抓人的權力，所以這件事，從現在起就移交給江寧府了，大致案情和具體涉案人員都在上面，上面的意思是，依律辦事，不要牽連無辜！」

「是！」黑衣城管頭目先敬了個軍禮，然後接過案卷。「卑職一定將張大人的話轉告給知府大人，然此事畢竟關係重大，不知道軍情處那邊……」

「軍情處會要求江寧府的軍情科派專人協助知府衙門審案，具體是誰負責，你回去後就能見到。張某還今天還要趕回揚州向主事大人彙報，就不在此多耽擱了。今日有勞諸位兄弟，咱們哥幾個後會有期！」張姓差役給黑衣城管頭目和他手下們回了個禮，飄然而去。

有他的話和所提供的案卷在，眾書生所面臨的麻煩無疑就少了一大半，黑衣城管頭目也不另生枝節，僅僅要求在場的人都留下名字和住址，便押著一干案犯回去交差，把原本已經準備花錢免災的眾書生們弄得無法適應，又發了好一陣子呆，遲遲不見有人再找上門來算帳，才吐出一口長氣，軟軟地跌坐回椅子裡。

酒肆的掌櫃和夥計們也給嚇了半死，直到此刻，發現自己竟然沒吃任何掛落，喜出望外。接著看到差點把酒館推進火坑裡頭的眾書生，心中就無法有半分好感了，拎起算盤、菜刀和火筷子走上前，大聲道：「本店馬上就打烊了，還請各位爺先把帳單結了，免得有人腳底抹油！」

「荒唐，我等豈會做出如此有損斯文之舉！」

「呵呵，翻臉這個快啊，剛才誰說打七折來著，怎麼轉眼就忘得如此乾淨?!」酒客們紛紛鼓噪起來，一邊掏錢買單，一邊指著掌櫃和夥計的鼻子冷嘲熱諷。那掌櫃和夥計們不論對方說什麼，都不接話，只管板著面孔收錢。

「咳咳！」眼見著夥計們的目光越來越冷，年齡稍大的一位姓許的讀書人趕緊清了清嗓子，道：「崔兄被當作騙子同夥抓走之事，恐怕有點蹊蹺，他家裡有三百多畝良田，城中又有四、五處宅院出租，說是每日能入百金都不為過，豈會貪圖別人給的那點零碎銅子！」

「對，欲加之罪何患無辭？那姓張的既然盯了周不花一兩個月了，為啥不早點兒阻止他，非要等崔兄他們幾個陷進去，然後再聯絡官府出手抓人？依我看，分明是尋機打壓異己！」另外一個姓王的書生恍然大悟。

同座的其他幾個書生聞聽，也恢復了幾分精神，道：「然！我輩家裡衣食無缺，怎麼會設局騙人？那姓張的，肯定是在故意栽贓。」

「還說不因言罪人呢，我呸，這不是因言罪人又是什麼？」

「周不花雖然貪財，但好歹也是我輩中人，他走上這條路，還不是淮揚官府給逼的？再說了，不就是幾百貫的事情麼，用得著拿匕首戳把他的屁股戳個稀爛嘛！」

一句句，說起來都頗為理直氣壯，然而，誰也不肯將手往自家錢袋裡邊掏，只當站在桌子旁收帳的夥計是一團空氣。

常小二連日來天天都主動付帳，原本是心甘情願，但經歷了今天這麼一場刺激，就多留了幾個心眼兒，此刻見到同桌的前輩們誰都不肯掏錢，便笑了笑站起身，摸著自己的荷包說道：

「哎呀，幾位兄長說得是，我輩讀書人怎麼會在乎那點兒阿堵物。小二哥，一共多少銅錢，把帳說給我聽！」

「是！」店小二聞言，趕緊扯開嗓子，數算著道：「幾位客官，您這桌點了清蒸江鮮，素炒蘆芽、紅燜野雞、乾燒鯽魚，還有一份蓮子羹，兩壺陳年女兒紅，一共七十三文！」

「才七十三文啊，不多，不多！」常小二一邊說，一邊將身體悄悄地向外挪，猛的推開店小二，撒腿便逃，「諸位哥哥慢用，我先告退了！」

「常兄弟哪裡去？」眾書生先是微微一愣，然後呼叫道：「常兄弟回來啊！」

「常兄弟，這點兒小錢，誰出不是出啊！」

「朋友有通財之誼，咱們兄弟志同道合……」

「都給我站住！」那店小二上了一次當，豈肯再上第二次。立刻張開雙臂，將幾人通通攔在店門口，「站住，幾位客官，既然爾等都是不缺錢的，麻煩把臉買回去再走！」

常小二一溜煙跑回店鋪給夥計們安排的宿舍，躺在屬於自己的鋪位上，輾轉反側。

看上去正義凜然的周不花，居然是個騙子！他那紫陽書院卒業的文憑竟是假的，所謂鄉試第七也屬於冒名頂替！而連日來將自己當作親兄弟看的幾位讀書人大哥，原來只是圖自己結帳痛快，並非真的像說得那樣，認定了自己是璞玉未剖！平素這些人嘴裡滿滿的仁義道德，原來最終都是生意！

這個打擊，對他來說實在是有些沉重，以至於接連十幾天，常小二都沒緩過元氣來，每天老實地跟著其他小夥計們按時去上工，按時下工，盤點貨架，整理帳目，再不會偷懶耍滑，怨聲載道，分號掌櫃以為他終於轉了性子，忍不住刮目相看。

然而令分號掌櫃非常失望的是，只消停了不到半個月，常小二卻又故態復萌，晚上一到打烊時間就往外跑，問他到底要去幹什麼，卻又支支吾吾不肯老實回答。

「好像是去紫金山那邊吧！據說天文臺已經落成了，好多人都趕過去看稀罕呢！」當家大夥計王宏武最近跟常小二走動較多，主動替他解釋。

「已經落成了？這麼早？也好，省得他整天跟那群措大胡混！」掌櫃得聞聽，心裡一塊石頭終於落地。

然而很快又被勾起下一個疑問，朝四周看了看，探問：「不是說吳公他老人家要親自趕過來拜星麼？這幫膽大包天的，居然敢搶在吳公前頭去開眼界！」

「怎麼可能拜星啊，吳公爺可是彌勒轉世，天上的二十八宿只配給他老人家看大門，怎麼受得起他的拜祭！」王宏武滿臉神秘地回道：「我聽人說，所謂拜星，都是故意傳出來的障眼法。而吳公他老人家，**真正要做的是移星轉斗，徹底毀了蒙元的國運！**所以他才不在乎別人搶在他前面偷窺星宿呢，別人看得越清楚，看得人越多，過後才越能證明他老人家法力高強，的確把星斗的位置都給掉了個！」

掌櫃的忍不住倒吸一口冷氣，吳公朱重九乃彌勒轉世，這點他和市井中大多數普通老人一樣，都深信不疑，否則根本解釋不了吳公他老人家為何不在乎士紳和讀書人們的撒潑打滾，一門心思地給商販和小民們撐腰做主。

彌勒佛的位置比二十八宿高，這點兒掌櫃的也同樣深信不疑。二十八宿是什麼，不過是文曲、武曲、財神、姻緣之類**的，投胎到了民間，不過出將入相。而吳公他老人家，可是命中註定要做皇上的**，如果連他都沒資格做皇上的話，其他豪傑則更是想都不要想。

可說吳公朱重九能讓移星轉斗，逆天改命，就有些超過掌櫃的期待和理解範圍了。那得多少代的功德，幾世的造化才積聚起來的大能！

傳說中玉皇大帝轉世歷劫九十九回才終於重歸天庭，成為眾星之主，這吳公要是連星斗都能調動，那在天空中的位置豈不是可跟玉帝比肩？

「不可能，朱屠戶哪有如此造化！」同樣的人和事，在這個時代的讀書人眼裡和市井百姓眼裡卻大不相同。

特別是某些家族根深葉大的讀書人，這幾年親眼目睹了朱重九一步步剝奪士紳們的天然權力，一步步將自己與草民同化，心裡的怨氣早已瀕臨爆炸狀態，怎麼可能容忍朱重九被愚夫愚婦當作玉皇大帝來膜拜?!

朱重九不可能是神仙，他那種離經叛道的舉止，說是妖魔轉世還差不多，天命也不可能在朱重九，自古以來，皇上都有德者而為之，朱重九學識比劉邦還低，殘暴又勝秦始皇，怎麼可能是真龍天子？

至於紫金山頂那由一座廢棄道觀改造而成的觀星臺，在許多讀書人看來，也屬於大逆不道，觀測星斗運行？天機如果可測的話，還能叫做天機麼？

從古至今，即便狂妄如秦始皇，也不過是封禪泰山而已，對著天空依舊要屈膝跪拜，這朱重九是何等的無知，居然試圖一睹星空全貌？等著吧，他一定會鬧一個曠絕古今的笑話！屆時大夥就站在紫金山之巔，看他殺豬小兒該如何收場。

但很快，那些特地趕到江寧來看笑話的人，就都笑不出聲音來了。

觀星臺已經落成，並沒引起任何雷劈或者地震之類的懲處，巨大的望遠鏡也提前向所有人出租，只要掏出二百枚淮揚大通寶，就能協同三名好友登臺觀星十分鐘。

第一波上去的淮揚官員，也沒有任何人受到了老天爺的懲處，幾個江寧當地出身，被大總管府留用的小吏，下來之後雖然步履蹣跚，卻沒有任何迷途知返的跡象，反而變本加厲地維護起朱屠戶來，彷彿不這樣，不足以證明他們的忠誠。

於是乎，那些對朱重九滿臉鄙夷的讀書人們，決定親自掏腰包，看看朱屠戶的觀星臺上到底有哪些虛玄。

如果能當場揭穿更好，即便揭穿不了，如果星空與漢代以降流傳下來的星圖沒任何變化，或者變化不太大的話，也足以證明朱重九本領有限，勞民傷財弄這麼高一座臺子和這麼大一個望遠鏡，只為了欺騙世間愚夫愚婦！

然而，大夥在上臺之後看到的結果，卻將所有志同道合者瞬間一隻腳踏到了崩潰的邊緣。

在特大號望遠鏡的視野裡，廣寒宮居然變成了一塊長滿了黑色深坑的銀盤子，象徵著上公，大將軍的太白金星，則在望遠鏡裡變成了一個渾圓的球。更離譜的則是土星和木星，前者經過望遠鏡窺視後，變成了一個橢圓的大檸檬；後者則由被壓扁後再由一化五，四顆小星在扁球狀旁邊忽隱忽現。

不可能，這是妖法，望遠鏡上被施了妖法！朱屠戶想利用妖法，為他的歪理邪說張目！

第一批花錢登臺，準備親手拆穿朱重九所設騙局的人，下來之後個個面如土色。他們無論如何都不肯相信，自己先前親眼所看到的是事實。有個別膽大者，甚至一看再看，想盡了辟邪的辦法，甚至帶上了佛家、道家以及亂七八遭的各種護符，依舊被觀測結果打擊得失魂落魄。

金木水火土，五行之星居然全都是球，其他星斗之所以沒有五行清晰，不是上天不准他們與五行相爭，而是他們距離比五行更遠，漫天星宿根本不在一個平面上，更不是天上宮闕，而是一粒又一粒塵埃，飄蕩在浩淼的虛空……

對於一直相信天命和天理存在的儒林來說，這個打擊絕對堪稱沉重。但是很快，更嚴重的打擊又接踵而來。有人用望遠鏡從銀河中找出了成千上萬的新星；有人在五行之外，發現了一顆類似於五行的巨大妖星！

更有好事者，居然將二十八宿挨個重新勾畫，除了原有的星官之外，新增的無名星官足足多出了兩倍。

「不可能，角宿十一星官，三十星僕，早由漢代大賢張衡測定，怎麼會瞬間變成了九十五？這一定是妖法！」

當第一張星圖，東方七宿之一角木蛟的新圖被公開刻在石板上，供觀星臺下看熱鬧的百姓隨意觀摩之後，幾乎所有江寧城中的讀書人，無論是支持新政還是反對新政者，都異口同聲的質疑。

然而，很快，第二張星圖也被刻在了石板上，由原來的七官二十一僕，新增了亢十二，大角二，左攝提四，右攝提六，頓頑一，折威七，共計三十二星，變為七官五十三僕後，一半讀書人都閉上了嘴巴。

緊跟著，第三張星圖，氐土貉也被刻了出來，新增加的星僕也到達四十五各之多，剩下一半大聲嚷嚷著妖法的人，又瞬間減少了一半。

而隨著房日兔、心月狐、尾火虎、箕水豹四宿也陸續被銘刻在石，除了一兩個豁出去被罵做瞎子的人，幾乎整個儒林都陷入了暫時沉默狀態。

子不語怪力亂神，光用妖法來解釋星圖，顯然有違儒林祖訓，況且用妖法解釋，原本也不合事實，那望遠鏡可不只是能用來觀星，也不只是光夜間才准許大夥租用，只要你價錢給得足，大白天登臺，可以命令負責操縱望遠鏡的小學徒將其對準任何方向。

當親眼看到江面上幾點白帆瞬間被拉到自家面前，船上的水手和租客都近在咫尺時，誰還有勇氣再說朱屠戶用妖法遮掩的事實？分明是從漢代開始流傳下來星圖就是錯的，大夥以訛傳訛一千五百餘年，直到今天才有幸得見其真實面貌！

既然望遠鏡裡頭的畫面沒有被施妖法，那儒家漢以來就奉為正統的天命綱常之說，就失去了存在的依托，五德輪迴未必正確，皇帝也不可能是受命於天，所謂天人感應，也全都成了虛妄之談。

一時間，萬馬齊喑，非但儒家子弟變得茫然不知所措，道家、和尚、陰陽家、十字教徒和天方教徒對於望遠鏡下忽然變得無比清晰的星空無所適從。

後二者傳入華夏大地時間短，自身相對閉塞，偏偏斂財能力極強，在挺過最初的打擊之後，立刻著手進行反制。但同樣因為相對閉塞的緣故，他們既無法像儒家那些動員起大量的子弟挺身而出，又不能像他們在各自的統治地，這個時代西方和中亞那樣，直接動用國家機器鎮壓異端邪說，所以他們只能「委曲求全」，四處尋找高精度望遠鏡，試圖從觀測結果上尋找出正在陸續出臺的二十八宿圖中致命疏忽。

望遠鏡的原理和製造工藝都不算太複雜，淮揚大總管府對其銷售範圍的限制，也未曾如對待火炮和火槍那樣嚴格，所以無論從其他紅巾諸侯手裡，還是從淮揚商號的指定管道，只要付出足夠的代價，都能買到一、兩具樣品，而這些樣品經過有心人拆卸揣摩後，不難照葫蘆畫瓢！

一時間，淮揚商號所販賣的脫色玻璃，價格扶搖直上，各地懂得打磨鏡子或者打磨玉器首飾的工匠，也瞬間身價倍增。在不計成本的投入下，五倍、十倍乃至十五、二十倍的民用望遠鏡，相繼誕生。棲霞、牛首以及其他江寧周圍的山峰上，幾乎每逢晴朗之夜，都站滿了衣著怪異的十字教和天方教高級僧侶，一絲不苟地觀測星斗。

然而，讓十字教和天方教都倍受打擊的是，在望遠鏡的觀測範圍裡，淮揚大總管府觀星臺得出的二十八宿圖已經無法超越，他們非但未能找到星圖上的錯誤，反而在無意間發現了更多的真實。

銀河裡新星閃耀，月宮表面凹凸不平，金木水火土，軌跡根本不是像托勒密所說繞地而行，從連續幾夜的觀測結果上看，他們為環繞目標，非常有可能就是太陽！而太陽本身也未必固定不動，它似乎也在按照某種軌道緩緩而行，一如銀河中其他星斗。

若是正在陸續被刻在石頭上的二十八宿圖，從華夏流傳於西方，天哪……後果根本不用想，天方教必然會遭受到有史以來最為沉重的打擊，十字教則因為地心說的崩潰，直接墜入萬劫不復。

這個時空，教義的衝突，就比不上各自生死存亡的重要了。在「從天而降」的災難面前，淮揚各地原來水火不容的十字教牧羊人和天方教講經人迅速握手言和，第一時間將警訊委託海船向各自的領地帶回去，請求各自的最高頭領及時想辦法應對。

就在各種教派的狂信徒們亂作一團的時候，那個曾經被鄭玉、周霆震等人視作寇仇的青丘子，忽然又在幾家報紙上同時發表了一篇文章《原儒》。

文章毫不客氣地指明，儒學自漢代以來走入了一個誤區，董仲舒根本不配被稱作聖人，而是儒門中的小人。他雖然有促使漢武帝「罷黜百家，獨尊儒術」之功，奠定了儒家一千四百餘年來的正統地位，但是他對儒學真義的掌握卻是個半桶水，六經只通其一，並且將陰陽術引入儒家，遺禍千年。

自漢以來的儒術，實際上是托以天道，釋以陰陽，而歸名於仁義，完全曲解了孔聖的意思，而真正的儒術，重的不是表面規矩，而是內在的大道。

所謂道，則如韓子退之在原道中所云，是仁義道德。「博愛之謂仁，行而宜之之謂義，由是而之焉之謂道，足乎己無待於外之謂德。仁與義為定名，道與德為虛位……凡吾所謂道德云者，合仁與義言也。」

大道的傳承，也如韓子退之所說，「堯以是傳之舜，舜以是傳之禹，禹以是傳之湯，湯以是傳之文武周公，文武周公傳之孔子，孔子傳之孟軻。軻之死，不得其傳焉！」所以自孟聖之後，大道斷絕。荀子名為儒家之聖人，實為帝王術之宗祖。

秦之後，因為焚書坑儒之禍，再度興起的儒學已經遠離其真義，《禮記》早已被證偽多年，禮根本就不是聖人求大道的目標，充其量是手段之一，五德輪迴，天人感應，天命綱常，更是與大道格格不入！

故而自朱子以來，真儒推崇韓愈而不推崇董仲舒，講求「存天理，而滅人欲」。這個天理，便是對大道的重新感悟，只是朱子終究差了一步，看見了大道的存在，卻未能正本歸源……

如果換做一個月之前，天下儒生少不得又要群起而攻之，但是現在，即便是最為頑固如王逢者，都不得不承認，青丘子的話也許的確有那麼一點兒道理。畢竟從他的這番解釋中可以得出，**儒家的宗師孔聖和孟聖並沒有犯錯，犯錯的只是後來的不肖子弟，是他們為了功名利祿，曲解和矮化的聖人之學。**

正所謂兩害相權取其輕，比起讓儒學在裝聾作啞中徹底衰亡，青丘子的《原儒》雖然辛辣，卻無疑給儒林指明了一條求存之道，那就是，**復古**，「復孔孟二聖之本意，棄秦漢豎儒之誤傳。」

然而想要「復古」，也不是那麼容易的事，畢竟大道已經斷絕了這麼多年，中間混雜了太多的其他東西，而孔孟二聖所傳，都是語錄，並沒有一個相對完整且能自圓其說的體系。

在這種情況下，《儒林正義》於五月下旬所刊載的另外一篇名為《問道》的文章，就顯得彌足珍貴了。

其文章開篇，引用了莊子的一句名言：「出無本，入無竅。有實而無乎處，有長而無乎本剽，有所出而無竅者有實。有實而無乎處者，宇也；有長而無本剽者，宙也。」隨即根據最近觀星臺上看到的種種新奇景象，大膽的斷言「群星居於宇宙，如塵浮於氣。地居其內，乃萬萬星之一。」

群星居於宇宙而不墜，乃因為道之所在，而萬物於地上之生滅，同樣也是因為大道。道雖然不可衡量，卻無所不在。孔孟二聖窺探到了道之大，所以謙虛好學，後世之儒再觀大道，則如孔中窺豹，只見其一斑，卻以為得其全貌，所以故步自封。

今世之儒若想復古，則需要先依照朱子所言，格物致知，先將身邊的事情道理弄清楚了，然後由小及大，自然會距離大道越來越近。

這篇文章沒有承認青丘子所說，道便是「仁義」，但這篇文章卻給出了一個具體可行的「復古」方法，格物致知。更為令天下儒者欣喜的是，這篇文章的作者署名乃為逍遙子。全天下以「逍遙子」為號的賢達數以百計，最出名並且身居淮揚的，卻只有一個人，那就是前禮局主事，現在的監察院知事逯鯤。

「朱屠戶沒有想將儒林趕盡殺絕！」

「原來朱屠戶的平等之說，乃仁術也！怪不得他一直聲稱，己所不欲勿施于人，原來是欲復古聖之學，非倒行逆施！」

……

白首窮經未必能學出什麼人才，但能把四書五經讀得滾瓜爛熟，信手拈來者，肯定沒有一個智商低下。逯鯤的文章刊出當日，《儒林正義》再度被賣得洛陽紙貴。

幾乎此刻身在淮揚的所有讀書人，無論跟淮揚新政繼續不共戴天者，還是已經投身於大總管府求「兼濟天下」者，都迅速嗅出一股味道，那就是，某個屠戶準備儒林和解了，他和他的幕僚們，正在尋求一種將儒家復古與淮揚新政合二為一的可能，而不是打算求助於其他異端邪說。

這個消息對儒林所帶來的震撼，絲毫不比星圖現世小。

新一期《儒林正義》剛剛流傳到江寧，鄭玉、周霆震、王逢等三十餘名誓言要捨生衛道的「儒林子弟」，立刻分成了兩派。一派以周霆震和王逢為首，認為大夥的抗爭雖然表面上未被朱屠戶所承認，但已經收到了實效。接下來應該做的就是「復古」，以求將聖人絕學傳承於世。

另外一派以鄭玉、伯顏守中的和王翰三人為首，依舊堅持要當面斥賊。但後三人的求死之心也淡了許多，卻遠不如先前那般視之如歸。

被他們這三十人從各自原籍拉來的「同道者」，也隨之一分為二。有一部分準備放棄前嫌，矢志去「復古」，另外一部分，則因為自身的利益受所在，堅持不承認「朱賊」的正朔，準備從此歸隱田園，以待天下之變。

就在這個時候，有一條消息又經報紙之手傳遍了大江南北：

「吳公，左相，檢校淮揚大總管、河南江北行省平章朱重九，六月初將駕臨江寧，登臺觀星，並賀新二十八宿全圖現世……」

「什麼，朱屠戶要來江寧?!」老儒鄭玉手一哆嗦，將正梳理著的鬍子硬生生扯下了一大綹！

這個消息來得可真不是時候，本月初，他懷著必須流血之心，糾集起一大群志同道合者，準備在觀星臺落成之日，跟朱屠戶以死相拼。結果原本定在五月十五落成的觀星臺，提前七八天就落成了，原本謠傳要登臺祭天的朱屠戶根本就沒露面，讓他的諸多準備全都砸在了空處，足足在床榻趴了三天，才勉強緩過這口元氣來。

緊跟著，星圖的現世又給了他當頭一棒」好不容易重新鼓起熱血，準備在朱屠戶拿星圖做文章打壓儒學時再死一回，然而朱屠戶卻偏偏放棄了那個可以將儒學逼入絕境的大好機會，直接讓岳父逯鯤出馬，來了個復古棄今。這令他的第二次努力又失去了目標，老腰處到現在還疼得厲害。

如今，鄭玉心裡已經起了放棄的打算，**朱屠戶偏偏在這當口又移駕江南了？這不是明擺著禍害人麼？**俗話說，一鼓作氣，再而衰，三而竭，眼下，即便登到高處，拼命扯開嗓子呼朋引伴，還有幾人有力氣回應?!

第三章

以血相諫

「就怕擠不進去，我等力量終究還是太單薄了！」
王翰臉色瞬間變得雪一般白。
以血相諫，是他們早就商量好的，在心中演練過無數次，
數千士子迎著朱屠戶的利刃慨然赴死，
周圍的愚民們，則被大夥的熱血喚醒……

「什麼，朱八十一要來江寧？」

同一時間，同樣被嚇了一跳的，還有吳王張士誠。

自打幾個月前受泉州蒲家教唆，發誓與淮陽大總管府割席斷交之後，他就一天都沒睡安穩過。只要閉上眼睛，就會夢見淮安軍打了家門口，而自己這邊，卻要兵沒兵，要武器沒武器，只能伸長了脖子引頸就戮。

為了平息朱重九的怒火，張士誠甚至在得知蒙元朝廷根本不想發兵南下的消息後，立刻就派出船隊，白送了十萬石糧食去揚州；並且讓親弟弟張九六當使者和人質，主動向朱重九認錯，請大總管看在自己以前籌集糧草有功的份上，饒恕自己這一回。如果雙方能重歸於好，自己情願放棄吳王的尊號，繼續奉朱重九為主，並且每年白送二十萬石糧食給淮揚。

然而讓張士誠鬱悶的是，朱重九收下了他的糧食，卻沒有見他的弟弟張九六，只派人說了句「好自為之」，就命令後者隨著空船返回。

結果一直到現在，張士誠也沒弄明白「好自為之」是什麼意思，既不敢關閉邊境，禁止雙方百姓和商隊往返；又唯恐稍不留神，朱總管就像當年奇襲淮安一樣，忽然就殺到蘇州城下來！

「哥，要我說，你還是親自去一趟江寧算了，趁著朱八十一還沒來得及動手！」

張九六在整個吳王府中，算是僅有幾個能勸得動張士誠，並且頗具膽識的，進諫道：「我上次雖然沒見到他，但是能感覺到他非常生氣，但是他這個人有些過於婦人之仁，只要咱們姿態做得足，他即便心裡再不痛快，在蒙元朝廷沒垮臺之前，也未必會對江湖同道下狠手！」

「主公，齊公所言甚是，當年漢高祖曾經屈膝侍楚，唐高祖曾經拜李密為兄，此皆能忍一時之辱者，卻終得定鼎九州。」參政楊璉素得張士誠信任，也走上前勸說：「主公若是不想讓生靈塗炭，何不暫且效仿漢高唐祖，暫且忍讓，以圖將來？」

「你們兩個能確定，朱八十一不是真的去看他的什麼觀星臺和星圖，而是為了我而來？」張士誠雖然稱王之後日漸剛愎，聽了自己弟弟和楊璉的話也不禁問道。

「這個……」

齊國公張九六和參政楊璉二人不知該怎麼回答才好，斟酌了好半晌，張九六才喃喃道：「哥，小心駛得萬年船，我聽說這次南下，他把王克柔留在揚州，把劉子雲、胡大海兩個都帶上了，再加上原本駐紮在江南的徐達，淮安最初的五軍已經來了三個。」

「朱重九素來不敬神佛，連淮揚境內的寺田都沒收了分給百姓耕種，害得佛、道等各教提起他來就咬牙切齒，怎麼可能突然改了性子，為觀看天上的星斗就跑一趟江南?!」

張士誠聽了，心裡更加猶豫。

以他對朱重九性格的瞭解，也許搶先一步親自登門負荊請罪，的確是解決危機的最佳選擇。但人心這東西最靠不住，萬一朱重九改了性子，翻臉把自己給扣下呢？豈不是等同於自己把吳越這片膏腴之地主動送到了他的嘴巴上？這可是年餘糧食百萬石，鳌金百萬貫的好地方！

可硬拖著不去的話，萬一兩家真打起來，自己麾下雖然也有幾十餘萬兵馬，卻未必能頂得住淮安三個軍團的傾力一擊，除非自己能得到福漳蒲家和蒙元江西行省的全力支持。

想到這兒，張士誠心裡猛的一熱，咬了咬牙，跟手下人商量道：「素聞泉州蒲家麾下，有一支亦思巴奚兵，頗為善戰，若是我出一筆重金，請其來援的話……」

「大哥！」

「主公三思！」

眾人被嚇了一跳，趕緊紛紛勸阻：「俗話說，非我族類，其心必異，當初趙氏待那蒲家何等之厚，但元兵南下，蒲壽庚卻立刻將泉州城內所有支持趙宋者斬殺殆盡，如今淮安軍兵力遠強於我，萬一那蒲家再來一次臨陣倒戈，我等必死無葬身之地！」

「不至於吧！」張士誠聽得直皺眉，看了大夥一眼，聲音裡帶著幾分失望。「那徐達前幾天不是剛剛把黃山盜的老巢給端了麼？據孤所知，那黃山盜可是一群大食教徒，亦思巴奚兵也是大食人，跟淮安勢必不共戴天！」

「可蒲家從始至終也沒派一兵一卒北上救援黃山盜！」參政楊璉想都不想，根據實際情況力爭。

「中間不是隔著一個江西行省，道路太遠麼？」張士誠聽得沮喪，不高興地說。

楊璉沒看清楚他的臉色，繼續爭辯，「當時主公已經與蒲家有了密約，蒲家如果想去支持黃山盜的話，完全可以跟主公借路！」

「是啊，大哥。即便蒲家當初來不及派兵，至少也該給黃山盜一切糧餉方面的支持，但從始至終，蒲家卻是一毛不拔！」張九六怕自家哥哥怪罪楊璉，接過話頭，替後者遮風擋雨。

「嘶——！」張士誠看了自己的弟弟一眼，再度皺眉沉思。

如果以黃山盜為先例的話，蒲家的確靠不住，而淮安軍要是真的打過來，江西行省的元兵估計也會選擇隔岸觀火，那樣的話，自己便得憑著麾下這三十萬兵馬，去對抗淮安軍的三個軍團……

「不可能！」猛然間，他又笑著搖頭，「朱八十一那廝素來謹慎，不可能把三個軍團全都派過來。如果來的只是胡大海和劉子雲或者徐達和胡大海，咱們未必不能與其一決雌雄！」

「主公三思！」眾文武聽到這話，紛紛開口勸阻，「我大吳立國時間太短，將士未經訓練，不堪惡戰啊！」

「主公，我軍火器大部分購自淮揚，這兩年雖然不遺餘力仿造，所得卻始終不如淮揚那邊精良，真的戰端一起，很快火炮和炮彈就將供應不上！」

「杭州靠海，平江臨湖，萬一朱屠戶的船隊傾巢而來，我大吳水師未必抵擋得住！」

「主公，那朱屠戶素來守信，高郵之約尚未到期，主公前次只是口頭與他交惡，卻未曾向北派一兵一卒，如今只要肯忍辱負重的話，他沒理由待主公過分苛刻！」

「是啊，連朱重八派人偷他的造炮之術，他都沒翻臉，怎麼可能厚此薄彼！」

話裡話外，竟無一句看好己方，把個張士誠氣得兩眼發黑，頭皮發乍，猛然間看到自己的弟弟張九六正在跟楊璉低聲耳語，心中頓時「雪亮」，狠狠一拍桌案，長身而起：「啪！住口！爾等既然不願意打，張某就走一趟便是，只是張某不在之時，何人主持朝政？」

剎那間，眾文武嚇得閉上嘴巴，不敢再吭氣。

只有參政楊璉，猶豫了一下，躬身行禮，「微臣以為，齊公賢，可監國，萬一朱屠戶對主公不利，只要齊公不降，主公就無性命之憂！」

「哈哈哈！」張士誠忍不住仰起頭對天大笑，「我說爾等今天眾口一詞勸孤去負荊請罪呢，原來爾等早就商量好了要另立賢能！也罷，九六，哥哥今天就成全你。這吳越之地全歸你了！」

說罷，摘下冠冕，就往張九六懷裡塞。

嚇得張九六臉色發白，趕緊後退幾步，雙膝跪倒：「大哥，我什麼樣子你還不知道麼？我寧願現在就死，也不願意咱們兄弟之間互相生疑。大哥，你說戰，戰就是，只要你一聲令下，我這就去校場點兵，先去替大哥死守國門！」

說著，趴下去用力磕了好幾個響頭，將額角磕出血來。

張士誠見此，心裡好生後悔，戴上吳王冠冕，抱住弟弟的肩膀，「九六，別磕了，哥信你還不成麼？哥剛才是說了句氣話，你別往心裡頭去。」

「嗚嗚——」張九六這才緩過氣來，雙手掩面放聲大哭。

張士誠聽了，又羞又躁，衝著眾文武厲聲喝道：「都愣著幹什麼，還不去籌集糧草，準備迎擊朱賊！張某養爾等三年，到頭來居然無一人敢言戰，早知如此，張某養爾等何用？還不如最初就乖乖待在朱屠戶手下，好歹也能混個開國功臣當！」

「啥？吳公他老人家要來江寧？那咱可得好好給他磕個頭去！」

與腐儒鄭玉和諸侯張士誠的反應不同，江寧城內外的市井小民們卻個個滿懷欣喜。

他們不在乎什麼天命綱常，也不在乎什麼正朔反朔，他們在乎的是，能不能讓全家人吃上兩頓飽飯，睡一晚安生覺。

毫無疑問，淮揚大總管府盡最大可能地保證了他們這種簡單的要求，從去年揮師過江到現在，始終穩紮穩打，將元軍和各路「義兵」逼得節節敗退，整個戰場從沒出現過兩方拉鋸現象。而新來的淮揚官吏，則在軍隊的支持下，將蒙元貴胄和官吏名下的大片牧場重新變為農田分給了百姓，並且強逼著地方士紳豪族和普通百姓一樣交糧納賦，攤丁入畝。

除了出動軍隊和官府之外，淮揚商號和各家工坊，也在新光復的土地上大肆擴張。

比起江北，江南的河流更多，水網更密集，可以很方便地建設起大大小小的貨運碼頭，架起高高低低的水車，將羊毛、棉花、蠶絲、麻絲以超出人力百倍的速度紡成紗，然後再織成各種各樣的面料，裝上貨船，銷往長江和運河兩岸所有願意接受貨物的城市。

有的仿阿拉伯式貨船，甚至能直接從揚子江入海，然後前往泉州、福州、廣州等地，給商家換回大把的金銀。

商人逐利，賺到了錢之後，就想賺得更多；而想多賺錢，就得請更多的人工，買更多的原料，於是乎，長期以來被蒙元官府刻意壓制著的民間活力，在過去一年內得到了極大的釋放，新開的店鋪鱗次櫛比，各行各業都迅速恢復了生機。

家裡有了隔夜糧，兜裡有了隔夜錢，百姓們當然不願意再去過那種饑寒交迫、朝不保夕的日子。而能讓他們一直保住眼前安穩生活的辦法只有一個，那就是淮揚大總管府永遠佔據這裡，不再離開。

所以，無論幾個月來儒林如何鬧騰，市井小民們卻極少有人跟著他們瞎起鬨，偶爾一兩個與常小二類似，分不清是非者，也被家長一頓笤帚疙瘩打了回去。

「二呆，沒事跟在傻子身後揚什麼土？人家跟吳公做對，圖的是不繳糧納稅！你圖個屁？有好處也輪不到你頭上！野菜餑餑還沒吃夠麼？還是你天生就是賤骨頭？」

「你這老漢怎麼說話呢？」書生們當然不肯讓追隨者離開，拉著家長的衣袖理論。

卻被後者一笤帚疙瘩打在手上，抽得齜牙咧嘴，「孬相公，要去你自己去，別拉著我家孩子。誰缺心眼啊，任由你拿在手裡當燒火棍使?!」

罵罷，押著自己兒孫回家，禁止再離開家門半步，直到聽聞淮揚大總管的車駕已經到了江寧城門口兒，才解除了禁令，換上了乾淨衣服，拉著全家老少到街頭上去拜謝恩公。

雖然明知道在幾萬乃至幾十萬張面孔裡頭，恩公朱重九不可能記住自己一家，但老百姓依舊願意遠遠地去拜上一拜，不為別的，就為了讓老天爺看見，民心到底在哪一邊，並不是誰嚷嚷的聲音高誰就占理。

所以當朱重九的車駕進入江寧城的時候，道路兩邊早就是人山人海了，白髮蒼蒼的宿老跪在香案後，嘴唇顫抖著，不停地禱告膜拜；年輕力壯的小夥子們則高高地舉著瓜果籃子，不停地向騎在馬上的士兵熱情地招呼著：

「軍爺，您嘗嘗這個，早晨剛摘下來的，還帶著水氣呢！」

「軍爺，嘗嘗吧，嘗嘗咱們江寧人的一片心意！」

……

騎在馬上的近衛旅兵卒一概不予回應，他們只管控制住麾下坐騎，彼此拉開距離，為隊伍中央的馬車提供保護。站在道路兩邊的黑衣城管，則聲嘶力竭地維持著秩序。

「讓一讓，都讓一讓，讓大總管的馬車先過去。別擠了，你們的心意大總管都看到了，再擠就要被馬給踩到了！」

「大總管公侯萬代！早日一統天下！」

百姓們一邊努力控制著身體別往馬蹄子下衝，一邊以歡呼聲回應，霎那間，整個城市裡人聲鼎沸。

「呸，收買人心！」站在路邊二樓包間裡的老儒鄭玉等人聽了，臉色不覺又開始發黑。「狂妄！秦始皇當年封禪泰山也不過如此，轉眼就有義士出，擊其於搏浪沙中！」

「師山先生所言極是！漢初之時，高祖出巡，駕車之馬亦不敢用純色，這朱屠戶才得彈丸之地，民心未定，居然用了清一色的大食寶馬拉車，真是暴殄天物！」老儒王翰也湊到窗口處，咬牙切齒地數落道。

「依老夫之見，其早晚必步陳勝、吳廣之後塵！」

「小富則安，豈能成就大業！」

屋子裡，僅剩的七名儒林「翹楚」紛紛詛咒，巴不得樓下立刻跳出一個拎著鐵錘的壯士，對著朱屠戶的馬車傾力一擊。

而他們各自的僕人們，則擠在另一扇臨街的窗口旁，滿臉羨慕地看著一隊隊騎兵保護著數輛馬車緩緩從街頭走過。

天氣有點熱，所以騎兵們身上穿的全是無臂的胸甲，護腿甲也僅僅到膝，其餘部分，則以透氣的銀絲甲編織覆蓋。這令他們顯得更加英俊偉岸，一個個好像天神下凡般，從頭到腳透著高貴和威嚴。

六百多名騎著高頭大馬的騎兵隊伍中間，是十輛乾淨整潔的四輪馬車。每輛車的車廂都塗成了暗藍色，被天空中的陽光一照，反射出海水般的光芒。

拉車的駑馬，則全都是淺栗色，從第一輛到最後一輛，所有馬匹個頭都同樣高矮，釘了鐵掌的馬蹄，整齊劃一地踏在年久失修的青石路面上，不斷濺起閃亮的火星，起起落落，閃得人心裡直癢癢。

「勞民傷財！」鄭玉的聲音再度響起。

「沐猴而冠，再怎麼收拾打扮，他也終究是個屠戶！」王翰在旁邊憤憤不平的附和。

他們兩個都做過大元朝的官，知道那些駑馬的珍貴，像這樣的純血馬，每一匹拉到市面上，都能換戰馬五匹以上。

「師山先生，我等何時下去？」與鄭玉和王翰兩人不同，伯顏守中沒心思指責朱屠戶的奢靡，而是走到二人身邊，以非常迫切的聲音詢問。

「有幾分把握靠近車隊？」鄭玉打了個哆嗦。

「不清楚！」伯顏守中搖頭。「下面人太多，只能讓家奴們先去擠一下，然後咱們往裡衝，只要被那朱屠戶看見了，就已經足夠！」

「就怕擠不進去，我等力量終究還是太單薄了！」王翰臉色瞬間變得雪一般白。

以血相諫，是他們早就商量好的，並且在心中演練過無數次，峨冠博帶，數千士子迎著朱屠戶的利刃慨然赴死，周圍的愚民們，則被大夥的熱血喚醒……

只是，今天到場的人與設想中相比，差距實在太大了些，即便加上各自的奴僕，都不及預期的百分之一。這點數量，恐怕沒等靠近朱屠戶的馬車，就被那群黑衣人給殺得潰不成軍，就像雞蛋投入的汪洋大海，根本掀不起任何浪花來！

「再等等，鄭某並非臨難惜身，而是時機還不妥當！」老儒鄭玉心裡的想法與王翰差不多，聽後者說得有氣無力，便結結巴巴地道。

伯顏守中的臉色迅速變冷，咆哮道：「爾等還要等到什麼時候？等天下儒林都跟著朱賊去復古麼？那我等的血還有什麼意義？你們要是不想去，我自己帶著僮僕先走一步，明年此時，還請諸君到伯顏墳頭告知結果！」說罷，轉身就要往樓下走。

其他幾個儒林翹楚見此，一個個羞得面紅耳赤，進退兩難，正猶豫著是不是拉伯顏守中一把的時候，忽然間聽到僮僕們喊道：

「快看，有人攔車喊冤！」

「這下麻煩大了，看那朱屠戶接還是不接！」

「這娘們膽子真夠大，差點就被馬車給撞死！看那朱屠戶怎麼辦！」

眾人立刻找到了理由，拉住伯顏守中，帶著後者一併撲向窗口，「先少安勿躁，看那朱屠戶的馬車到底停不停下來！」

只見原本在道路兩旁維持秩序的黑衣人，紛紛架起攔車喊冤的女子，然而那女子也是豁出去一死的態勢，奮力掙扎，嘴裡大聲喊冤。

忽然，黑衣人停住腳步，將女子緩緩放下，緊跟著，最前面的那輛馬車車門拉開，一個鐵塔般的黑臉絡腮鬍子、一個黃臉壯漢和另外一個古銅色臉膛沒有留鬍鬚，身軀和黑臉絡腮鬍子一樣魁梧的年輕人，相繼跳下了馬車。

「是姓胡的叛賊、徐車夫和朱屠戶！」儒生的奴僕們竊竊私語。

鄭玉、王翰還有伯顏守中三個呆立於窗口，牙齒不停地上下撞擊，第二軍團都指揮使胡大海、近衛旅長徐洪三和淮揚大總管朱重九，三個大夥每每提起來就罵不絕口的傢伙，如今就在他們腳下不遠處的地方伸手可及。

只要他們縱身朝外一躍，絕對能將熱血濺在三人的臉上，可是不知道為什麼，他們幾個卻誰都失去了動彈能力，只是擠在窗口，聽著自己的牙關不斷打戰。

一片牙齒撞擊聲中，鄭玉看見朱重九、徐洪三和胡大海三人朝喊冤的女子走去，周圍百姓則像泥塑木雕般個個呆立在那裡，不敢稍微移動一下脖頸。

胡大海問了幾句話，那個女子回了幾句，但旁邊的喊聲太嘈雜，鄭玉努力聽，卻什麼都沒聽見，隨即，他看到**朱屠戶上前半步，試圖從地上攙扶起那個喊冤的女子，接過她的訴狀，緊跟著，就看到寒光一閃——**

「啊——！」鄭玉三人齊聲驚呼，眼睜睜地看著那道寒光直奔朱屠戶的小腹，然後就看見胡大海奮力推開了朱屠戶，用自己的身體擋住了刀光，朱屠戶則飛起一腳，將刺客踢上天空。

呼——！不知為什麼，鄭玉覺得緊緊提在嗓子眼的心迅速回落，絲毫不為刺客失手而感到惋惜，相反，卻覺得肩頭如釋重負。

「小心頭上窗口！」緊跟著，他又聽年王翰在自己耳畔高聲大喊。隨即，對面的窗口火光閃爍，「砰！砰！砰！」數聲火銃接連響起。

胡大海試圖用自己的身體護住朱屠戶，但是他胸口很快就冒起紅煙，朱屠戶試圖抱住胡大海，徐洪三擋在朱屠戶身前，周圍的士兵衝過去排成人牆，對面窗口的火銃聲卻彷彿有魔鬼相助般，絡繹不絕。

朱屠戶胸口處也飄起了紅煙，與胡大海一道倒了下去，近衛旅的士兵們發了瘋般用身體將朱屠戶、胡大海和徐洪三等人死死護在身下，另外一波士兵跳下戰馬，朝對面窗口舉起火槍，射擊聲響成一片。

百姓慘叫著四處奔逃，更多的士兵衝過來，朱屠戶不知道是死是活，胡大海也生死未卜，鄭玉、王翰等人軟軟栽倒。

這一刻，他們在彼此的臉上沒看到任何喜悅。

半空中懸掛著一個巨大的螢幕。

螢幕上，無數黑頭髮黃皮膚的人來回跑動，他們耕田織布，捕魚養豬，日子過得快樂而又富足。

不遠處的螢幕角落，冒起了一股濃煙。有群騎著戰馬的辮子兵衝進村子，見人就砍，見東西就搶，村民們拿起門閂和鋤頭抵抗，然而農夫無論如何都不是職業強盜的對手，很快成年男子就被砍殺殆盡，只剩下婦孺跪在血泊中哀哭。

「別哭了，改朝換代哪有不死人的！」

一個袍子上繡著仙鶴的官員粉墨登場，手捧聖旨，對著血泊中的孤兒寡母開始宣讀。其文章寫得極盡晦澀繁雜之能事，但歸結起來不外乎兩句話，我大清乃奉天命弔民伐罪，凡是活著的人都要叩謝皇恩浩蕩。

「畜生，你就不怕遺臭萬年！」朱重九忍無可忍，指著螢幕裡的鶴袍官員大聲唾罵。

下一刻，他發現自己也跳進了螢幕中，而那身穿繡鶴官袍的老儒則漂浮在半空中，居高臨下地看著他，哈哈大笑：「少年人，你也太幼稚，洪某豈會遺臭萬年？洪某跟你賭，用不了五百年，後人就得對洪某的功勞大書特書。」

朱重九大怒，拔出殺豬刀對天而剁。然而他卻撲了一個空，身體迅速被狂風吹起，飄飄蕩蕩，轉眼就來到了數百年後。

滄海桑田。一座高聳入雲的牌樓下，數座雕梁畫棟美輪美奐，幾個地方官員笑呵呵地來到牌樓旁，親手揭開上面的紅綢，紅綢如血漿般從石頭牌匾上滑落，「洪承疇紀念園」六個大字耀眼奪目。

朱重九發現自己的血開始變冷，握在手裡的殺豬刀突然間也變得重逾萬斤，他孤零零地走在黑白兩色的世界裡，看著無數辮子兵燒掉書籍，拆毀書院，將農田踩成荒野，將亭臺樓閣化作瓦礫堆……

他們哈哈大笑著殺死男人，拖走女人，砍到老人，踩翻幼兒。他們一個個得意洋洋，樂此不疲。而那些反抗者，則在被他們殺死之後，再於屍體上掛起一塊木牌：暴徒、惡棍、愚民、淫棍、小人得志……

「民賊相混，玉石難分。或屠全城，或屠男而留女。」一群辮子兵在剛剛攻克的城牆上，堂而皇之地貼出殺人告示。

數十年後，另外一個梳著辮子的高官，將此文告用墨汁抹掉，然後在旁邊大筆一揮，「蜀人盡被張賊獻忠所屠，十不存一！」

文官剛剛放下筆。門外，跑過一隊高頭大馬。

「施琅大將軍得勝還朝！」有人騎在馬背上扯開嗓子大喊。

一名又矮又胖，奇醜無比的傢伙，在騎兵的簇擁下，志得意滿，他的馬尾巴後，則拖著數以萬計死不瞑目的屍體。

屍體拖過洪承疇的紀念館，無數當地官員焚香禮敬。須臾，另外一座更漂亮的紀念園在白骨上建了起來，上面濃墨重彩地書寫著「施琅大將軍功耀千古……」

「畜生！禽獸！」朱重九舉刀上前拼命，胳膊卻被數名身穿長衫，鼻子上架著眼鏡的學究們用書本擋得死死的。

學究們義正詞嚴，卻壓根沒注意到，自己的雙腳就踩在祖先的屍骨上，而那些屍骨則瞪著大眼，緩緩坐起來，哈哈大笑……

「哈哈哈，哈哈哈！」笑聲中，天旋地轉。滄海桑田迅速變幻，一個身穿長衫看起來非常有學問的傢伙，侃侃而談：「各位都是朋友，過往的事不必談了，既往譬如昨日死，今日當如今日生。各位願意當漢奸的，留在北平，我潘毓桂保護他；不願當漢奸的，自己小心。」

還沒等朱重九來得及憤怒，又一個身穿西裝的老學者站了起來，大聲宣告：

「愛國主義是流氓的最後庇護所，既不先進，又不民主，如此之國，怎麼值得大夥去愛。值此之際，我們應該毫無保留地接受西方文明，哪怕是去做奴隸，他們因為信仰上帝，所以會善待我們。不信請看，當年的黑奴如今不也成為美國的主人了麼？」

「無恥之尤！」朱重九終於喊出了聲音來，衝著西裝老學者破口大罵。

然而，那個老學者卻微微一笑，「什麼叫無恥？這叫輸血，你懂不懂。華夏自古缺乏狼的血液，所以每隔一段時間，不得不由異族輸入血液和活力。」

老者身後，一隊人舉著攝影機，正在努力拍攝。

第一集，民族融合功臣洪承疇。

第二集，施琅大將軍。

第三集，誰主中原……

第四集，一代明君魂照合川……

腳下的土地開始崩裂，頭頂的天空也變得支離破碎。朱重九發現自己從螢幕中掉了出來，不停地往下掉，往下掉，不知何處才是盡頭。

身邊如流星般滑落的，則是華夏衣冠、典章、樓宇、史冊……統統萬劫不復。

「啊——！」他大叫著揮舞胳膊，試圖阻止這種墜落，身體卻又重又酸，根本不聽使喚。天空中有雨點掉了下來，打在他的臉上，暖暖的，鹹鹹的。

他努力轉頭，試圖避開鹹滋滋的雨點，卻發現不遠處有一道微弱的亮光，那道亮光吸引著他，讓他肋生雙翼。

他飛，拼命飛，拼命飛。飛了不知道多少年，也不知道多遠，忽然覺得身體一輕，整個世界一片通明。

「郎君動了。」

「郎君醒了！快來人啊，郎君醒了。」

「大夫，快請大夫！郎君真的醒了。感謝老天爺，你把郎君還回來了！」

「阿彌陀佛！上帝，佛祖、觀音菩薩、玉皇大帝……」

先是逯雙兒一個人的聲音，然後是一群鶯鶯燕燕。朱重九努力睜開眼睛，隱約看到七八個影影綽綽的輪廓，隨即一張張掛著眼淚的面孔越來越清晰，是雙兒，還有另外八個婢妾，她們都圍在他的床邊又哭又笑，語無倫次。

原來我剛才在做夢！朱重九努力眨了下眼鏡，暈暈乎乎地想著。

那也不完全是夢，而是朱大鵬那個時空發生過的事實。付出了無數熱血和生命才建立起來的大明，只屹立了二百七十多年就轟然倒塌，然後就是曠絕古今的「大清」，然後是辛亥革命、軍閥混戰和日寇入侵，期間大地血流成河……

這些記憶，一直隱藏在朱大鵬的內心深處，所以在兩個靈魂融合之後，也成為朱重九記憶的一部分，讓他根本不用費功夫去想，就會浮現在眼前；也不用花什麼力氣，形形色色的人物就會在腦海裡粉墨登場。

逯雙兒的面孔愈發地清晰，同時慢慢清晰起來的，還有右胸口處一陣陣襲來的悶痛。

「我好像被子彈打中了！」昏迷前的記憶片段，迅速湧入朱重九的腦海。連綿不絕的火銃射擊聲，陰狠歹毒的女死士，用身體替自己擋了利刃和子彈的胡大海……

是火銃，數量至少在十杆以上，並且採用了淮安軍剛剛推行的三段輪射方式，距離大概在三十步到四十步之間，如果不是受不了蘇先生的囉嗦和暑熱的雙重折磨，自己在下船前特地於胸甲內又穿了一層可以促進空氣流通的鋼絲背心……

想到這兒，朱重九忽然不寒而慄，本能就想坐起來，查驗周圍環境，然而胸口處的悶痛卻像巨石一樣，壓得他動彈不得，嘴裡發出的示警聲，也變成了斷斷續續的呻吟，「雙兒，不要哭，帶她們離開這兒，立刻回揚州！」

「夫君，咱們現在就在揚州啊！」雙兒又是歡喜，又是害怕，睜著一雙淚汪汪的眼睛，「咱們現在就在揚州的家中，前天晚上，近衛旅就把你送回來了！」

「啊——！」朱重九艱難地點頭。腦海裡好像有無數條麻線彼此纏繞成一個巨大的謎團，想要一根根解開，卻又找不到最先該從哪裡下手。

「我昏迷幾天了？麻煩給我拿點水過來！」

「五天！把遇刺那天也算上是第五天！」雙兒回道，然後挺著大肚子去拎水壺，其他幾個婢妾則將她攙扶住，然後七手八腳將水壺提起來。

年齡最大的那名叫芙蓉的女子，倒了一盞熱參湯，先用嘴唇試了試溫度，緊跟著喝了一大口，噙在嘴裡，緩緩靠近朱重九的雙唇。

雖然已經承認對方是自己的妻子之一，但如此香豔的餵水方式，朱重九依舊有點無法接受，正準備搖頭拒絕，卻聽雙兒勸道：「夫君，你就這樣喝吧。這幾天，姐妹們一直這樣輪流餵你。」

「啊——！」朱重九又是一愣，臉脹得宛若豬肝。

但另一個年齡很小的婢妾接下來的話，令他徹底放棄了掙扎，「雙兒姐姐怕有人下毒，所以給您的食物和水，我們姐妹都嘗過，只要我們姐妹還活著，別人就甭想再害您！」

朱重九認命地張開嘴，與芙蓉湊過來的紅唇緊緊印在了一處，帶著體溫的參湯順著喉嚨淌進肚子，同時淌進來的，還有萬縷柔情。

一口，兩口，三口，他盡可能地讓自己多喝，只有喝下那些參湯，他才能儘快站起來；只有站起來，他才能保護雙兒和這些與自己命運相連的少女，還有雙兒肚子裡的孩子。

當一整壺參湯落肚，他覺得自己的精神又好了許多，胸前的痛楚也越來越清晰，有一處外傷，還有幾根斷裂的肋骨。自己親手改進了火藥和火槍，然而自己差點成為死在火槍下的義軍將領。

「我喝飽了！」朱重九輕輕搖搖頭，示意芙蓉不要繼續再餵了，然後試圖用手肘支撐起上身。

這個動作令他頓時疼得滿頭大汗，剛剛放下一點心的眾女也被嚇了一大跳，不約而同地撲上來攙扶，一邊勸阻道：「夫君小心，大夫說您受了內傷，必須靜養！」

正手忙腳亂間，門外忽然響起了蘇明哲那特有的公鴨嗓子，「都督，老臣還有洪三、熙宇、佑圖、伊萬都在，您有事，可以隨時吩咐！」

「你們……」朱重九愣了愣，胳膊上的力氣用盡，緩緩躺倒。「善公和子雲呢？還有敬初和永年他們幾個呢？」

「善公在政務院主持政務，子雲在樞密院坐鎮，在主公昏迷期間，三院運轉一切正常。老臣已經下了封口令，嚴禁您的傷情向外流傳。敬初和永年正戴罪立功，發誓不將刺客捉拿歸案，他們兩個就提頭來見！」蘇明哲撿著朱重九想要知道的情形彙報著。

「胡大海的情況怎麼樣？他還活著麼？別瞞我，告訴我實情！」朱重九懸著一顆心問。

「啟稟都督，胡大海的傷很重，但是，他也被救下來了，不過……主公不用擔心，等您的傷好之後，隨時都可以召見他！」

「嗯！」朱重九輕吐了口氣，問：「大夫對我的傷怎麼說？」

「啟稟主公，大夫一直在外間候著！」

「讓他們進來吧！」

第四章

最大受益者

按照約定，徐達還是大總管位置的第一繼承人選，
如果朱某人遇刺身亡，他將是最大受益者！
所以，刺殺案發生後，徐達成了最大的嫌疑人。
無怪乎他自己要選擇避嫌，
蘇明哲毫不客氣地拒絕朱重九昏迷之前的「亂命」。

隨著蘇明哲的回應聲，房門被人打開，一個拎著皮箱的色目郎中和一名留著五綹長髯的中醫相繼走了進來。

是淮安醫館的館長伊本，和揚州當地名醫荊絳曉，朱重九對這兩人都有印象，微微點點頭，「都坐吧！雙兒，讓人給大夥搬幾把椅子！」

「是！妾身這就去！」雙兒答應著，帶領眾婢妾退到一旁。片刻後，幾名身子骨粗壯的僕婦抬著椅子，放在兩位郎中身後。

「草民折殺了！」兩名郎中恭敬地施禮道謝。

荊絳曉道：「殿下，請讓草民為您把脈！」

伊本則打開箱子，從裡邊擺出一整套家什，「殿下，草民按照您上次的提醒，用綢緞塗抹牛膠，做成了聽診器！」

「別急，一個一個來，先中醫，再西醫！」朱重九被那套走鐘的聽診器逗得啞然失笑。

「是！」荊絳曉得意地看了一眼伊本，搶先下手，先給朱重九摸了一通脈象，接著又聽了聽朱重九的呼吸和說話的聲音，隨即再問幾句病人自己的感覺，最後又仔細觀察了病人的氣色、眼底和舌苔，走完全套，才長出了口氣，坐回椅子上。

「該我了！」伊本早就等得不耐煩，立刻長身而起，在逯雙兒的監視下，從頭到腳將朱重九檢查了個遍。

「荊大夫，還是你先說吧！」朱重九即便反應再遲鈍，也猜到二人這些天來一直在較勁，便主動點將。

「是！」荊絳曉拱了下手，道：「殿下體表之傷，乃外物重擊所致，幸被寶鎧和金絲甲所護，卸去了大部分力道，所以外傷並不嚴重，彈丸入表皮下半寸而止。而重擊卻導致三根肋骨折斷，五臟移位，幸及時得以人參補元，然後正骨活血，再以針石之力化瘀……」

「胡說，前半部還有點道理，後面簡直是草菅人命！」色目人伊本按捺不住，沒等荊絳曉說完就厲聲打斷，「分明是彈丸打得鎧甲變形，然後壓斷了三根肋骨，導致肺部和多處臟器受損。如果沒穿板甲，只穿了金絲甲，可能傷得還會輕一些。即便如此，要是早按照我的辦法，用刀子割開胸腔放血，殿下三天前就醒過來了，何必等到現在！」

「你才草菅人命！一旦引發血毒，你全家殉葬都難抵滔天之罪！」

「自打公爵殿下提純出酒之精華以來，化膿情況就少了一大半，即便偶爾出現，也不會再要人命。倒是你這種所謂的藥石針灸，純粹屬於巫術範疇，本質上等於什麼都沒幹，完全憑著殿下身體的恢復能力硬抗！」

「你才是跳大神呢，除了放血就是放血，其他什麼都不會幹！」

「那也比你拿毒草當藥劑強！」

「老夫好歹沒用開膛破肚就矯正了殿下的肋骨！」

「你那是誤打誤撞，全憑運氣。萬一哪根骨頭沒有接對，將來就會讓病痛伴隨殿下一輩子！」

……

說話間，兩人又吵了起來。各執一詞，恨不得將對方置於死地而後快。

朱重九打斷：「行了，我這不是已經醒過來了麼？荊大夫，以前的診治不用說了，你說說接下來病情會如何發展？」

「啟稟殿下，如果按照草民的辦法，就以靜養為主，輔以化瘀補氣之藥。以殿下的龍鳳之姿，三個月內必然可以再度躍馬橫刀！」

「胡說！先前按照你的巫術，殿下沒有放血，早已在體內形成了血塊，今天既然已經醒來了，應該儘早下床活動，由慢到快，通過肌肉和內臟活動，將淤血慢慢吸收。」伊本不待朱重九問到自己，搶先發言。

「行了，二位說得都有道理，這些日子也都辛苦了，等會兒各自去帳房支取兩百塊銀幣，就回去休息吧！不用每天都守在我身邊伺候著。」朱重九吩咐。

「主公且慢！」話音剛落，門口便傳來蘇明哲的聲音。「他們兩個責任重大……」

「怎麼，我的傷勢還會出現反覆麼？」朱重九正色問道。

「不會，不會！」伊本擺手。「殿下既然醒過來了，就不會再反覆了，但是伊本願意留在殿下身邊，隨時聽候召喚！」

「行了，反正你們住得都不遠，需要的時候，我再派人去接你們！蘇先生，給他們診金，然後派馬車送他們回家！」無論是假意還是真心，朱重九一律都視而不見，下逐客令道。

「是，老臣遵命！」蘇明哲雖然不想放兩個郎中走，卻更不願違拗朱重九的命令，在門外答應著。

「都誰在外邊，大夥進來說話！」朱重九將聲音提高了幾分。

朱重九頭依舊有些沉，兩隻耳朵旁彷彿有上萬隻挖掘機在同時開動，這是久臥後的必然反應，他用力吸氣，右胸口的悶痛迅速取代了大腦和耳朵的不適，令他忍不住悶哼出聲。

「主公！」蘇明哲嚇得一哆嗦，用手扶住朱重九的肩膀，口中急喊道：「來人，趕緊把郎中請回來，快去！」

「別胡鬧，他們也都好幾天沒睡好覺了，讓他們歇上一歇！」朱重九吩咐。

「你扶著我坐一會兒，一會兒就好！」

「是。老臣遵命！」蘇明哲紅著眼答應。

「雙兒，你們去休息一會兒，有蘇先生在，不會出任何問題。」朱重九又吩咐道。

「是！」逯雙兒帶著婢妾，戀戀不捨地退了出去。

「桌上有參湯，給我倒一碗過來。」

回應他的是吳良謀，「主公，參湯在這裡！」

朱重九哆哆嗦嗦地伸出胳膊，平素根本感覺不到分量的茶碗，此刻端在手裡重逾千斤，他強迫自己的手穩定下來，將參湯一點點湊到嘴邊。

自己必須儘快好起來，這個節骨眼上，誰也沒資格軟弱，哪怕蘇明哲絕對可靠，哪怕淮安五支主力軍團當中，有四支還牢牢地掌握在自己手裡。

蒙元朝廷從沒放棄過毀滅淮揚的打算，周邊的群雄，也沒一個是省油的燈，一旦自己長時間不露面，或者淮揚大總管府內部出現了巨大問題，這幫傢伙絕對會毫不猶豫地一哄而上，到那時，什麼平等理念，什麼民族重生，都和淮揚大總管府一樣，統統被群狼撕成碎片。

略帶苦味的參湯緩緩從舌頭上滑過，緩緩滑入嗓子。產自這個時代的完全天然野參，功效與朱大鵬那個時空用化肥催出來的替代品不可同日而語。很快，他肚子內就湧起一股融融暖意，整個人也彷彿被注射了興奮劑般，慢慢恢復了幾分精神。

當日向自己開槍的人，受過嚴格的射擊訓練，他們用的是最新款燧發滑膛槍，而不是前幾年推銷給群雄的火繩槍，否則，既達不到那麼高的射速，很難在四十步的距離上，接連擊穿板甲和鋼絲甲。

但這夥人也不應該是自己麾下某個將軍的嫡系，否則，他們動用的就應該是線膛槍和表面上裹了軟鉛的密封彈丸，那樣的話，自己就壓根沒機會活過來了。

「都督，你撐不住的話，就躺下來吧！咱們不爭這一時啊，老臣求你了！」蘇明哲的聲音已經帶上了哭腔。

朱重九努力睜開眼睛，輕輕搖頭：「不用，我需要一點兒時間適應。真的沒事，你別這樣，好像我要死了一般！」

「老臣……老臣不是哭喪，老臣是害怕。」蘇明哲用手在臉上抹了幾下，「這些天，老臣都後悔死了，當初如果不是老臣攛掇著你到集慶巡視，都督你怎麼可能遭這麼大的難！」

「胡說，是我自己想去江南敲山震虎，結果虎沒敲到，反而惹了一窩子狼。」朱重九開解道。

誰知這句話，卻令肅立在旁的徐洪三跪了下去，磕頭謝罪道：「是末將護駕不力，願領一切責罰！」

「給我滾起來！」朱重九把眼睛一瞪，「我自己疏忽大意，關你什麼事！」

的確是自己疏忽大意了，否則刺客怎麼可能有機會潛伏在距離車隊如此之近的位置上？當時朱重九注意力都放在那些腐儒身上，**沒想到那些讀書人背後，還藏著一頭凶狠的野狼。**

斥責完徐洪三，他將目光轉向其他人，「吳良謀，你不好好在荊州打仗，急著跑回來幹什麼？莫非你也懂得給人看病不成？還有你，吳二十二，從睢陽到徐州，上百里的防線，無論哪處出了紕漏，我都會拿你是問！絕不會讓你拿回來看我當作藉口！」

吳良謀和吳永淳挨了數落，卻絲毫不覺得委屈，哽咽著說：「都督只要沒事，末將願領任何責罰！」

朱重九看向伊萬諾夫，問道：「第二軍團現在情況如何？弟兄們還安穩麼？

通甫受傷，你這個副都指揮使就要多操心了！」

伊萬諾夫抱拳道：「末將這幾天除了來都督身邊護衛之外，其他時間都紮在第二軍團的營地裡，都督儘管放心，第二軍團是您的，除了您本人之外，不會服從任何人的調遣！」

「有你們幾個在，我還有什麼不放心的！」朱重九嘉許地點頭。

第二，第三，第五軍團都在掌握之中，問題就該出在別處，閉上眼睛休息了幾分鐘，他再度將眼睛睜開時，目光又落在了徐洪三臉上。

「行了，別尋死覓活了，你又不是娘們，有那功夫，多幹點正事比啥都強。我問你，最近這幾天，揚州城內動靜如何？淮安和高郵兩地呢，是否風平浪靜？」

「都督儘管放心，逯老大人和蘇長史始終牢牢控制著局面，近衛旅的三個團，這幾天輪流在大總管府內值班，第七軍團奉命移防，去了泰州；第六軍團都指揮使王宣雖然沒有親自趕回來，卻派了兒子王福回來送信，只要您或者夫人一聲令下，整個第六軍團願意赴湯蹈火！」徐洪三一一回道。

朱重九笑著點頭，又排除了兩個內鬼的可能，這讓他的心情感覺愈發輕鬆。

「辛苦大夥了，從今天起，就不必輪流值班了，一切按照正常時候就好，蒙元那邊可有什麼動靜嗎？」

「察罕帖木兒和李思齊試圖領兵渡河，被咱們的水師給堵在了黃河北岸；第四軍團第四十一旅，第四十二旅在陳將軍指揮下，於黃河南岸枕戈待旦，即便察罕和李思齊兩個僥倖衝破水師的阻攔，也絕對不可能在南岸站穩腳跟！」吳熙宇主動替蘇明哲回答。

「荊襄那邊，逯德山和劉魁兩個完全頂得住，末將回來之前，劉福通突然調集了十萬大軍，向倪文俊部展開進攻，看樣子，汴梁那邊已經得知主公受傷的消息，所以劉福通想極力還主公一個人情！」吳良謀接著說道。

「到底是劉福通，這一手玩得很漂亮！」朱重九聞聽，忍不住用力拍打床沿。這一下牽動了傷口，又疼得他齜牙咧嘴。

在另一個時空的評書中，劉福通這個人是小富則安的典型代表人物，目光短淺，氣度狹隘，並且得意之後便忘了根本。而在本時空，朱重九所看到的劉福通，卻是截然不同的另一種面貌，他在這個節骨眼兒沒有選擇趁淮揚之危，而是向倪文俊部發起進攻，擺明了就是想告訴外界，他自己心裡沒鬼。

隨著汴梁紅巾與倪文俊部的戰鬥展開，淮安第五軍所面臨的壓力頓時大幅下降，吳良謀這個第五軍都指揮使是繼續留在前線，還是返回揚州護駕，選擇餘地無形中也增大了許多。

「據軍情處急報，兩天前……」蘇先生補充道：「朱重八在郭子興的支持下，血洗了孫德崖，如今濠州軍與和州軍已經徹底成了一家人。郭子興名義上是朱重八的上司，實際上大權已經盡被朱重八所掌握！包括郭子興的兩個兒子都被從軍中踢了出去，去做了管屯田的文職。」

「他倒是很會選擇時機！」朱重九愣了愣。

以前幾天淮揚大總管府的情況，無論自己死掉還是僥倖逃過一劫，短時間內，淮安軍肯定都沒精力去管別人家的「閒事」，而朱重八趁著這個機會下手幹掉孫德崖，徹底架空郭子興就不用承擔任何風險。

只要郭子興一天沒死，哪怕只能做個牌位，此人的行為就不算以下犯上，沒有違背當年的《高郵之約》。而這時候他還把精力放在內部大清洗上，無形中也對外界說明，那群刺客與和州軍與他朱重八無關。

「張士誠又派人送了十萬石今年的新稻來，還有十萬兩藩銀，說是送給大總管的湯藥費。他的軍隊也向後撤了一百多里，與咱們靠近的幾座城市裡，如今剩下的守軍不到五百！」

第三個聰明人很快就出現了，朱重九絲毫不感覺到驚訝，**這就是政治！**自己活著抵達江寧時，周邊幾家勢力都枕戈待旦；而自己遇刺受傷後，一眾紅巾諸侯就趕緊自我撇清，唯恐動作慢了一步，成為淮安軍的報復對象。

「彭和尚和趙普勝都答應了將治下礦山交給淮揚商號開採，收益半年一結，一家一半！」

「毛貴將軍來到了揚州，就住在驛館裡，這幾天，每天早晚都會過來看望您一次！」

「徐壽輝上表請求內附，無論是當地方官還是做武將，任憑安排！」

……

聰明人不止一個，很快，其他人也接連登場，誰都不想跟刺殺案扯上瓜葛，成為淮安軍的重點報復對象。

朱重九越聽越覺得無趣，撇撇嘴，冷笑著說道：「徐壽輝他手裡還有兵馬可用麼？佑圖，回去後，麻煩你給他帶個話，叫他不必擔心，就憑他當年起兵抗元之功，我也不會虧待了他！」

「是！」第五軍都指揮使吳良謀大聲答應。

大象走路，不會在乎螞蟻的死活，以徐壽輝現在的實力和處境，對於手握重兵的自家主公來說，不就是一隻螞蟻麼？讓他好好活著，只會讓外界覺得自家主公寬宏大氣，一諾千金，殺了他，反而會有損整個淮揚的聲譽。

「至於其他人，撇清不撇清無所謂，現在咱們沒功夫搭理，到了高郵之約結束的時候，誰想要戰，戰便是！我就不信咱們淮安軍會輸給他們當中任何一個！」

從生死邊緣走了一遭，他又看開了許多事情，無論做事還是說話，都遠比先前乾脆俐落。

這個巨大的變化，沒有逃過蘇先生的眼睛，立刻拱了拱手道：「主公說得對，他要戰，戰就是，頂多讓他們再得意兩年時間，等高郵之約期限一過，咱們七個軍團齊出，就不信踏不平任何地方！」

「嗯！」朱重九點頭。「大夥知道就好，咱們現在積聚實力的時候，其他人也在積聚實力，所以誰先亂了章法，誰就會吃大虧！行了，既然四下都無事，大夥就該幹什麼幹什麼去吧。永淳，今天回府休息一晚，明天你返回第四軍團。佑圖也是，明天一早回第五軍團，我既然沒事了，你們倆沒必要都在揚州耗著。」

「這……」吳永淳和吳良謀沒想到自己也會被趕走，猶豫著是否要答應。

「怎麼，捨不得家小啊。捨不得這回就一併接去，打仗的日子長著呢，總不能叫你們骨肉分離！」朱重九調侃道。

是怕……」

「不是，不是！」吳永淳和吳良謀兩個立刻紅了臉，窘迫地擺手道：「我們

「沒什麼好怕的，我這不是好好的麼？」朱重九揮揮手。「去吧！大家這幾年多辛苦些，等趕走了韃子，咱們有的是時間聚在一起痛飲！」

「屆時必將跟都督一醉方休！」吳永淳、吳良謀二人見無法違抗，振作起精神道。

「去吧，別在這瞎耽誤功夫了，你們兩個又不是郎中！伊萬，你也下去休息吧，我身邊有洪三和蘇先生就足夠了！」朱重九將三名軍團指揮使趕走。

待到眾人皆告退離去，只剩徐洪三和蘇明哲時，這才問道：「說罷！到底是怎麼一回事？你怎麼把幾個都指揮使都給召回揚州了？我記得我昏迷之前不是吩咐過麼？要徐達主持全域，他呢，怎麼今天誰都沒有提起他來？」

果然無法瞞過去！蘇明哲打了個哆嗦，回稟道：「都督息怒，老臣並非有意違背您的命令！實在是此事牽扯太多！」

果然在故意隱瞞！朱重九眉頭緊鎖，喝問：「到底怎麼回事？無論牽扯多大，你必須給我說個清楚！」

那天在發覺自己中彈的瞬間，他已經做好了最壞的準備，所以果斷吩咐了兩

件事，第一，由徐達主持全域；第二，不准胡亂殺人。

但是醒來後，主持全域者卻變成了蘇明哲。而第二軍團副指揮使伊萬諾夫，第四軍團都指揮使吳二十二，第五軍團都指揮使吳良謀和近衛旅長徐洪三，都跟在蘇明哲身後。唯一一沒跟在蘇明哲身邊的，是第一軍團副指揮使劉子雲，偏偏此人又與蘇某人相交莫逆。

莫非刺客的主使者就是蘇明哲?!

剎那間，朱重九幾乎魂飛天外，怪不得徐達不見了，怪不得所有人很有默契地不提徐達，原來他們早已沆瀣一氣，除掉了徐達，竊取了淮揚總管府的大權。

但是下一剎那，他又猛然驚醒。不對，不可能是蘇明哲！否則他又何必讓老子醒過來！況且蘇先生從沒帶兵打過仗，憑什麼收服老子麾下這群悍將？而如果蘇明哲轉頭去輔佐別人的話，充其量不過是千年老二，跟在老子手下做千年老二又有什麼區別？

如果不是蘇明哲，他們為什麼要排斥徐達，為什麼不聽老子的號令？莫非徐達……

正當他的大腦在高速運轉之時，朱重九看見蘇明哲吞吞吐吐地說：「都督，這件事是老臣不對，不該違背您的吩咐，但是，請您千萬不要生氣，聽老臣把話說完，等您的身子骨恢復了之後，老臣願意領任何責罰！」

「少繞圈子，你到底把徐達給怎麼了？」朱重九狠狠瞪了蘇先生一眼。

「都督，您得先保證不生氣，不能氣壞了身子！」蘇明哲再三央求。

「我有那麼弱麼？你說還是不說，不說，我喊別人進來問！我就不信，整個大總管府裡的人都肯幫你圓謊！」朱重九咆哮道。

「我說，都督，您別生氣，這件事還在調查當中，現在的情況未必就是真相！」蘇明哲硬著頭皮道：「那天，負責街道兩邊巡查的，是江寧城管局和第三軍團三〇二旅一團。」

朱重九臉上泛起一層陰雲。「我不相信，徐達是咱們徐州起義時的老兄弟，我不相信他會對我下如此狠手！」

「老臣也不敢相信，但老臣無法說服其他人。事發後，當值的團長郭秀自殺了，徐達自己也主動拒絕了在您養傷期間主持全域！」蘇明哲又往後躲了躲。

「這……」朱重九心中湧起一股涼意。

徐達是大總管府嫡系將領中，第一個，也是唯一一個在外開府建衙的，無論江寧城管局，還是第三軍團的三〇二旅，都是他的直接下屬，所以讓刺客找到機會混到車隊附近，徐達無論如何都難辭其咎。

此外，按照當年的約定，徐達還是大總管位置的第一繼承人選，如果朱某人遇刺身亡，他將是此案的最大受益者！所以，刺殺案發生後，徐達成了最大的嫌疑人。無怪乎他自己要選擇避嫌，蘇明哲也毫不客氣地拒絕了朱重九昏迷之前的「亂命」。

然而，朱重九怎麼都無法相信徐達是刺殺案的主謀，他不相信自己一手帶出來的嫡系人馬，掌握了一定的權力之後，就會變成一頭白眼狼；他更不相信，另一個時空名滿天下的徐達，會笨到如此地步，選擇在他自己的地盤上動手，而不懂得嫁禍給別人！

「老臣也沒敢拿徐將軍怎麼樣！」蘇明哲偷偷看了看朱重九的臉色，小心地說：「只是按照徐達將軍自己的請求，讓他將兵權交給王弼，然後就帶著他一道回了揚州，又依照三院公議，派了一個連近衛，在他府外就近提供……」

「混蛋！你們都是一群混蛋！鼠目寸光！」沒等蘇明哲把話說完，朱重九已經氣得拍打著床沿坐了起來。

蘇明哲和徐洪三兩個嚇得魂飛天外，趕緊上前扶住他的後背，「主公切莫動怒，老臣真的知錯了！老臣願領任何責罰！」

「主公息怒，末將願領任何責罰！」

「責罰個屁！萬一有事，把你們兩個千刀萬剮都難以挽回！」朱重九眼前一陣陣發黑。「你們以為你們這是對老子忠心麼？狗屁！萬一老子醒不過來，老子的家人，還有沒出世的孩子，早晚得死在你們這群鼠目寸光的混蛋手裡！」

「主公——！」蘇明哲「噗通」一聲跪在床邊，老淚縱橫道：「老臣對天發誓，從沒對您起過二心，老臣真的是為了都督著想啊，老臣已經竭盡全力了！」

「竭盡全力去幫倒忙麼？你個老混蛋，趕緊給我站起來！」朱重九又是心痛，又是惱怒，抬起手指著蘇明哲，「立刻站起來，不准再嚎喪，否則老子就跟你割袍斷義！」

「主公……」蘇明哲將哭聲瞬間憋回了肚子裡，淚眼婆娑地往起站，兩腿卻哆嗦著使不上力氣，「噗通」一聲再度跌翻在地。

「你——！」如果還能揮得動拳頭，朱重九恨不得跳下床去，親手將蘇明哲打成殘廢！命令一旁的徐洪三，呵斥道：「還不快去扶他起來！等著他跪死在老子面前麼？快去，老子不需要你來扶，老子撐得住！」

「主公息怒，您舊傷未癒！」徐洪三怕他動了傷骨，只好訕訕地去扶蘇先生。

「你們這些沒腦子的傢伙！」朱重九強忍住頭部的眩暈，斥責道：「上了別人的當還自以為得計！老子真該把你們全部趕回老家去抱孫子！老子早就說過，不在乎天下姓不姓朱，而是在乎能不能把韃子趕回漠北！你以為老子那麼早安排大總管之位的繼承順序，是為了收買人心麼？老子用得著收買你們麼？老子是不願意看到萬一老子哪天死了，你們這些人自相殘殺。別跟老子說你們會擁立老子的後人，你們怎麼可能保證大夥都心甘情願聽一個小毛孩子的指揮，那樣到最後，肯定又是一場陳橋兵變，老子的家人和孩子，還有你們這群蠢貨，誰都得不到善終！」

這才是**刺殺案幕後主使者的高明之處**！如果朱重九不是在江南遇刺，徐達返回揚州接管大總管府就名正言順，淮揚大總管府就會平穩地完成一次權力交接，很難產生任何內部紛爭。

而刺殺案發生在徐達的地盤，事情就立刻麻煩了十倍。如果朱重九倒楣死掉，他的遺囑就無法得到有效執行，失去了主心骨的淮揚大總管府，很快就會陷入內亂當中，幕後主使者則剛好能坐收漁翁之利！

蘇明哲能力差歸差，理解力卻不算太弱。開始還覺得自己一肚子委屈，聽著聽著，面孔就變了，額頭上也冒出大顆大顆的汗珠。

倒是徐洪三，雖然後背上冷氣嗖嗖亂冒，卻保持著幾分鎮定，想了想道：

「都督請息怒，請聽末將一言。蘇長史他們的確是沒辦法，被當場射殺的十一名刺客裡頭，至少六人來自第三軍團，剩下的五個裡頭，三個還沒查清來路，但另外兩個，也在第三軍團的輔兵旅裡受過訓練。」

「廢話，要是沒受過正規訓練，怎麼可能打出三段擊來?!」朱重九瞪了他一眼，但是罵人的語氣明顯柔和了許多。

蘇明哲能力有限，所以情急之下，舉措失當就在所難免。逯魯曾則屬於旁觀時明白，臨陣肯定怯場的典型，也甭指望他在聽聞自己遇刺時還能保持頭腦冷靜。**唯一有可能猜出刺殺行動幕後主使者心思的，恐怕只剩下了劉伯溫！但劉伯溫呢，他去了哪？**

「伯溫呢，你們把他給怎麼樣了？」猛然想到自己倚重的智囊，朱重九頭皮一緊。

「當天還有另外一夥刺客，事敗後全部落網，其中一個與劉伯溫有過多次書信往來。」蘇先生不敢隱瞞，低著頭小聲說道。

「我問你把他怎麼樣了？」朱重九急得又狠狠拍了一下床沿，大聲追問，又是一陣疼痛襲來，他眼前金星亂冒。

「劉知事被軟禁在他自己的府邸，我等遵照主公的命令，沒敢殺任何人；還有馮國用大人，葉德新大人，也被查出與另外一夥刺客有來往。蘇長史依照主公吩咐，沒動他們，只勒令他們留在各自的府內等待查核！」

「還算幹了件人事！」朱重九鬆了一口氣，只要還沒大開殺戒，事情就有挽回的可能。以劉伯溫、馮國用等人的見識，只要自己補救得當，過後必不會對此耿耿於懷。

朱重九緩緩閉上眼睛，盡力讓自己平心靜氣的休息。

「主公……」蘇明哲和徐洪三兩人又被嚇了一大跳，撲到床前大聲叫喊。

「別瞎嚷嚷！老子一時半會兒死不了！」朱重九瞪了二人一眼，有氣無力地道：「老子要死，也一定死在你們這些傢伙後頭，省得到了下面，還得沒完沒了地替你們這幫傢伙操心！」

胸口處的傷很疼，**更疼的，則是他的心**。活著的時候，自己可以隨心所欲，甚至一言九鼎，按照心目中的理想打造整個淮安，乃至華夏；萬一自己死了，按照目前這種態勢，恐怕所有一切都會重新回歸歷史的原貌。

朱元璋曾經下令將貪官剝皮實草。

朱元璋曾經鼓勵百姓越級上訪，不准沿途官吏阻攔。

朱元璋曾經辣手懲處衙門的編外人員，光是在蘇浙一帶，就將幫助官府勒索百姓的小牢子，抓了一千五百多人。

朱元璋曾經……

結果朱元璋一死，建文帝立刻重用黃子澄等人，將朱元璋加在官吏身上的緊箍咒盡數廢除。結果朱棣再來一次「靖難」，大明朝就徹底不是朱元璋建立的那個大明。誰再敢「誣告」官員，先打個半死再說！

慣性，巨大的慣性。如果朱元璋也是穿越者的話，他將活得何等絕望！

一瞬間，朱重九彷彿看到自己變成了傳說中的大力士西西弗斯，白天時推著一塊巨石上山，到了夜晚，那塊石頭就會自己滾下來，但西西弗斯最終還是沒有低頭，推石頭上山是他的責任，只要把石頭推上山頂，他的責任就盡到了，至於石頭是否會滾下來，那是後人的事，後人自然有後人的選擇。

默默給自己打了一會兒氣，他再度鼓起精神，問蘇明哲：「另外一夥刺客是什麼來頭？你查到幕後主使者了麼？」

「是一群老儒還有他們的家丁，當時軍情處和內務處注意力全放在他們身上，所以才錯過了真正的刺客。據這些人供認，他們的主謀是鄭玉，鄭玉本人則招供說，他只想叩闕死諫，沒動過行刺的念頭。其他人的情況也差不多，純屬有賊心沒賊膽。只有一個叫伯顏守中的傢伙例外，此子的家丁每個衣服下都藏著一把短兵，刺殺案發生後想趁亂逃走，結果卻全都被城管給按在了當場！」

朱重九無可奈何地搖頭，將腐儒們以謀逆罪論處，肯定絕大部分都是冤死鬼，可就這樣放了他們，又實在讓人噁心得慌；並且這些人去攀扯誰不好，非要把劉伯溫和馮國用兩個給扯了進去。簡直就是故意在給真正的刺客幫忙，比他們親自動手行刺造成的危害都大了不止十倍。

「主公若是覺得劉基被冤枉了，老臣可以立刻下令，撤去他家周圍的士卒！」蘇明哲急著讓朱重九寬心，想了想道。

「把馮參軍和葉知府家附近的士卒也撤了，然後跟他們說一聲，改日朱某傷好之後，會親自登門負荊請罪！我就不信，他們放著各自在淮揚的大好前程不要，會去勾結幾個根本成不了事情的腐儒！」朱重九想都不想地說。

「是，老臣回頭就去給他們賠罪！」蘇明哲應聲道。

他心裡其實未必不明白，劉伯溫和馮國用等人是被老儒們胡亂攀扯下水的。既然自家主公醒來了，最好的辦法就是主動登門道歉，以求息事寧人。

「奶奶的，你該慶幸老子沒死，否則你早晚把自己搞得死無葬身之地！剛才說到哪了？死掉的刺客都是第三軍團出來的，那活著的呢，就一個都沒抓到麼？」朱重九又問。

「抓到了幾個，並且順藤摸瓜查出了一個幕後主謀，但此人卻未必是真凶！」蘇明哲的表情又變得很猶豫，聲音弱似蚊蚋。

「誰？別婆婆媽媽的！」

「主公先保證，聽了之後一定不要生氣！」蘇明哲猶豫再三，還是硬著頭皮請求自家主公先做保證。

「說罷！已經都這樣了，我再氣還能怎樣？」朱重九心中又湧起了一股不安的暗流，把眼睛一豎，聲音陡然轉高。

「是胡三舍！他招認說，有個高人給他算命，說他有帝王之相，所以他就想在江寧殺了主公，然後嫁禍給徐達。這樣的話，只要徐達無法繼承大總管之位，接下來就該輪到他父親胡大海了！主公，您答應老臣不生氣的！主公，你千萬不要嚇唬老臣。來人啊，主公又吐血了！」蘇明哲大叫。

朱重九再度從昏睡中醒來時，屋子裡已經點起了油燈。

充滿烤魚味道的世界裡，朱重九看見一個微微隆起的小腹。是雙兒，她正在用稚嫩的肩膀擔負著妻子和母親的雙重責任。

有股深深的負疚感從心底緩緩湧起，朱重九努力轉了下頭，臉上露出輕鬆的微笑：「沒事了，不要緊，剛才只是有點兒累！」

「哇——！」逯雙兒立刻捂住嘴巴，痛哭失聲。

其他幾個婢妾也緊跟著淚落如雨。這讓朱重九愈發覺得內疚，安慰道：「別哭，真的沒事了！其實我這傷，吐點血反而更好，把肚子裡的淤血吐出來，自然就會痊癒得快一些！」

「夫君以後還是小心些吧！」逯雙兒強行憋住哭聲，抽泣著求肯。

「那當然，吃一次虧學一次乖，下次我再出門，躲在馬車裡頭不露面就是！」朱重九笑了笑，道：「都別哭了，趕緊讓廚房給我弄點吃的，我有點餓了！」

「夫君稍等，妾身這就去！」眾婢妾聞聽，立刻像受驚的鹿群一樣，爭先恐後地往外走。

房間很大，但眼下她們留在床榻邊肯定有點擠，所以大夥乾脆找個藉口先消失一會兒，免得日後被大婦視為眼中釘。

「妾身去給夫君再要壺參湯來！」逯雙兒被大夥的表現弄得微微一愣，隨即面頰微紅，站起身作勢欲走。

依舊留在床邊的手卻被朱重九快速握緊，「陪我坐一會兒，讓她們忙去，這些日子辛苦你了！」

「我不苦！」逯雙兒的眼淚又淌了滿臉，搖搖頭，「夫君才苦，又要對付蒙古朝廷，又要防著別人背後捅刀子，妾身有時候覺得自己真的沒用，若是妾身能替夫君分擔一些，夫君也許就不會這麼累了！」

「傻話！你出頭，還有人怕你後宮干政呢，更得成為眾矢之的！」朱重九愛憐地拍了拍妻子的手。

「妾身不怕，他們愛怎麼說就怎麼說去！大不了妾身就學武瞾，把那些亂嚼舌頭根子的傢伙全都殺光！」逯雙兒突然變得堅強起來，咬牙切齒地說道。

這場突如其來的災難，讓她也快速開始成長，不再是祖父寵愛的掌上明珠，也不再是丈夫寵愛的單純少女。她要變強，變狠，如此才能適應院牆外的世界，如此才能幫助自己的丈夫，保護還未出世的孩子。

對於妻子的變化，朱重九多少有點不習慣，但是他卻很快就明白了這種變化的原因，故而寵溺地道：「也好，反正我身邊也沒幾個能幫上忙的，你真的想做武瞾，就做武瞾好了，誰敢說高宗當年在世時，跟武瞾不是一對恩愛夫妻呢？真的把淮安軍交給你，未必比交給別人差！」

「不要！」逯雙兒嚇了一跳，趕緊伸手去捂丈夫的嘴巴，「夫君，不要再嚇唬妾身，妾身不是那個意思，妾身只想要夫君平平安安！」

「我知道你不是貪戀權力！」朱重九輕輕捉住妻子的手，柔情地說道：「我以前的確為你考慮得太少了，人家蒙古人，好歹皇后還有資格任命自己的官員呢，我不能讓你離了我，就什麼都剩不下！」

「夫君千萬不要這麼說！」雙兒聞聽，又被嚇了一大跳，努力想把手抽回來，好跟丈夫解釋一番自己的想法，卻無法掙脫丈夫那隻大手的掌握，惶恐地說：「夫君給逯家已經夠多的了。再多，妾身怕逯家承受不起！夫君……」

「逯家是逯家，你是你！」朱重九打斷道。

刺殺案發生後，徐達被迫自囚以避嫌，以蘇明哲為首的徐州起義元老，毫不客氣地軟禁了劉伯溫、馮國用等後加入的重臣。而逯家，卻根本沒能力，或者沒出面阻止任何錯誤的發生，所以，萬一自己今後真的出了事，朱重九不敢相信逯家能保護好雙兒和雙兒肚子裡這個未出世的孩子。所以，他必須汲取這些教訓，先做出一些安排。

「妾身聽不懂夫君在說什麼！」感覺到丈夫話語裡的凝重，逯雙兒的手又掙了一下。

到目前為止，她沒發現自己祖父和父親、叔叔做的有什麼過錯，所以她有義務在丈夫面前維護自己的家族。

而朱重九顯然不想繼續這個話題，笑了笑道：「算了，咱們今天不說這些，咱們的孩子還好吧，這幾天被嚇到沒有？」

逯雙兒的心思立刻被肚子裡的小生命吸引了過去，溫柔地說：「妾身這幾天一直拼命控制著自己，不敢讓他感覺到妾身的心情。郎中說，他現在是有知覺的，能聽到周圍的聲音！」

說到這兒，她心裡沒來由又是一陣恐慌，望著朱重九，「夫君，你說他不會真的被嚇到吧？」

「不會，咱們的孩子肯定不會！也不看看他阿爺是誰，他娘是誰！咱們的孩子，將來肯定像你一樣聰明，像我一樣大膽！」朱重九信心十足地說道。

「夫君又自吹自擂！」逯雙兒被哄得轉憂為喜，白了朱重九一眼，「但是，妾身就喜歡夫君這種捨我其誰的自信。你聽，孩子也喜歡，看，他又動了！他這麼小，就知道你在誇他！」

朱重九將臉貼在妻子的小腹處，感受著生命的脈動，內心世界瞬間被喜悅所充滿。

也許歷史的車輪最終還會依照慣性墜入原來的軌道，也許自己死後，華夏就要人亡政息。但自己和雙兒的孩子，肯定會過得比自己這一代人好，比自己這一代多出許多選擇。如此，又怎麼能說自己做的事情沒有任何成效呢？改變原本就發生於毫末之間，明天的軌道，未必就等同於今天。

「郎君，你說，咱們的孩子該叫什麼名字？」雙兒帶著初為人母的喜悅。

「如果男孩的話，就叫朱守華；如果是女孩，就叫朱常樂！」朱重九想了想道。

「守華還勉強說得過去，常樂算什麼？」以雙兒的文學造詣，怎麼可能接受這麼隨便的稱呼，因此皺眉嗔道。

「那個……」朱重九撓頭，一時間想不出更好的名字來。

「郎君這輩家譜上該用什麼字？」雙兒提醒。

「家譜？」朱重九聞聽，更是一個頭兩個大。記憶裡，他只知道朱老蔫叫朱八十一，連朱老蔫的父親叫什麼都不知道，怎麼會知道什麼家譜？

雙兒何等的聰明，見到丈夫身體發僵，意識到問題所在，柔聲道：「要不，郎君自己定個家譜吧，咱們朱家就從你開始！免得將來開枝散葉後，幾代過去就亂了輩分！」

「那倒也不是不可以！」朱重九又笑，「可一時半會兒我哪想得起來！要不，你做決定好了！」

「這種事情，怎麼能讓女人決定！」

「男女都一樣！你剛才不是還說想做武曌麼？」

「妾身只是隨口一說……」

……

溫馨的時間，總是過得飛快。正當夫妻兩個笑語盈盈地商量該給孩子取個什麼名字之時，門外傳來一陣細碎的腳步聲。緊跟著，年紀最長的芙蓉請示：「老爺，夫人，晚飯好了，現在就端進來麼？」

「端進來吧！自家人不必這麼正式！」朱重九吩咐。

雙兒趕緊上前攙扶，卻又怕動了胎氣，不敢過分用力，朱重九雙臂按在床沿上，慢慢使勁撐起身子。

「夫君又逞能！萬一再扯動傷口怎麼辦？」雙兒嚇得臉色煞白，跺著腳抱怨。

「我跟你說過，剛才是意外。」朱重九將身體挪了挪，靠在婢妾們塞過來的枕頭上。

「郎中說，最好不要碰葷腥，所以麵條素淡了些，還請夫君忍耐則個！」逯蓉盛了一碗冒著熱氣的湯麵在手裡，一邊用勺子翻動著降溫，一邊柔聲解釋。

「哪個郎中，是色目郎中還是荊郎中？」朱重九笑問。

「是荊大夫！」芙蓉不明白丈夫的話裡包含著什麼深意，如實回道：「那色目郎中說，要讓夫君每天喝兩大碗羊奶，吃一頓肉糜。蘇先生聽了，直接命人拿棍子把他給打了出去！」

「這老糊塗，又自作主張！」朱重九聞聽，笑著搖頭。

從現世角度，荊絳曉的建議，肯定更符合普通人的認知，但從後世營養學角度，色目郎中伊本的說法，無疑更為恰當。

然而最難改變的，無疑是人們的習慣思維。雖然聽出來自家丈夫並不贊同荊大夫的觀點，芙蓉依舊耐心地將湯麵吹涼，一邊勸道：「蘇先生怎麼是糊塗呢？這傷筋動骨，最忌諱吃一些發物。羊奶裡頭的火氣那麼大……」

「那不是火氣，而是酸鹼失衡，喝羊奶也不光是為了滿足口腹之欲，而是為了補充人體內缺乏的鈣質和氨基酸！」朱重九吞下一口湯麵，解釋道。

對二十一世紀的人來說，這簡直再淺顯不過的道理，然而卻令眾婢妾們如聞天書，即令是學識最豐富的雙兒，也勉強能聽懂酸鹼兩字，卻無法理解什麼是鈣質，什麼又是氨基酸！

「算了，是我不好，故弄虛玄！」朱重九見狀，對逯雙兒吩咐道：「我給你抄的那些小冊子，你以後也教她們一些。都是一家人，沒什麼好保密的！」

「真的？謝謝夫君！」眾婢妾早就知道當家大婦與丈夫手裡藏著朱氏一門的「家傳絕學」，只是礙於身分，不敢窺探而已，如今聽丈夫主動開口要求雙兒教授，自然喜出望外。

「別高興得太早，有你們頭疼的時候！」雙兒多少有些不情願，白了眾姐妹一眼，警告道。

然而此刻眾婢妾想的，卻不是能掌握多少秘密，而是接觸到朱家的「絕學」所代表的內在含義，所以一個個飄然下拜，「多謝夫人提醒，我等一定潛心向學，不辜負夫君和夫人的指點！」

「嗯！」雙兒扁扁嘴，做無可奈何狀。

朱重九握了握她的手，道：「你先挑簡單的開始教，由淺入深。這些學問將來肯定要流傳出去的，只是我現在還沒想到好的流傳辦法。」

「夫君是想讓全天下的人都和夫君一樣聰明麼？」雙兒不太理解朱重九的想法，眨巴著眼睛問。

「你夫君原本就不聰明，所以也沒想過讓別人變聰明！只是想讓更多的人知道不光有四書五經，周易八卦而已，這些東西，**掌握的人越多，對世間的影響力就越大，將來向全天下推行淮揚新政遇到的阻力也許就更小。**」朱重九暢談心中所思。

這句話，他是有感而發。先前利用手中所掌握的優勢資源，還有報紙的巨大傳播力，他指揮著軍情內務兩處，在監察院的一眾新儒的蓄意配合下，將老儒們打得潰不成軍。然而，經歷了這場刺殺案之後，他才赫然發現，先前自己以為的大獲全勝，事實上卻是兩敗俱傷。

徐達避嫌自囚，胡大海生死未卜，自己最為倚重的兩員虎將被隱藏於黑暗中的對手輕鬆地就給廢掉了，而自己到現在，卻依舊沒弄清楚刺殺案的主謀到底是誰！

這個打擊實在太沉重了，沉重到朱重九每想起來，就忍不住要再度吐血。要是他不果斷採取一些措施，亡羊補牢的話，即便這次能抓到真凶，下次還會有第二個陰謀家跳出來。畢竟儒家那套天地綱常，已經影響了上千年，不知不覺間就深深刻進了許多人的骨髓。任何試圖挑戰這一套理論的人，都會受到他們本能地排斥。

只有讓掌握了新知識，贊同新理念的人，從數量上超過腐儒，新政才可能順利推行。否則，大總管府即便再努力，恐怕也是逆水行舟。

從生死邊緣走了一遭，朱重九對現實的認識越來越清醒。所以眼下他只能揠苗助長，將自己從另一個時空所學到的知識，加快速度擴散出去。

不光從觀星臺這個實證角度，還要從傳統物理學、數學和化學等理論角度，讓更多的人看清楚這世界的真實面貌，讓那些不肯跟上時代潮流的儒家，或者陰陽家們，徹底被邊緣化；讓他們每次開口都被更有學識的人大聲嘲笑，他們才無法再復辟。

同時，當更多的人從四書五經中走出來，睜開眼睛看清楚整個世界，新政才能找到更多的支持者，支持者們才會主動地去與已經腐朽的士大夫階層去戰鬥，而不是簡單的服從他這個主公的命令，亦步亦趨。

想到這兒，他握著雙兒的手又緊了緊，道：「我準備再開一所學院，就叫做華夏大學，所傳的不是什麼儒家經典，也不是教人止於至善，而是平等和科學。你不是想幫我做事麼，不妨就去大學裡做個女先生。這樣，即便你將來不做武曌，一樣可以讓那些喜歡指手畫腳的傢伙，聞聽你的名字就兩股戰戰！」

「夫君！」雙兒愣了愣，想到自己也可以站在寬敞明亮的屋子裡，與全天下有學問的人平等論道，心裡也是一片火熱。那樣的話，自己就不光是朱門逯氏了吧？也沒人再敢說自己想牡雞司晨，除了是丈夫的妻子外，自己依舊是自己，獨一無二的逯雙兒。

「你們幾個也可以去大學裡頭幫忙。」朱重九看了一眼滿臉羨慕的其他女人，笑道。

「真的？」眾女子先是被嚇了一大跳，然後紅著臉紛紛擺手，「夫君又說笑了，我們姐妹哪有夫人那本事！」

「不是說笑，是真話！即便做不了教師，你們也可以幫雙兒去幹些力所能及的事情！總好過每天悶在家裡！」朱重九慢慢收起笑容。

他性子軟弱，經常在外界壓力下妥協。但同時，他的性子又無比的堅韌，**每受到一次傷害，就會更堅定地向前邁出一大步，更堅定地走向自己希望的目標。**

推出「平等宣言」是如此，將女人從家庭推向前臺也是如此。既然外界沒人能理解，自己就先不求理解，先做起來看。**總有一天，人們會慢慢發現，這些改變其實沒什麼不好，慢慢將新變化也當作老傳統來繼承和發揚。**

第五章

幕後真凶

胡三舍想不到，他老爹胡大海得知他是幕後真凶時，
心中又會是怎樣的震驚和絕望！
更想不到當他下令開火之時，
他的老爹居然會義無反顧地擋在朱姓獨夫的身前。
所有他想不到的，那個幕後黑手都替他想到了。

「夫君先吃飯吧！湯水都冷了！」年紀最大的芙蓉不知道想起了什麼事情，端著勺子的手一直輕輕打顫。

「如果你們不喜歡，也可以繼續留在家中！」朱重九伸出另外一隻手，扶了一下，然後笑著說，「反正隨你們自己選擇，我朱重九既然大逆不道了，我的女人也不必理睬世間那些庸俗規矩！」

一句我的女人，令眾妻妾們徹底動搖，正所謂，嫁雞隨雞嫁狗隨狗，這輩子既然嫁給了一個大魔頭，除了也跟著做一堆魔婆魔女之外，還有更好的選擇麼？

「夫君怎麼說，妾身遵從便是！」

「妾身願意聽從夫君的安排！」

「妾身生是朱家的人，死是朱家的鬼！」

「妾身……」

轉眼間，眾女子就收起羞澀，一個個低聲表態。

「哈哈哈……」朱重九則被逗得開懷大笑，揮揮手，極其囂張地說道：「這就對了，如果朱某連自己身邊的人都改變不了，何談改變整個世界！來，讓人再取些碗來，大夥都坐下吃飯。從今天開始，夫君教你們做一回自己！」

「夫君和夫人用飯的時候……」眾婢妾聞聽，習慣性地謙讓。然而看到朱重九那興致勃勃的模樣，又趕緊將後半句話咽了回去。

有人起身去找來碗筷，夫妻十人你一勺，我一勺，將一盆熱氣騰騰的湯麵分食乾淨，雖然彼此都只混了個半飽，心中卻是無比的溫馨。

「你們隨便，我先躺一會兒！」吃過了飯，朱重九很隨意地跟眾女打了個招呼，閉上眼睛繼續養神。

重傷初癒，又剛嘔了一次血，他已經非常疲倦了，但遇刺前後所發生的事，卻像走馬燈一樣在眼皮下打轉。

胡大海的兒子胡三舍只是聽了算命先生的幾句話就鋌而走險，他憑什麼相信，他老爹胡大海就比朱某更有資格帶領淮安軍一統天下？

那個第三軍團的三〇二旅一團長郭秀，為什麼要給胡三舍行方便？他是被人抓到的把柄，不得不開方便之門？還是自己也參與其中？

他選擇自殺，到底是因為畏罪、負疚，還是為了保護他身背後的某個隱藏得更深的傢伙？那些老儒呢，真的跟胡三舍等人一點都沒有聯繫麼？那他們之間配合得為何如此默契？

一件件，一樁樁，背後總像隱隱有一條線，將這些事情穿起來，偏偏這條線他又根本無法理清楚。

正急得額頭青筋漸起的時候，卻聽見雙兒在耳畔低低的請示，「夫君睡著了嗎？劉知事來了，他要求今晚要見您。」

「快，請！」朱重九的眼睛猛然睜開，渾身上下睏意全無。「你帶她們幾個先下去休息，讓伯溫立刻進來見我！」

「是，夫君！」雙兒笑著點點頭，帶領一眾婢妾起身離去。片刻後，屋門又被人從外邊推開，徐洪三帶領劉伯溫小心翼翼地走了進來。

「洪三，過來扶我一下。伯溫，這幾天委屈你了！你放心，我一定會讓蘇明哲那老匹夫當重向你賠禮道歉。」

徐洪三上前抱起朱重九，讓他斜倚著靠枕坐好。

劉伯溫淡淡一笑，「主公言重了，蘇長史日前所做沒什麼不妥，若是微臣與其易位而處，恐怕只會做得更乾脆徹底！」

「啊？」朱重九一時沒反應過來。

他現在最擔心的，就是劉伯溫受了委屈之後，心冷齒寒，再也不願意替自己出謀劃策。然而現在看來，劉伯溫居然覺得蘇明哲做得很對，自己不該指責其捕風捉影，殃及無辜，這不是典型的狗咬呂洞賓麼？早知如此，自己何不下令再多關他幾天？

正百思不解間，卻見劉伯溫嘆息搖頭，「主公居然連這些都不懂！微臣真不明白主公是怎麼會坐上如此高位的？非微臣有意詛咒，萬一主公傷重不治，這淮安軍隨時面臨分崩離析的危險。此刻，就需要有人出來快刀斬亂麻收拾殘局，寧可冤枉一些人，也好過令出多門，否則亂局一旦為外界所乘，淮揚上下所有人都必將死無葬身之地！」

「啊！」朱重九打了個冷戰，猛然間覺得有股寒氣朝上鑽，一直鑽過自己頭頂上的百匯穴，才終於止步不前。

這是赤裸裸的政治哲學，甭說原來的朱老蔫不懂，另一個時空的朱大鵬也同樣看不明白，但對蘇明哲，對逯魯曾，對劉伯溫來說，卻像一加一等於二一般簡單，根本不需要仔細考慮，一切都是順理成章。

「唉！」見到自家主公臉色瞬息數變的模樣，劉伯溫忍不住又搖頭嘆氣。「主公這個性子，若是從某朝某代繼承了皇位，肯定是千古一帝，能做您的臣下者，都是有福之人。然在這亂世當中，主公您如何來蕩夷群雄，問鼎逐鹿啊？」

「這……」朱重九被說得臉紅，強壓下心中的不悅，向劉伯溫拱手道：「朱某愚鈍，還請先生不吝賜教。」

「也罷！」劉伯溫無奈地道：「主公要做有情有義的仁君，這無情無義的毒士也只能由微臣來做了，誰叫微臣當年鬼使神差，偏偏跑到揚州來查探什麼天下氣運呢！只是微臣有個不情之請，希望主公現在就能答應！」

「說吧，你就別繞圈子了，你的提議，只要合理，朱某什麼時候拒絕過！」朱重九被劉伯溫神秘的舉動弄得非常不適應。

「微臣斗膽，請主公與微臣擊掌！」劉伯溫舉起手，向朱重九發出邀請，「他日主公若得天下，請再出資給劉某辦一座書院，讓劉某辭去官職，用餘生來弘揚儒學精義。」

「啊？這算什麼請求啊。」朱重九又愣了，舉手與劉伯溫相擊，「行，甭說一座，十座都可以，只要你有本事招到足夠的學生！」

「主公請再擊一次！」劉伯溫的手再次跟朱重九拍了第二次，「三擊之後，天地為鑑！」

「好吧，就依你！三擊之後，天地為鑑！」朱重九與劉伯溫第三次凌空相擊。

想當年，劉伯溫不肯輔佐自己，也是賭氣在揚州開辦了一所書院，專門教授朱氏理學，結果整個書院裡，老師比學生還多，只堅持了幾個月就不得不關門大吉了。

所以這次，朱重九也不看好劉伯溫的教書生涯。哼，什麼弘揚儒學？只不過是怕朱某將來得了天下後，學劉邦大殺功臣，所以提前給自己找個退路而已，別以為朱某讀書少就看不出來！

但以朱某的性子，怎麼可能會做出如此涼薄之舉？事實會證明，劉伯溫今日的未雨綢繆，註定是杞人憂天。

不光朱重九自己這樣以為，站在旁邊的徐洪三也忍不住笑道：「軍師大人，您到時候真忍心拋下我等去教四書五經麼？要教，也該教孫子兵法、三略六韜才對，那才是您的老本行！」

然而劉伯溫卻沒接他的話，收起笑容，正色說道：「主公，微臣請主公儘早下令，以謀逆罪誅殺鄭玉、王翰、伯顏守中等一干腐儒，安天下之心！」

「啊！」朱重九又打了個冷戰，胸口處的劇痛隨即傳來，令他忍不住發出一聲悶哼。

故意放刺客進入街道兩旁房屋的，是第三軍團的三〇二旅一團長郭秀；組織人行刺的，是胡大海之子胡三舍。那些腐儒事先雖然嚷嚷得兇，實際上卻沒有付諸行動，哪怕是其中唯一有行刺企圖的伯顏守中，手下的家丁也只攜帶了短兵器，根本不可能衝破近衛旅的重重防護。

劉伯溫竟不問青紅皂白，要先殺了這群最不可能是主謀的腐儒，這不是故意製造冤案麼？怪不得他要去開書院弘揚儒學，原來是有愧於心！

「主公是不是覺得劉某在濫殺無辜？」不愧是劉伯溫，光是從朱重九的舉止和表情就猜透了他的全部心思，翹起嘴角問道。

朱重九尷尬地搖搖頭，實言相告，「倒不是覺得他們有多無辜，只是覺得他們罪不至死。」

「**那主公以為誰才罪該萬死？**」劉伯溫抬起頭，目光如刀，直刺朱重九內心。真正的主謀還沒抓到，如今除了胡三舍之外，誰都不該死，徐達無辜，胡大海無辜，甚至那個畏罪自殺的郭團長都有可能死得非常無辜。

答案很清楚。但是朱重九卻發不出任何聲音。

「既然主公一時半會兒找不出主謀來，他們就該殺！」劉伯溫臉色冰冷，就像神殿裡的判官，不帶任何顏色，「若不是他們妖言惑眾，怎麼會有人覺得主公已失天下民心？若不是覺得主公失了天下民心，再無一統九州的希望，怎麼會有人想讓徐達、胡大海之流取主公而代之？若不是前段時間，軍心民心俱被此等腐儒所惑，外賊又怎麼可能有機會染指淮揚？是以微臣請主公下令盡誅殺此獠，以安天下！」

呼！寒氣再度從床板上湧起，透過厚厚的被褥鑽入朱重九的體內，再鑽過他的脊髓、心和大腦，直達頂門。他醒來之後，一直隱約感覺得到卻又觸摸不著的那條線索，在這一瞬間終於清晰可見。

起先，**因為他的《平等宣言》，觸動了全天下士紳的利益，導致對方的瘋狂反擊**，鄭玉、王翰和伯顏守中則是這些士紳裡的急先鋒。

他們胡攪蠻纏看似毫無邏輯，也孱弱無力，卻點燃了淮揚許多人體內被早已刻進骨頭和靈魂深處的儒家理念，導致整個淮揚上下思想出現了巨大的混亂。

在那一刻起，老儒們已經勝利了。此後逯鯤等人的反駁與反擊看似漂亮無比，卻已難挽敗局。那些旁觀的有心人，需要的就是這樣一個契機，於是所有事先安插進淮揚的暗子明子，都被快速調動了起來。

於是，胡三舍這個蠢貨「恰巧」地遇到了一個遊歷四方的道士，而那道士則又模稜兩可地暗示他胡家有龍氣，他有天子之相，於是原本就因為上次被薄懲而心存不滿的胡三舍，驚詫地發現了一個行刺的最好理由：

朱重九不能與士大夫共治天下，沒有帶領淮安軍走向更高巔峰的可能，自己不能眼睜睜的看著父親和淮安軍被朱重九這個倒行逆施的昏君帶進絕境，所以無論為了胡家，為了父親，還是為了整個淮揚，他都必須挺身而出，做搏浪沙中的那個大鐵錘，於是……

當所有事情被這條線串起來之後，真相就殘酷得令人冷汗淋漓。

朱重九可以清晰地看見，團長郭秀在給胡三舍大開方便之門時，心中的矛盾與茫然。

朱重九可以清晰地看見，主謀在發現淮揚系上下把注意力都放在如何跟幾個腐儒打筆墨官司上時，嘴角所泛起的冷笑。

朱重九甚至可以清晰地看見，當胡三舍下令向自己開槍的時候，心中懷著怎樣的崇高和自傲。

殺一獨夫以安天下，又怎不是義之所在？對一個十八九歲，心懷大志而又剛剛遭受了委屈的孩子來說，他又怎麼可能不拔劍而起，以求千古流芳？

只是胡三舍想不到，如果朱某人死了，徐達不能順利接位的話，淮安軍將分面臨怎樣悲慘的結局？

胡三舍想不到，他老爹胡大海得知他是幕後真凶時，心中又會是怎樣的震驚和絕望！

胡三舍想不到，追隨他行動的死士，都是別人早已替他準備好的。更想不到當他下令開火之時，他的老爹居然會義無反顧地擋在朱姓獨夫的身前。

所有他想不到的，那個幕後黑手都替他想到了。

如果朱某人死於亂槍之下，徐達保護主公不利，難辭其咎；胡大海縱子行凶，罪該萬死，蘇明哲的威望不足以服眾，逯魯曾多謀卻不擅決斷，其他五個都指揮使難分高低，彼此各不相服，剛剛擁有問鼎逐鹿資格的淮揚大總管府，轉眼就得分崩離析。

當徐達、胡大海以及吳良謀、吳永淳等都指揮使中任何一個，為別的諸侯所用，後者就會立刻如虎添翼。新式火炮，新式火槍，新式戰術，會以最快速度朝周圍擴散，接下來就等著淮安軍與淮安軍之間決戰沙場，一夥人倒下成就另外一夥人的赫赫威名。

假設，朱某人僥倖沒死。

胡大海縱子行凶，即便不被處以極刑，今後也不可能再領兵出征，徐達的部屬參與謀逆，他又怎麼可能不受任何波及？

沒有徐達這個厚道人出來主持全域，淮揚軍內部各派系之間的矛盾就會瞬間浮出水面，徐州首義的功臣們不相信後來者，後來者們又怎麼會再跟首義的功臣們一條心？

在連折兩員大將，內部互相猜疑的情況下，淮揚在接下來的數年內拿什麼去發展和擴張?!朱某人和他的《平等宣言》註定是美夢一場！

……

越想，朱重九覺得越心驚，越想覺得越心涼，只覺得四下裡堆滿了冰塊，有肉眼可見的寒氣順著全身上下的毛孔，不停地往自己骨髓裡頭扎。

那劉伯溫卻絲毫不肯體諒他此刻所承受的痛苦，向前逼近半步，繼續說道：「主公可是想，等追查到真凶之後，再將所有參與者依律治罪？主公，請您仔細想想，那幕後主使者既然有如此手段，事情又已經過去這麼多天，他還可能留著線索讓您去追查麼？」

呼！又是一股冷意從身下湧起，直衝頭頂。

當事的團長郭秀即便不自殺，幕後那個主使者也不會留著他，而他一死，第三軍團這邊的線索就徹底被斬斷。

至於胡三舍，恐怕到現在還以為那個指點他的老道是個行蹤飄忽的世外高人，自始至終就沒心思去關心此高人到底從何而來，姓啥名誰。

一天找不到凶手，淮揚內部的混亂就一天不會停止，已經暴露於表面的矛盾，只會愈演愈烈。所以，鄭玉等腐儒必須死！只有以謀逆罪將他們盡數誅殺，才能快刀斬亂麻地結束整個刺殺事件，結束淮揚系內部彼此相疑，人心惶惶的不利局面。

只有儘快指定一個真凶，才能最大可能地讓徐達和胡大海洗脫嫌疑，將此案對淮安軍的不利影響消減至最弱；才能結束市面上輿論的紛爭和人心的混亂，讓所有人都看見大總管府控制局面的能力和推行新政的決心，才能讓幕後真凶的如意算盤落空，讓他和淮揚雙方的暗鬥戛然而止，然後雙方各自小心翼翼地積蓄力量，準備下一輪生死搏殺！

但鄭玉和王翰等人死得何等冤枉？此事將來若是能真相大白，或者幕後主謀自己跳出來，將置朱某人，置整個淮揚大總管府於何地？

朱某剛剛說過不會因言治罪，言猶在耳，這些人若是被處決了，所謂「不因言治罪」，豈不成了天底下最大的笑話！

是殺幾十個人，好讓整個淮揚從危機中擺脫出來？還是讓淮揚繼續承受危機，死更多的人，而保全幾個老儒和他們的家丁？看似簡單的問題，一時間卻讓朱重九好生委決不下。

他的手指曲曲伸伸，怎麼算也算不明白其中孰輕孰重，額頭處也有青筋在突突亂跳，不一會兒功夫，臉上剛剛恢復了一點的血色，就被消耗殆盡，整個人如同虛脫了一般，軟軟地靠在枕頭上，隨時都可能再度昏倒。

「伯溫，你非得如此苦苦相逼麼？主公重傷剛癒，你就不能暫且等待幾天？」徐洪三實在看不下去，抗議道。

「非劉某苦苦相逼，而是**形勢不等人**！」劉伯溫向徐洪三深施一禮，「莫非徐將軍以為，幾個都指揮使不會辜負主公，我淮揚上下就安若磐石麼？若真是如此，主公又怎會遭此大難？那群刺客又怎麼可能如此輕易地埋伏在主公的必經之路上？」

呼！又是一陣無形的寒風撲面而來，吹得徐洪三和朱重九同時打了個哆嗦。

幾個都指揮使都忠貞不二，不代表整個淮安軍都沒問題；同理，政務、監察和樞密三院都正常運轉，也不意味大總管府上下都安若泰山。

參照眼下態勢，刺殺案被拖得越久，淮揚內部越是人心惶惶，萬一再跳出第二個胡三舍和郭秀，或者有人激於義憤以及其他理由，對達和胡大海兩人下手的話，後果將不堪設想！

「主公莫非還在拘泥那句『不因言而罪人』的承諾？主公，這不是因言罪人，他們已經付諸了行動！伯顏守中的腰裡可是別著刀子，其他幾個腐儒也準備當眾流血！」劉伯溫激動地說道。

「若是他們依舊信奉君子動口不動手，主公當然不能食言而肥，現在既然他們已經亮了刀子，主公就必須讓他們**知道刀柄握在誰的手裡，這就是為君之道！**

主公想要救萬民於水火，就必須收起心中的那點小慈悲。若是主公擔心身後之名的話，就請主公繼續昏睡幾日，千秋罵名且讓微臣一人承擔！」

「胡說！」朱重九的確繞不過心中的坎，卻非沒擔當之輩，立刻拒絕道：「既然朱某已經醒了，就沒打算裝聾作啞，況且我淮揚審案有地方官府，定罪有刑律，哪能由著你去亂殺！」

「主公此言甚是！按照我淮揚刑律，謀逆者斬，脅從者絞首，不問是否成功，所以只要主公不再心軟，他們就已難逃一死！」劉伯溫再度躬身施禮。

「呼——！」朱重九對空長長地吐了口氣，彷彿要把肚子裡的寒意全都一股腦地吐出來。「快刀斬亂麻的確是個辦法，可是伯溫，你可曾想過，殺完人之後我們該怎麼辦？我們明明知道他們不是真凶！」

「**主公希望誰是幕後真凶？**」聞聽此言，劉伯溫微微一笑，看著朱重九問道。

「我希望誰是幕後真凶？你這話是什麼意思？」朱重九被問得好生不快，皺了皺眉。

「真凶早已切斷線索，除非他自己跳出來，否則主公一時半會兒根本追不到他的頭上！」劉伯溫毫不畏懼地跟他對視，「而如今之際，全天下誰有膽子主動跳出來承擔淮安軍的怒火？既然真凶找不到，又不肯主動跳出來，則主公想指向誰，自然就是誰！對您，對我淮揚來說，其餘諸侯只有劃除順序的區別，是不是真凶，結果都一樣！」

「七月初，刑局以謀逆罪定案，諸生哭泣呼冤，並罵伯顏守中害人害己，唯劉諶起身向北而拜，朗聲曰：『吾輩為殺賊而來，只恨未竟全功，何冤之有？』遂整冠待戮，至死顏色不少變。」

「同日赴難者，曰伯顏守中、鄭玉、王翰、姚潤、王謨、李祁，共七人。並其奴僕家丁者四十三。帝於大都聞之，泣下，終日不食，御史大夫搠思監請立諸生像於大都孔廟，永享香火。奸相哈麻畏南兵勢大，固阻之。此議遂罷，帝嘗書七人之名於衣襟，至北狩之時仍日日念之……」——《後資治通鑑・元・忠臣俠士列傳之十二》，作者趙翼。

「在此事發生之前，我們可以清楚地看到，朱重九身上帶著濃烈的民族主義和理想主義色彩。然於此之後，他已經和歷代打江山分紅的農民起義者沒有任何本質上的差別，只是僥倖獲得了最後成功而已……」——《東方史》，作者喬治・戈登・拜倫。

「此事表明，當資本主義與封建主義發生碰撞之時，必然充滿了黑暗和血腥，然而其最終結局，卻是歷史和人類社會的進步，只不過資本主義制度本身的致命缺陷，導致這種進步終究要變為保守和反動，於是，一種全新的，科學的，可以充分保護言論自由的制度將取代日漸腐朽的舊制度，我們稱之為共產主義。」——《資本論·東方卷》作者卡爾·馬克思。

「言論自由到底有沒有邊界？這個問題，從言論自由被提出之後就伴隨至今，而我們經過研究了歷史上無數個典型案例後發現，這個邊界是切實存在的，那就是，第一，言論自由必須以不得傷害他人為底限。第二，言論自由不得涉及暴力行動。第三，言論自由是雙向的，不得以一方之自由要求另外一方閉嘴。否則，言論自由將名不副實！」——《政治論》，作者熊十力。

「當手無寸鐵者試圖將自己的訴求斥諸武力時，他們便不能奢求對方會放下武器引頸就戮……」——《國史野談》，作者大夢書生。

「從古至今，任何一個政權，在涉及到自己存亡之時，都必將本能地露出獠牙。」——《百草園雜記》，作者路汶。

「他死了，在中彈那一瞬，英雄已經死了。之後被救活的，不過是一個披著英雄皮囊的懦夫，只有用殺戮來掩蓋自己的膽怯……」——《暴政的誕生》，作者梁啟超。

後世中外學者談及發生在江寧的那場刺殺案，無論對其起因，還是對其最終處理手段，都存在極大的爭議。

有人認為，此案的處理結果，乃為有史以來對儒家的第二次迫害，其殘酷程度絲毫不低於秦始皇當年焚書坑儒；有人則認為，那些被處死的儒生及其家丁罪有應得，因為按照當時的法律和人們的認知，謀逆，無論是發生在口頭上，還是付諸實施，都是族誅之罪，淮揚大總管府只殺了當場被捉住的主犯和從犯，已經體現了仁慈。

若是七個儒生的謀劃對象為蒙元皇帝妥歡帖木兒，不光是他們和在場的家丁奴僕，連同他們的家族都要被連根拔起，一個都得不到倖免。

這兩種觀點各執一詞，爭論了許多年，每隔一段時間就會喧鬧一回，到後來，居然還蔓延到世界，被哲學家、思想家和歷史學家們反覆討論。

正所謂橫看成嶺側成峰，後人在探討時，難免站在自己的立場和角度上，對某些細節進行掩飾或者放大，於是乎，原本不太複雜的案件就變得愈發撲朔迷離，以至於到了數百年之後，依舊有很多影視、文學作品以此為原型，每一次改編，都能吸引無數眼球。

然而這些熱鬧都是後人的，在當時，朱重九和劉伯溫兩個可沒顧得上想那麼多，他們的目的很簡單，那就是儘快結束這場刺殺案，將其影響減弱到最低，平息整個淮揚地區，進而平息淮揚周邊的動盪。

他們的目的基本上也算達到了，當把刺殺案的主謀硬扣在幾個腐儒頭上之後，非但是淮揚上下的文武官員都鬆了一口氣，周圍的其他諸侯也瞬間都把心放回肚子裡。

雖然，諸侯們心裡都非常清楚，光是幾個腐儒肯定掀不起如此大的風浪，但這當口，誰也不會主動跳出來跟淮陽大總管府唱反調。幾個腐儒效忠的是蒙元，不是他們的臣子，他們沒必要強出頭。此外，這個節骨眼上跳出來替那些腐儒喊冤，不是明擺著告訴朱重九，刺殺案與自己脫不開干係麼？

就在淮揚大總管府宣布判處幾個腐儒死刑的第四天，已經把手下兵馬全部收縮到平江、杭州兩地的張士誠，立刻就將麾下的隊伍又分散開來，同時傳下手諭，將刺客中籍貫在自己地盤上者，家產全部充公，他們的弟子、門生、同年，凡往來密切者，全都剝奪家產，驅逐到蒙元境內，任其自生自滅。

終日枕戈待旦的朱元璋，也迅速做出反應，將籍貫在自己治下的兩名儒生，以及另外數十名不肯出仕效忠、依舊奉蒙元朝廷為正朔者全部抄家，族人押入礦山服役，終生不得釋放。

緊跟著，劉伯溫、彭瑩玉和趙普勝等人也先後採取了類似行動，一面派遣使節到揚州探病，一面借著捉拿刺客餘黨的由頭，在各自的治下展開了一場前所未有的大清洗，將那些不肯與自己合作的狂生全都打成「刺客餘孽」，逮捕入獄。

一時間，自黃河以南，凡是紅巾軍的控制地區都風聲鶴唳，被諸侯們處死、抄家和強行發往礦山服苦役的「刺客餘孽」，遠遠超過了淮揚大總管府處置的刺客數量，以至於街頭巷尾，茶館酒肆，再難聞聽議政之聲，鄰人路上偶遇，彼此視如陌生之人。

唯獨反應慢的，是蒙元朝廷。當朱屠戶僥倖沒死的消息傳到大都時，察罕帖木兒和李思齊二人所統領的私兵，已經跟淮安軍第四軍團在黃河南北各戰過了一場。

前一戰，察罕偷渡過河的五千兵馬，被第四軍團副都指揮使陳至善殺了個全軍覆沒。後一場，第四軍團乘勝追過黃河以北的兩個旅，卻陷入了察罕和李思齊的聯手包圍中，進退兩難。

「這兩個蠢貨，老夫只是叫他們自行尋找戰機，又沒叫他們引火上身！」丞相哈麻接到來自單州的「捷報」，把剛花重金買回來不到三天的冰翠飛天給摔在地上，頓時粉身碎骨。

「大人小心！冰翠容易扎腳！」幾名奴僕立刻上前攙扶著哈麻走至一旁，一邊拿來簸箕和笤帚，小心地收拾地上的碎片。

然而哈麻卻如同瘋了般，將靠近自己的奴僕一個挨一個踢翻在地，扎得他們滿手是血，口中還罵道：「沒腦子也沒眼睛的蠢驢！老夫小心不小心還用得到爾等來教？全給老夫滾，滾出去領板子，老夫今天不想見到你們！」

「是，大人。」眾奴僕挨了打卻不敢喊冤，弓著身子，用脊背迎接哈麻的大腳，一邊繼續收拾地上的玻璃渣，「大人息怒，奴才們自己領板子就好，您千萬別抻了大腿！」

「滾！」哈麻聞聽此言，再也踢不下去，恨恨地收起腳，沒好氣地喝道：「趕緊收拾，收拾完了就立刻滾。板子先記在帳上，改天再犯加倍！」

「謝大人恩典，奴才們這就滾！」眾奴僕喜出望外，忍著身上的痛楚磕頭。

「要滾就快點，把門給老夫關上。」哈麻不耐煩地呵斥。

一個冰翠飛天價值十串揚州好錢呢，雖然算不上貴，可難得的是飛天的造型，那個胸口，那個屁股，還有那半遮半掩的衣服，這揚州商販為了賺錢，可真是豁出去連臉都不要了。

想到「賺錢」兩個字，他的心沒來由又是一陣哆嗦，咬咬牙道：「把陳參軍給老夫請來，請他過來替老夫修書！」

「是！」奴僕們齊齊地答應了一聲，帶著滿簸箕的玻璃渣，倒退著走了出去。片刻後，哈麻重金禮聘的謀士陳亮，抱著一把折扇，急匆匆地走了進來，「屬下陳亮，見過大人！」

「免了！」哈麻揮揮手，「你我之間不必多禮，老夫今天找你來，是請你替老夫給察罕帖木兒寫一副手令，叫他們圍三缺一，放開南面，讓陳至善自己把隊伍撤回去！」

「是！大人！」陳亮隨即走到書案前，開始動手磨墨，可墨磨到一半，他的胳膊卻又停了下來，「大人……」

「你不用問，儘管給他們下令。」哈麻制止道：「以十萬大軍圍住別人六千人隊，他和李思齊兩個還有臉自鳴得意，萬一那朱屠戶被惹急了，把麾下五個軍團全都派過河來，他們兩個敢擋那屠戶鋒纓麼?!」

「大人所言甚是！」陳亮用力點頭，「但卑職所憂，卻不是該不該給察罕帖木兒下令，而是該下手令，還是派人去口傳？」

「有分別麼？」哈麻聞聽，眉頭又是一緊，隨即點點頭，帶著幾分感激說道：「也罷，老夫派個人去知會那兩個蠢貨便是，免得手書被某些人看見，又拿出來做文章！不過，老夫不能授人以柄，卻也不能讓兩個義兵萬戶為所欲為。你順便給吾弟雪雪寫封信，讓他想辦法從中斡旋，就說察罕和李思齊都是擅自行動，非受朝廷主使。若那朱屠戶肯罷兵的話，一切都好說。若是那朱屠戶不肯罷兵……」

他猶豫再三，終於下定決心道：「就讓雪雪便宜行事！大不了，把察罕帖木兒和李思齊的腦袋砍了交給朱屠戶，以平息此番干戈！」

「啊！」饒是見慣了官場詭異，陳亮仍然被嚇得打個哆嗦。正在研磨的徽墨居中而斷。

「大人恕罪，屬下絕非故意怠慢！」顧不上擦拭滿手的墨汁，他趕緊謝罪道：「屬下這就提筆修書，這墨稍微軟了些，所以屬下才不小心……」

「罷了，一塊墨而已，沒什麼大不了的！」哈麻輕輕掃了一眼，擺手道：「再名貴的墨終究是外物，若是用的不順手，棄了便是，總不能因墨傷人，你說是不是這個道理？修書吧，該跟雪雪說什麼，不該說什麼，你心裡明白。」

「謝大人！大人教訓得極是！」暑氣未消，陳亮卻覺得自己脊背處冷風亂竄，小心翼翼地站到書案一角，懸腕落筆。

察罕帖木兒和李思齊兩個人屬於「外物」，大元朝丞相哈麻用著不順手，所以拋棄了無所謂，這是此信的核心觀點，但不能說得太明白，需要將其轉化成一些更冠冕堂皇的藉口；但也不能說得太過隱晦，否則萬一雪雪理解錯誤，就耽誤了丞相的大事！

「我近日讀你們漢人的書籍，說有一個齊國名將叫司馬穰苴，他初上任時，部將多不聽調遣，於是他就依法處死了幾個親貴大將，威震全軍，然後再加恩馭，未經血戰，齊兵已經佔據了上風，然後將燕國和晉國的軍隊打了個落花流水！」見陳亮遲遲未下筆，哈麻提醒道。

他說的是戰國時期名將司馬穰苴斬監軍莊賈，以正軍紀的典故，作為飽學名儒，陳亮當然記得清清楚楚，但眼下的情況跟典故裡的情況卻差著足足十萬八千里，且不說雪雪根本無司馬穰苴之才，察罕帖木兒和李思齊兩人先前也是依照朝廷的命令才對淮安軍進行試探的，怎麼能算是違背軍紀?!

然而，作為一個負責替謀主抄寫的參軍，陳亮卻沒資格也沒勇氣質疑哈麻的亂命，只好硬著頭皮，將對方的歪理邪說儘量加工的看上去不那麼荒唐。

這個工作難度就有些大了，所以他不得不字斟句酌，結果沒等他寫完，哈麻就失去了耐性，用力敲了下書案，道：「算了，信不用寫了，老夫還是派專人去雪雪那邊一趟罷了！」

「大人，屬下愚鈍，請大人責罰！」陳亮嚇得一哆嗦，趕緊放下筆，跪倒請罪。

按照以往的經驗，他即使不挨鞭子，少不得也要被關進奴僕們住的廂房餓上幾頓，以除除腸中的肥油，不過哈麻今天卻忽然變得仁慈起來，擺了擺手，滿臉疲憊地說道：「算了，你起來吧！你剛才提醒得對，這種事無論如何都不該落在紙面上。唉，老夫剛才也是急糊塗了。」

「謝大人！」陳亮磕了個頭，然後爬起來，等著對方給自己指派新的任務。

「你是不是覺得老夫如此處置察罕帖木兒和李思齊二人有失公允？」哈麻注意到他的窘態，意味深長地問。

「卑職不敢！丞相深謀遠慮，卑職怎敢胡亂置評！」陳亮膝蓋一軟，頓時又跪了下去。「卑職只是因為字寫得還過得去，才僥倖得蒙大人的賞識入幕貴府，對於政務還有軍略，卑職其實一竅不通！」

「這話你就過於自謙了！起來吧，老夫沒那麼不通情理，你能在心中給察罕帖木兒和李思齊兩個人叫屈，說明你這個人良心未泯！」哈麻淡淡地道。

本來是句誇獎的話，聽在陳亮耳裡，卻如同一記悶雷，嚇得他立刻又連連叩頭，大聲告饒道：「卑職知錯了！丞相明鑒，卑職真的不敢故意耽擱丞相的大事啊！」

見自己的好言好語居然被理解成了威脅，哈麻非常不高興，用腳朝陳亮屁股上狠狠來了一腳，斷喝道：「滾起來，難道你還指望老夫去攙扶你麼？」

「呀——！」陳亮被踢了個狗吃屎，卻如釋重負。向前滾了幾圈，手忙腳亂地爬起來，滿臉堆笑道：「卑職不敢，卑職自己起來，自己起來！」

「你個沒骨頭的混帳，這般模樣怎堪大用?!」哈麻心中十分鄙夷此人的沒氣節，指著他大聲奚落。

「卑職才疏學淺，能給丞相打個下手，就已經心滿意足了，從沒敢奢求什麼大用！」陳亮像狗一樣仰著脖子，如果此刻屁股上插根尾巴，他恨不得當場就搖上幾圈。

「沒志氣的東西！」哈麻斥罵著，心裡卻又覺得對方忠貞可嘉，「老夫手頭如今缺的是可用之人，不是你這種馬屁精。」

「卑職儘量知恥而後勇！」陳亮聞聽，趕緊又拱手表態。

「滾你娘的蛋吧，你現在知恥而後勇能頂什麼用！」哈麻氣得劈手又給了陳亮一巴掌，隨即又覺得自己會冷了對方的耿耿忠心，於是乎嘆了口氣，叫著對方的表字問：「景明，你追隨老夫多少年了？」

「九年半了吧！」陳亮收起媚笑，回道：「卑職記不太清楚了，只記得當時卑職流落京師，無所皈依，多虧了丞相賞識，才能有今天的光景！」

「快十年了啊，可真的不短！」哈麻今天談興極濃，「人家說，宰相門房三品官，老夫也該對你有所安排了！」

「卑職才疏學淺，能替大人您抄抄寫寫，已經是老天保佑，斷不敢再奢求什麼官職！」陳亮聞聽，又驚又喜，後退數步，打算跪下磕頭謝恩。

「站著說話！你其實沒自己說的那麼不堪，就是骨頭軟了些！」哈麻瞪了他一眼。

「是，大人！」陳亮已經跪了一半的膝蓋骨，立刻又挺了個筆直。

哈麻被他的反應逗得微微一笑，繼續評點道：「你雖然骨頭軟了些，但生性謹慎，眼界不算太差，反應也夠靈敏，此外，跟了老夫這麼多年，你居然還能保持幾分良知，也是極為難得！」

「這……是大人平素栽培得好！」陳亮不敢有絲毫大意，謹慎地回道。

「呵呵……」哈麻再度搖頭而笑，隨即，又低聲吩咐，「雪雪那邊缺一個總管府判官，你明天去補了吧，順便把我的想法也帶給他。」

「大人恩典，屬下……」陳亮被從天而降的餡餅砸得眼冒金星，一時間竟然忘了下跪磕頭，愣愣地看著哈麻，語無倫次。

哈麻也不跟他計較這些，繼續說道：「你不必謝我，我也不需要你的報答，雪雪的膽子和你一樣小，但他卻是個冒失鬼，有時候做事情只顧眼前，有時候呢，又分不清形勢，自己睜大了眼睛往別人的陷阱裡頭跳。所以老夫派你去他那邊做判官，看中的就是你的膽小、機靈和有良心，萬一哪天他遇到大麻煩的時候，你記得幫他指一條生路，就算報答老夫了！」

最後幾句他說得極為鄭重，隱隱間已經帶上幾分「托孤」的意味，陳亮聽得又驚又怕，紅著眼，舉起胳膊大聲賭咒：「卑職對天發誓，寧可拼了性命，也要保護雪雪大人安全！如果卑職言而無信，願遭天打雷劈！」

「我信你，否則也不會派你去輔佐雪雪了！」哈麻對他和善地笑了笑，「你下去休息吧，明天早晨領了告身就可以出發了。記得多帶幾個人，路上最近不太平！」

「是，卑職遵命！」陳亮紅著眼轉身離開。待一隻腳已經踏出了門外，卻又遲疑著掉過頭，用極低的聲音問道：「丞相，事情真的已經到了不可為的地步麼？卑職不敢辜負丞相所託，但卑職就這麼走了，心裡頭難免會不踏實！」

「說你是個有良心的，你還真是個有良心的！」哈麻坐在椅子上頹然而笑。

「沒壞到那種地步，但老夫卻不得不未雨綢繆，你可知道，老夫的前任，脫脫大人是怎麼死的？」

「他不是被皇上解了職後，死於朱屠戶之手麼？」陳亮不解地道。

「胡說！」哈麻搖頭，眼角居然有了淚光，「**殺他的豈是朱屠戶？分明是滿朝文武**！你可知道，老夫接替他為相時，國庫裡還有多少錢？老夫實話告訴你吧，三萬四千五百一十二貫，這就是整個大元的國帑，要不是老夫狠心抄了脫脫兄弟還有一些人的家，甭說再調兵遣將，連給滿朝文武發一次俸祿都不夠！」

第六章

人肉盛宴

陳亮彷彿掉進阿鼻地獄，四下裡環繞的全都是魔鬼，
而他卻與他們共用一場人肉的盛宴！
然而，他卻沒法反抗，哪怕是眼睛稍微露出一絲不忍，
就馬上會被周圍的魔鬼們毫不猶豫地砍翻在地，
變成盛宴的下一道菜肴。

「丞相？」陳亮愣在門口，兩眼發直。

大元朝的國庫居然曾經空虛到如此地步，三萬四千五百貫放在民間，也許是巨富之資，放在一個國家的官庫當中……怪不得脫脫兵敗後，朝廷居然就默認了朱屠戶對淮揚的佔據！連蒙古和探馬赤軍的開拔費都付不出了，這仗還怎麼繼續打?!

但下一刻，他卻激靈靈打了個冷戰，雙腿和身體顫抖得猶如篩糠。

哈麻瘋了，他居然把大元朝的機密順口說給自己這個小參軍聽，漢官不得參與軍機，此乃朝廷祖制，即便地位高如中書左丞韓元善，恐怕都不清楚大元的國庫裡頭到底還有多少錢糧，而陳某不過是丞相府的一個小抄手，天可憐見，自己剛才幹什麼要回過頭來多那一句嘴？

正後悔得恨不得以頭搶地之時，卻又見哈麻慘然一笑，道：

「你以為這滿朝文武個個都忠字當頭麼？狗屁，那是做戲給人看的，包括老夫在內，**滿朝文武全都是戲子**！倒是你們漢人有句俗話說得實在，**千里做官，只為吃穿，大夥所圖的，不過是官位、俸祿以及由官位帶來的那點額外好處罷了**！至於國事如何，天塌下來自然有高個子頂著，與他們何干？當年就因為這個道理，大夥一看再打下去，朝廷就只能發交鈔當俸祿了，所以齊心協力做掉了脫脫。嘿嘿，恐怕脫脫到死，都沒弄明白他到底錯在了哪裡！」

「丞相……」陳亮又低低的喊了一聲，提醒對方不要過於坦率。有些事，原本不該他這個級別的人知道，他也很有自知之明，不願意因為知道的事情太多，哪天睡夢中就做了糊塗鬼。

「你怕了，是麼？」哈麻撇著嘴掃了他一眼，「實話告訴你吧，老夫心裡也怕得很，當年若是能打垮淮揚，則是脫脫一個人的功勞，但戰事久拖不決，卻得讓文武百官都少收幾百貫，憑什麼啊？所以老夫動手時，就像推土牆一樣，很輕鬆地把脫脫給推倒了。沒辦法，老夫的幫手多啊，除了跟脫脫一根繩的那幾個螞蚱，其餘人都恨死他了！哈哈哈哈……」

哈麻一邊笑，一邊用衣袖抹淚，平素飛揚跋扈的面孔，此刻居然寫滿了憤懣和憂傷。

「丞相太累了，卑職告退！」聽對方越說，涉及到的秘密越深，陳亮不敢再耽擱，趁著哈麻停下來換氣的時候，急急邁步道：「卑職今晚就走，連夜去見雪雪大人。丞相您放心，您交代的事，卑職絕不敢耽擱！」

「忙什麼，站住！」哈麻卻像是憋得太久，或者單純想要找人發洩一番，所以不願就此打住，向前追了幾步，如一頭病狼在俯視著無力逃命的獵物。

「老夫已經跟你說了這麼多，不在乎更多一些！你以為老夫就不想做個一代名相麼，凡是到了這個位置上的，誰不想著流芳百世啊？老夫當初上位之時，國庫空的能跑耗子！老夫又是拉下臉皮來跟朱屠戶學著開作坊，做買賣，又是四處抓流民來大都附近屯墾，花了這麼長時間和力氣，好不容易才令國庫裡的存錢又上了百萬貫，讓大都城糧食能夠自給自足，你說老夫容易麼？」

不待對方回答，他又繼續說道：「察罕帖木兒他們明知道朱屠戶沒死，還斗膽去跟淮安軍開戰，他們這不是故意把老夫往火坑裡頭推麼？」

「丞相大人！您累了，該休息了！請准許卑職告退。」陳亮頭冒冷汗，努力地想儘快脫身。

「老夫不累，老夫今天精神得很，老夫既然用你，就給你交個實底，這些話，雪雪不會聽，聽了他也不懂，所以老夫必須交代給你！」哈麻不給陳亮逃避的機會，伸出手用力扳住他的肩膀，「就察罕帖木兒和李思齊他們兩個義兵萬戶，比脫脫一根腳指頭都不如，當初朱屠戶羽翼未豐，脫脫用了大半年時間都沒能奈何得了他，卻憑察罕帖木兒和李思齊兩個村夫就能橫掃淮揚？做夢吧！做夢都沒這麼美的事！」

「可皇上偏偏就給他們兩個下旨了，並且沒通過老夫的中旨，老夫從始至終都不知情。嘿嘿，這戰火一旦蔓延開，肯定至少又得打上一整年，那時候，老夫辛辛苦苦替朝廷攢下的這百十萬貫，肯定又得見了底，到那時候，滿朝文武一看又要發交鈔當俸祿了，就又該琢磨著換丞相嘍。」

「丞相多慮了，陛下一直對您信任有加，這次給察罕帖木兒和李思齊下中旨，有可能是小人作祟；以陛下之聖明，今後肯定能發現不妥，然後就會疏遠那個小人！」陳亮硬著頭皮安慰道。

「陛下跟脫脫還聯手鬥垮過伯顏呢！」哈麻用手擦了把眼角。「結果脫脫什麼下場，你也看到了。嘿嘿，**臣子佞，陛下聖，打空了國庫就換一個丞相**，把丞相的家一抄，至少又能支撐三個月。你看著，如果這仗真打上一整年，下次就該抄老夫的家了，到那時，皇上保管連眉頭都不皺！」

「這……」陳亮不敢接話，恨不得自己變成一股煙，順著牆角飄出門外。

哈麻卻絲毫不覺得自己的話有何過分，又慘笑道：「抄了老夫的家，換個人來當丞相，然後過兩年看情況不對，再抄此人的家，再換一個丞相。呵呵，**等滿朝文武誰都不敢當丞相了，咱這大元朝也就差不多該完蛋了**。你說，是不是這個道理？」

「卑職不敢妄議朝政！」陳亮被逼得無路可逃，把心一橫道：「既然丞相看得如此清楚，何不急流勇退？卑職素聞那朱屠戶向來講道理，抓到現役的大元將領都不誅殺，即便他將來真的得了天下，怎麼可能會為難您一個告老還鄉的丞相？」

「急流勇退，哈哈，哈哈哈！」彷彿聽到了一個天大的笑話般，哈麻仰起頭，笑得上氣不接下氣。

「老夫說你膽小卻機靈，哈哈哈，老夫果然沒看錯你。你以為老夫現在退，宮裡那位能答應麼？滿朝文武能答應麼？甭說他們不答應，咱大元朝自立國以來，有過能活著告老的丞相麼？老夫如今占著這個位置，爾等和雪雪好歹還能多活幾天。老夫如果主動示弱，恐怕三日之內，老夫和爾等就都得成為別人口中的血食！」

整整一個晚上都是哈麻在說，不停地說，彷彿要把他這輩子積攢的話，都跟一個與自己身分地位完全不匹配的小參軍傾訴出來。

而陳亮只能小心翼翼地洗耳恭聽，偶爾開導上幾聲，但前後回應的話加起來也沒超過十句，並且在內心深處不停地祈禱，希望老天爺開眼，讓自己的記性變差一些，最好出了門之後，就將今晚聽到的所有東西徹底忘個精光。

然而，人的記憶力卻不會因主觀願望而改變，第二天出發的時候，陳亮的腦子裡仍清楚的記得昨晚哈麻所說的每一個字，並且深刻地感覺到哈麻心中所積蓄的無奈和悲涼。

哈麻要死了！一邊策馬快速南行，陳亮一邊得出結論。

正所謂人之將死其言也善，所以哈麻才會對自己這樣一個算得上半個陌生人的角色，說了那麼多秘密和苦衷。

至於哈麻為什麼會死？原因其實也極為簡單。大元皇帝妥歡帖木兒已經不再信任他，所以才越過他向底下的義兵萬戶傳什麼中旨。

在大元朝短短七十年的歷史上，不被皇帝信任的丞相，出路一般只有兩條。要麼被皇帝解職後，被其他同僚分而食之；要麼自己殺了皇帝，另立新君。

哈麻不希望其弟雪雪給他報仇！這是陳亮得出的第二條結論。

一旦哈麻被罷職，或者被朝廷以任何理由關進監獄，雪雪的最好選擇不是報仇或者鳴冤，而是立刻帶領家眷逃到淮安第六軍團的防區，也就是登萊一帶。這樣，念在以前曾經暗通款曲的分上，淮安軍也不會對雪雪痛下殺手，兄弟兩人所在的家族才有機會繼續傳承繁衍。

第三，也是陳亮得出的最後一個結論，則是**大元朝大概快完蛋了**。

雖然這個結論讓他隱隱感到一點憂傷，甚至還有一點失落，但是理智清楚地告訴他，結局已經無法逆轉，只是時間快慢的問題。

道理同樣也簡單的出奇，**如果一個國家的丞相都要把子侄送到對手那邊去尋求庇護的話，他對這個國家怎麼還會有任何忠誠可言？如果一個國家的丞相都對其失去了忠誠，這個國家怎麼還有機會擊敗強敵？**

大元朝從根子上已經爛透了，即便偶爾能出現一兩個忠臣名將，能改變的也只是局部和枝葉而已，不可能在整體上重新煥發出勃勃生機。

帶著滿腹的忐忑，陳亮走得飛快，每天晚上宿營都枕戈待旦，唯恐有殺手從後邊追上來將自己碎屍萬段。結果只用了五天功夫，一行人就已經抵達了濰州，接近朝廷和淮安軍默認的雙方邊界。

他本以為自己即將看到的肯定是一片豺狼盈於野，白骨無人收的慘烈景象，萬萬沒有料到眼前所見，與先前的預想恰恰相反。

沒有屍體，沒有白骨，也不見任何狼煙和烏鴉，如洗的晴空下，只有一片片整齊的曠野，比塞外還要整齊，並且不像塞外草原秋來時那樣乾枯，大大小小的河流縱橫於翠綠色的原野之上，令人一望過去就心曠神怡。

也許是剛剛打完了仗，百姓尚未返回的緣故，曠野裡除了士兵之外，很難見到活人，那些士兵手裡所拿的，也不是明晃晃的大刀長矛，而是一根根又細又長的竹竿，末梢綁著粗粗的皮弦猛的揚起來，就會在濕潤的空氣中抽出一記嘹亮的聲響，「啪！」

正在溪流旁喝水的羊群，則老老實實地聽著鞭子聲的指揮緩緩移動，每一群都有數千隻之多，遠遠看去就像一朵巨大的白雲。

專門養來保護羊群的狗兒，則排著隊，在周圍盡職地巡視，每當發現異常的動靜，就「汪汪汪」地狂吠不止。

帶了三十幾名丞相府家丁同行的陳亮，當然不可能不引起牧羊犬的警惕，很快一行人就被犬吠聲所包圍。緊跟著，那些正在放羊的輔兵們，就從懷中掏出了號角，「嗚嗚嗚嗚！」地吹了起來。

不遠處，有號角聲迅速做出呼應，然後一波接著一波，將警訊傳到某一處肉眼看不見的軍營。

「我乃丞相府參軍陳亮，奉命前來探問雪雪將軍！前面壯士是哪位將軍的麾下，還煩勞替陳某通稟一聲！」唯恐引起沒必要的誤會，陳亮迅速從馬鞍後的行囊裡掏出信物，高舉在手裡，大聲自報家門。

「你說什麼？」距離陳亮最近的那名輔兵放下號角，以極其生硬的漢語回道：「通稟，不必了，聽到牛角號沒有？那就是傳遞消息的，一會兒就有專人過來跟你說話了！」

「多謝壯士為陳某解惑！」陳亮被對方的土鱉模樣氣得鼻子直冒煙，但在人地兩生的情況下，不得不保持冷靜與禮貌。

「敢問壯士是哪位將軍的麾下？」

「你問俺啊！」對方一開口，又是極其彆扭的漢語，顯然是剛學沒多久，「俺也不知道是哪位將軍的麾下。俺是被俺家主人送來這兒的，專門給將軍們放羊。你看到沒，俺的羊長得好不？正準備抓秋膘呢，等到了月圓的時候，就可以再剪第二次毛了！」

「剪羊毛做什麼？難道這羊不是殺來吃肉的麼？」輔兵驢唇不對馬嘴的回話，陳亮臉上不禁出現三條線。

養羊的唯一用途就是吃肉，而羊毛通常是廢物，大多直接扔掉，只有極少一部分才會被用來織成氈子，或者做成靴幫。這是所有在大都生活過的人都清楚的常識，怎麼居然還有鄉下人敢拿這事糊弄他！

「吃肉？大人您是從外地來的吧，仔細看清楚了，這可不是那兔子大的山羊，這是綿羊！綿羊，見過沒？」

誰料鄉巴佬輔兵聽了他的質問，非但沒有認錯，反倒變了臉色，橫眉怒目道：「一頭羊可產三斤半毛呢！大人您知道羊毛現在多少錢一斤麼？您居然還要吃牠的肉！我家百戶大人說過，誰敢吃牠的肉，俺家百戶回頭就剝他的皮！」

「沒長眼的東西，該死！」沒等陳亮反駁，臨時被抽調來擔任護衛頭目的親兵百夫長海森已經揚起馬鞭，劈頭蓋臉地抽了過去。

「別打別打，老夫不怪他，真的不怪他！」陳亮見狀，趕緊出聲阻攔。

然而，他不開口還好。一開口，其他丞相府的家丁們愈發忍無可忍，全都衝了上去，舉起馬鞭，朝著倒楣的輔兵劈頭蓋臉亂抽，邊抽一邊還大聲教訓道：「不長眼睛的東西，陳參軍可以不怪你，但老子卻必須收拾你。你敢對陳參軍咆哮，就是對我家丞相吐吐沫，老子今天不打殘廢了你，對不起我家丞相大人的恩典！」

他們罵的是牧羊輔兵，陳亮卻彷彿自己挨了罵一般，灰頭土臉地勸道：「各位兄弟，聽我一言！丞相臨來之前，曾經……」

他的話被吞沒在一片囂張的叫嚷聲中，「打死他，打死這個沒長眼睛的！」「打，狠狠地打。」……

儘管臨行前曾經被管家一再囑咐要收斂，儘管所保護的對象是一名在相府根本沒多高地位的漢人幕僚，但一眾相府家丁卻不肯繼續忍氣吞聲，很快就將連話都說不利索的牧羊輔兵從馬背上抽下來，抽得滿地打滾。

「他們也是別人的奴才不假，可他們的主人是當朝丞相哈麻，如果臨行前不是被勒令不准沿途招搖，這一路上，就連那些地方常駐的千戶、百戶都得主動出門十里相迎，臨別前再送上一份豐厚的程儀以表對當朝宰相的尊敬。而腳下這個區區牧羊奴，居然敢對著大夥粗聲大氣，這不是自己想找死是在幹什麼！

「嗚嗚嗚，嗚嗚嗚——！」其他牧羊輔兵見到自己的夥伴被一群陌生人從馬背上打落於地，一邊疾馳過來救援，一邊奮力吹響手中號角。

「吹你個鳥毛！」家丁們罵罵咧咧迎上去，與對方戰做一團。

轉眼間，整個濰水河西岸都熱鬧了起來，連綿的號角聲響徹雲霄。很快，在號角聲的背後，又隱隱傳來了風雷之聲，「轟隆隆，轟隆隆」，震得腳下的大地也跟著微微顫抖。

「咩，咩咩——！」正在低頭吃草的羊群受了驚嚇，雪崩般逃散，負責看護羊群的狗兒則狂吠著奔跑追趕，「汪汪汪，汪汪汪……」

剎那間，狗叫聲人喊聲攪在一起，響成了一片。把陳亮急得如熱鍋上的螞蟻般，團團轉著圈子，不知道該如何收場。

就在此刻，不遠處忽然響起了三聲號炮。「轟！轟！轟！」一聲比一聲更近，一聲比一聲嘹亮。緊跟著，從一簇並未見得如何寬闊的樹林後繞出了三千多鐵騎。

跑在最前方的是一匹桃紅色戰馬，極其高大神駿，馬背上，則端坐著一個銀盔銀甲的將軍，戰刀遙遙指向陳亮的鼻尖，「呔，哪裡來的狂徒，居然敢在老夫面前撒野！」

「速速下馬就縛，我家大帥饒爾等不死！」彷彿事先操練過無數遍一般，銀甲將軍身後的親兵們扯開嗓子高呼。

「雪雪將軍，不要誤會，我是哈麻丞相派來的！」陳亮一看這個陣仗，知道自己要找的正主來了。忙跳下坐騎，將哈麻給的信物高高地舉過頭頂，「小人陳亮，拜見雪雪將軍！」

「小人海森、阿魯丁、賽季拉祜……」眾家丁見引來大軍，也不敢繼續造次，放棄各自的虐待對象，跳下坐騎，紛紛跪倒於地。

「嗯？」馬蹄聲太大，雪雪根本聽不清對面在說什麼，但從陳亮等人的動作上判斷，來者可能不是敵人，於是乎策動桃紅色的汗血寶馬，堪堪踩到了陳亮的頭頂，才猛的一拉韁繩，「吁——！」

他身後，兩百餘名騎著栗色大食寶馬的親隨，齊齊拉緊韁繩，在翠綠色的曠野裡，排成了一條筆直的橫線。

不用再往遠處看，光是這兩百名親兵的做派，就讓陳亮佩服得五體投地。

「砰、砰、砰！」他在草地上磕了三個響頭，然後再度將信物高高地舉過頭頂。「小人陳亮，乃相府參軍，今日奉丞相大人的命令，前來探望將軍！」

「你是？」

雪雪微微愣了愣神，目光順著信物快速向下，「哈哈，我想起來了，你是大哥的筆且齊！我說誰敢打到老子頭上來呢，原來是大哥的爪牙！這事鬧的，老子吃了虧都沒地方說理去！」

「小人馭下無方，請雪雪將軍責罰！」百夫長海森唯恐自己被落下，向前快速爬了幾步，與陳亮並肩謝罪。

「你，紅鬍子？大哥居然把你也給派來了？」雪雪的目光迅速掃過他的面孔，又是微微一愣。

記憶中，這個來自極西之地的親兵頭目，甚得哥哥的信任，幾乎出門就必令其貼身跟隨，這次居然為了保護一個小小的書吏，把他也給派了過來。

「是小人！」親兵隊長海森沒想到雪雪還能記得自己，興高采烈地向前爬行，「小人何等榮幸，居然能再度見到將軍大人您，小人家裡……」

「行了，別拍馬屁了。」雪雪身邊從來不缺擅長阿諛奉承之輩，皺了皺眉頭，揮鞭打斷。

「是！小人不是拍馬屁，小人是高興。嘿嘿！」親兵隊長海森訕訕地跪直身體，滿臉堆笑。

「起來吧，你們兩個！」雪雪輕輕揮了下馬鞭，隨即，衝著身後一名身披千夫長錦袍的人吩咐，「寶音，你去看看那幫牧奴被打死沒有？沒有的話，就讓他們趕緊滾起來去收攏羊群，一幫子廢物，淨給老子丟人！」

「遵令！」那名年齡看上去與雪雪差不多的千夫長大聲回應，然後點了幾名親信，一道策動坐騎，朝著先前被相府家丁們打到馬下的一眾輔兵馳去。

「小人先前不知道他們是自家奴才，小人……」陳亮見狀，少不得又要拱手賠罪。

然而雪雪卻又揮了下馬鞭，滿不在乎地打斷：「打就打了，這種蠢貨，從塞外那邊一吊錢可以買來一窩兒，沒必要太放在心上！」

「是，多謝將軍大人寬宏大量！」陳亮聞聽，拱起手道謝。

雪雪沒功夫跟他弄這些繁文縟節，皺了下眉頭，呵斥道：「別婆婆媽媽了，信呢，趕緊拿出來給我看！」

「啟稟將軍，是口信！」陳亮心裡沒來由打了個哆嗦，四下看了看，警惕地道。

「口信？大哥真是閒得沒事幹了，如此大張旗鼓，卻只為了送個口信！」雪雪眉頭又是微微一皺。

「雪雪將軍……」見對方反應如此愚鈍，陳亮忍不住提醒，「丞相大人的意思是，他的話只能轉給您一個人聽！」

「由你？一個漢人筆且齊？」雪雪低頭掃了他一眼，「誰知道你轉的是不是他的本意？」

這話，問的可是道理十足，一時間居然令陳亮無言以對。口信這東西，的確可以保證把柄不會落到第四個人手中，可充當的**傳達者要是不被當事雙方信任，又怎麼可能保證口信的真實？**

正急得不知如何解釋時，卻又見雪雪用力拍了一下自己頭上那頂嵌滿各色冰翠的銀盔，大笑著說道：「哈哈，我可真是傻了，大哥他為什麼派海森保護你，不是就想跟我說，你跟海森一樣可以信任麼？上馬，這就跟我回軍營去，咱們倆關起門來慢慢細聊！」

「卑職遵命！」陳亮終於鬆了口氣，跳上坐騎，被雪雪麾下的兩百名親兵團團簇擁著，馳向曠野的盡頭。

一路上，依舊很少見到人煙。入眼全是大塊大塊的牧場，有的地方放養了成千上萬的綿羊，有的地方卻專門空出來長草。

一隊隊衣衫襤褸的輔兵或者牧奴們，則揮動鐮刀，將齊膝高的牧草割倒，然後熟練地打成一人多高的草捲，堆在露天中等待風乾。遠遠望去，一排排整齊的草捲就像碧海中的亭臺樓閣，隨著草波的起伏忽隱忽現，蔚為壯觀。

「怎麼樣，老夫將這地方收拾得不錯吧？」雪雪的年紀還不到三十，卻也自稱起老夫，「老夫敢說，連大都旁邊的皇莊都沒老夫收拾得好。」

「這……」陳亮看不懂那鱗次櫛比的草捆子，除了養羊之外，還有什麼其他高深用途，靦腆道：「將軍恕罪，卑職是漢人，不通畜牧之事，但將軍能在戰場上養起這麼多羊來，想必也花費了不少心血！」

「那是當然，這羊可都是老夫托人專門從遼東買回來的良種！」雪雪絲毫不懂得謙虛，揚起頭顱，自豪地說：「這地方原來的羊根本不產毛，而遼東羊，每年卻能剪兩次毛，據說大食人那邊還有一種細毛羊，專門為產毛而生，每年能剪四次，加起來有十二三斤重。老夫已經給海商下了單子，向他們重金求購了，等到種羊運回來，再養上幾年，老夫要讓益都到濰州這一帶全都變成牧場。」

「牧場？將軍，您養那麼多羊，莫非就只為了剪毛？」陳亮聽得暈頭轉向，忍不住問。

「當然了，你莫非不知道羊毛眼下都漲到什麼價錢了麼？」雪雪挺了下腰身，像看鄉巴佬一樣看著陳亮。

「這……」陳亮雖然不是書呆子，可身為相府的筆且齊，平素也沒時間去注意羊毛的具體價錢，愣愣地看著雪雪，不知道該如何作答。

「哎呀，我忘了，你們漢人講究的是讀書人命格高貴，不操心賤業！」雪雪也不為難他，笑著說道：「怪老夫，嗨，實話告訴你吧，這養羊呢，可比種地賺錢多了。你看看我身後這幫親兵，每人一套全身板甲，你再看看他們身後的那些弟兄，每人至少能保證用鐵甲護住自己的前半身，如此敗家的裝束，你在別的地方見得多麼？」

「啟稟將軍，即便禁軍，如今也不會有如此的裝備。」陳亮實話實說。

這兩年朝廷上下用度非常節省，很少給大都城內的禁軍添置什麼新武備，而產自淮揚的全身板甲和半身胸甲，更是因為高昂不下的價格，只會由將領們自行出錢置辦，朝廷絕對不會拿出這麼大一筆錢來，一購就是上千套。

「這些都是老夫和軍中諸將率領輔兵墾荒放牧所得。」雪雪心中早把陳亮當成了自己人，所以也不瞞著他，得意洋洋地炫耀著：「剛打過仗的地方，百姓能跑得動的早就跑光了，指望他們土裡刨食，怎麼可能養得起老夫麾下的弟兄？所以還不如直接將地給圈了，專門養羊，然後不管是賣給大都來的商販，還是賣給淮揚來得商販，價錢都好得很。」

「這個……」陳亮聞聽，心中忍不住又打了幾個冷戰，怪不得過了益都之後，沿途看到的村落就越來越少，百姓也越來越稀疏，原來雪雪鐵了心要將這一帶全都變成牧場。所謂百姓跑光了，恐怕也就是一個說辭，只要蒙古兵策動戰馬到別人家門前來回馳騁幾趟，有誰還敢大著膽子繼續留下來種地？

「你在大都附近根本見不到這麼大的牧場吧！」見陳亮被眼前的壯觀景象驚得兩眼發直，雪雪愈發志得意滿。

「實話告訴你吧，非但老夫在養羊，從真定府往南，凡是有水的地方，就沒土地閒著，要不然，你以為桑乾水兩岸那麼多織機都是用來紡棉花的麼？這年頭，紡紗織布哪有紡羊毛織料子來錢快？你也就是來早了，等明年開了春，老夫至少還能再派人圈出五十萬畝草場來。要是能買到足夠的大食細毛羊，用不了五年，老夫麾下所有戰兵就能全都披上胸甲！到那時，老夫倒是要看看，脫脫麾下的那些餘孽，還敢不敢再於皇上面前嚼我們兄弟的舌根子！」

「五十萬畝草場？」陳亮的身體不由自主地晃了晃，費了很大力氣才確保自己沒有從馬背上滑落下去。

他雖然也出身於小富之家，但父輩卻並非什麼地方名流，所以投入哈麻帳下之前，也曾多少接觸過一些人間煙火，非常清楚五十萬畝土地到底有多廣闊；更清楚的知道，在益州、山東這些地方，五十萬畝地通常會聚集著多少黎民百姓！

三十畝地一頭牛，乃是一個農夫的最高夢想，除非剛剛鬧過瘟疫，否則在中書行省的大部分地區，每戶農家所擁有的土地絕對不會超過十五畝。並且在鄉間，通常有一半以上的農家，名下連五畝土地都不到，需要在忙活自家田產的同時，還去同鄉的士紳家當佃戶或者短工，才能勉強為自己的一家老小賺回當年的口糧。

五十萬畝新圈出來的草場，則意味著至少五萬戶農夫要流離失所，每戶農夫家中，至少會有一名白髮蒼蒼的長輩、一個粗手大腳的老婆，兩到三個面黃肌瘦的孩子。細算下來，這個數字瞬間就擴大到原來的六倍，從五萬變成了三十萬！

三十萬人就在雪雪輕飄飄揮動馬鞭之間，失去了原本擁有的一切，背井離鄉；三十萬人，就因為一個輕飄飄的「圈」字，就被奪走了家園，土地，財產，

變得一無所有，從此四處流浪、乞討，直到變成路邊的餓殍！

「咯，咯咯……」大熱天，陳亮卻發現自己又開始打起了冷戰，**彷彿瞬間掉進了阿鼻地獄，四下裡環繞的全都是魔鬼，而他卻側身其間，與他們共用一場人肉的盛宴！**

這，**絕不是他想要的生活**，然而，他卻沒法反抗，哪怕是眼睛稍微露出一絲不忍，就馬上會被周圍的魔鬼們毫不猶豫地砍翻在地，變成盛宴的下一道菜肴。

所以，他只能選擇強顏作笑，與魔鬼們共同舉杯，然後讓自己繼續活下去，看著一道道新鮮的「菜肴」被端上餐桌。直到他自己也變成魔鬼的一員，主動拿起刀子，切向菜肴的喉管，再也看不到對方的痛苦與掙扎……

接下來的大部分時間裡，陳亮都陷入了夢遊狀態，渾渾噩噩地聽著雪雪吹噓他這一年半以來的豐功偉績，聽著周圍那些將士對雪雪的歌功頌德，並且憑藉本能偶爾插上幾句，以確保不露餡，或者不被盛宴的主人嫌棄。

直到進入了雪雪的中軍帳，大部分將士都告辭而去，他才勉強從夢魘裡掙脫出來，恢復了一些神智。

雪雪早已迫不及待將一大碗馬奶酒推過來，命令道：「喝了它，看你這慫樣！才幾百里路居然累得連魂都沒了，真給我大哥丟人！喝完了趕緊告訴我，大哥想對我說什麼要緊的事！」

「哎！」陳亮連聲答應著，舉起酒碗，將酸馬奶一口吞下。

比起大都城內最近剛剛流行的淮安燒春，馬奶酒的味道堪稱淡薄了些，但如此一大碗落了肚，卻讓他感到腹內一片滾燙，眼神終於恢復了幾分明亮。

「說罷！這裡已經沒外人了，都是信得過的弟兄！」雪雪等得好生不耐煩，用手指敲了敲桌案催促著。

「啊！」陳亮這才意識到自己居然坐在帥案對面，嚇得一蹦而起，長揖及地，「將軍恕罪，屬下並非有意冒犯，而是剛才筋疲力竭，所以一時犯了迷糊！」

「囉嗦！」雪雪不屑揮了下手，「你是大哥的人，不必講究這些！」

「多謝將軍！」陳亮又恭敬地作了兩個長揖，然後清了清嗓子，報告道：「啟稟將軍，丞相大人擔憂察罕帖木兒和李思齊兩個輕舉妄動，會打亂他的整體部署，所以想請將軍出馬，督促二人服從命令，讓開道路，放被困在單州的淮安軍南返。」

「就這麼點事？」雪雪皺了下眉頭，隨即鼻孔裡噴出一股狂氣，「老夫還以為多大的麻煩呢，不就是讓那兩個鄉巴佬別瞎折騰麼？容易，老夫馬上請太不花給他們下一道將令，諒他們兩個也不敢不從！」

「能讓太不花大帥給他們下令當然是好，但丞相還擔心……」

抬起頭四下看了看，陳亮將聲音壓低，「丞相擔心淮賊不識好歹，得寸進尺，所以想請將軍大人出手解決此難題！」

「這個呀？」雪雪遲疑著道：「這個老夫得派人先打聽一下具體情況，但據老夫所知，淮安那邊，除了第四軍陸續殺過了黃河之外，其他各軍都沒有什麼動作，所以，你別急，我馬上派人去打探，估計朱屠戶也只是想給那兩個鄉巴佬一點教訓，並沒打算大舉北上，否則老子這邊早打成一鍋粥了，怎麼可能一點都不受影響。」

「將軍大人慧眼如炬，卑職茅塞頓開！」陳亮拱起手，馬屁之詞滾滾而出。

雪雪很受用的捋了捋鬍鬚，笑道：「也沒什麼如炬不如炬的，不過是當局者迷，旁觀者清罷了！大哥坐鎮中樞，什麼事情都得擱在一起反覆琢磨，而老夫卻遠在一隅，自然對有些情況洞若觀火！」

「大人真是虛懷若谷！丞相大人的意思是，如果察罕帖木兒和李思齊兩個不服軍令，則請將軍按律處置，切莫手軟！」陳亮暗示道。

「知道，不就兩個鄉巴佬麼？他們哪有跟太不花大帥硬抗的膽子！你放心，這事沒那麼複雜！」雪雪隨口道。

在他看來，大哥純屬吃飽了沒事幹才多此一舉，朱屠戶被人擺了一道，眼下連淮安軍的內部紛爭還沒理清楚，哪有精力揮師北上？察罕帖木兒和李思齊兩個不過是想趁亂撈便宜的土鱉，發現點子扎手，自然會主動放棄，何須大哥如此操心？

況且自己也不是小孩子了，這幾年無論是跟朱屠戶鬥勇，還是跟脫脫鬥智，都沒吃過任何虧，哪裡還用大哥叮囑得如此仔細，彷彿沒有他的提醒，自己就不懂得防患於未然，就會眼睜睜地任由察罕帖木兒和李思齊兩個爬到丞相府房頂撒野一般。

「丞相大人還吩咐，要屬下留在將軍身邊！」發覺雪雪已經不耐煩，陳亮趕忙道：「丞相大人的意思是，最近大都城內秋風漸起，希望雪雪將軍多加小心！」

「什麼意思？莫非脫脫的餘孽又在搞事？」雪雪聞聽，臉上瞬間湧起一團黑雲。「奶奶的，老夫不說話，他們還真忘了馬王爺長著幾隻眼睛了！寶音！」

「在！」千夫長寶音答應一聲，大步入內。

「點一千胸甲騎兵，一百重甲騎兵，明天一早趕回丞相府送秋禮，一路上，你給我端起架子來，切莫墜了相府的威風！」雪雪朗聲吩咐。

「得令！」千夫長寶音正憋得渾身力氣沒地方使，立刻肅立躬身，隨即從雪雪手裡接過調兵信物，轉頭大步離去。

「將軍大人！」陳亮想出言阻攔，根本來不及，直到寶音的身影在中軍帳門口消失，才小心地道：「將軍大人三思，臨來之前，丞相曾經吩咐卑職，切忌沿途張揚！」

「大哥是大哥，我是我！」雪雪白了他一眼，撇著嘴道：「大哥為何拜相這麼久卻總是被人算計，就因為他太小心了，有恩無威！而世人通常都欺軟怕硬，你越百般忍讓，他們越會欺負到你頭上來！」

「這……」陳亮不知道該如何反駁，有心提醒雪雪一句，眼下給察罕帖木兒和李思齊兩人撐腰的是大元皇帝妥歡帖木兒，話到嘴邊，卻又悄悄地吞了回去。

就憑雪雪這囂張模樣，他不敢保證自己提醒之後，此人會採取什麼樣的暴烈舉動，造反是抄家滅族的罪名，他可不願意把自己捲進這場看不到任何希望的賭博當中。

「除了這些，大哥還有其他吩咐麼？」雪雪的聲音聽上去帶著一股說不出的煩躁。

「這，沒，沒了！」陳亮吞吞吐吐地說。

「就這點破事啊，居然也值得你千里迢迢跑一趟！」雪雪聞聽，不屑地聳肩。

「老大人想必是不放心將軍，所以派小的和海森百戶過來替他看上兩眼。說實話，老大人和大人兄友弟恭，小的在旁邊看著，心裡都羨慕得要死！」陳亮非常熟練地又大拍馬屁。

三十萬餓殍，三十萬絕望的面孔在他眼前忽隱忽現，關於哈麻委託他叮囑雪雪，看到形勢不妙立刻過河投奔淮安第六軍團的話，被他徹底遺忘在了風中。

當晚，雪雪禮賢下士，在軍中擺開宴席，盛情款待相府故舊。

聞聽大都城下來了老鄉，除了他身邊的嫡系將領之外，臨近幾處軍營裡也有不少人主動跑過來湊熱鬧。大夥一年多來養尊處優，個個都閒得百無聊賴，因此一聽陳亮講述大都城內最近發生的掌故，一邊喝酒吃肉，很快一個個就醉眼惺忪。

「其實，要我說，皇上就該招安朱屠戶，哪怕讓他做三公，都絕對值得！」酒水上了頭，有些人的嘴巴就開始該不該說的，全都一股腦往外倒。

「可不是麼？打什麼打啊，那朱屠戶根本沒什麼反心，要不然當年脫脫被撤職時，他早趁機一路向北，跟皇上要個說法了！」一名副萬戶拎著半截沒啃完的羊骨頭，醉醺醺地道。

「正是！」數名操著大都口音的千戶、副千戶們紛紛響應，每個人好像都跟朱屠戶有八拜之交般，一門心思地替此人說好話。

「要我看，他就是說書先生嘴裡那個什麼來著。唉，看我這記性！怎麼突然就想不起來了！」一名千戶沮喪地拍著自家腦袋。

「呼保義宋江！」旁邊有個紅臉的將軍提醒。

「對，呼保義宋江！」眾人異口同聲地說：「他是被小人逼反的，反貪官不反皇上。不信，你們看，那個稱帝的徐什麼玩意兒，被他逼著退位了，而他自己，到現在打的旗號還是淮揚大總管朱，連韓林兒封的吳公都沒用！」

「可不是麼，他從沒切斷過運河。」

「他抓了朝廷的人，從來輕易不會斬殺。」

「殺也是殺那些罪有應得的，對咱們，特別是咱們蒙古人，一直都是客客氣氣！」

「可不是麼？那什麼來著？阿速軍百戶阿斯蘭，現在是他那邊的指揮使，相當於咱們這的萬戶！」

「還有個叫伊萬諾夫的，做得更高，副都指揮使，乖乖，差一步就是開府建牙了！」

「他不會是蒙古人吧！」

「這還真不好說，咱們蒙古人也有不少是遭了難，流落到民間的，比如那個俞通海，不就是武平郡王之後麼？」

「除了咱們蒙古人，天底下哪會生出此等豪傑？」

……

你一句，我一句，根本不在乎被別人聽了去捅到朝廷裡，直聽得陳亮兩眼發直，眼前不斷地冒小星星。

而眾「御林軍」將領們，依舊沒說夠，說完朱屠戶對被俘官員和將領的優待，又開始例舉淮揚治下各地的民生，彷彿他們親自去黃河以南遊歷過般，唯恐說得不夠翔實。

「這才幾年吶，人家朱屠戶那邊，隨便一個小小的千夫長，身價都以萬貫計了！再看看咱們，還得從綿羊身上剔毛呢！」

「有毛剔不錯了，我聽說川陝那邊，好多將領都親自掄著鋤頭下地了，朝廷錢不夠花，答矢八都魯那邊又可著勁糟蹋！」

「你說那朱屠戶也是，他怎麼不讓吳良謀早點把答矢八都魯給滅了？」

「可不是麼，早滅了，天下太平。大夥開開心心做生意多好，何必殺來殺去的，越殺越窮！」

「可不是麼，只要不跟朱屠戶翻臉，咱們就可以開開心心賺錢，這可都是乾淨錢，誰都說不出什麼歪話來！」

「要不說人家朱屠戶本事呢？不用拿黑心錢，照樣發大財！」

「早知道這些，當年咱們就，算了，不說了。唉！」

……

第七章

必要手段

「這是為了目的而採取的必要手段。

朱某的最終目的是高尚的，手段陰險些也是不得已而為之！

「如果結局是天堂的話，在實現的過程中，朱某不惜跳下地獄。」

他的目光徐徐從眾人臉上掃過，眼裡帶著佛陀般的悲憫。

「他們到底是誰的人啊？」陳亮放下酒碗，悄悄地掐自己大腿。不是夢，自己的確坐在雪雪的中軍帳旁，正跟著一群從大都城裡頭出來的蒙古勳貴把盞言歡。

而這群蒙古勳貴，居然比他這個漢人書生對天下第一號大反賊朱重九還要推崇，彷彿雙方早已化干戈為玉帛，刀槍入庫，馬放南山一般。

「反正甭管朝廷怎麼說，讓老子再去跟朱屠戶拼命，老子肯定自殘！」彷彿唯恐他吃驚程度不夠，那名副萬戶丟下手中的羊骨頭，大聲說道。

「可不是麼？打個什麼勁啊！」紅臉千戶附和道：「打贏了對誰有好處啊？要不是朱屠戶，誰家在塞外的牧場裡不是把羊毛像雜草一樣亂燒，可現在，一斤羊毛能賣六十個錢呢，還是足色的淮揚大銅錢！」

「原來一頭羊在大都城裡才一百二十錢啊，打死了朱屠戶，誰他娘的有本事把羊毛也變出錢來？」

「對，就不該打，該招安才對！」

「還有皮和骨頭，除了朱屠戶，誰想到過羊骨頭居然也能賣錢！」

「那算什麼，照這樣下去，哪天朱屠戶從地上拔一把草都能變出交鈔來！」

「雪雪，你該跟你哥提一提，那朱屠戶根本就沒反心，封他做河南行省的達魯花赤，這天下早太平了！」

「對，說不定他還會替朝廷去平了韓林兒和朱重八！省得咱們哥幾個拎著腦袋往上衝！」

越說，眾人越不靠譜，儼然看到朱屠戶搖身一變，穿上了朝廷賜給的錦袍。揮舞著一把殺豬刀，將周圍的紅巾反賊挨個剁翻，割掉首級，先後送到了大都城內的皇宮當中。

「他奶奶的，到底老子是漢人還是他們是漢人啊？」陳亮晃了晃腦袋，暈頭轉向。

他發現自己先前可能犯了個巨大錯誤，根本不該隱瞞哈麻讓雪雪準備投奔朱重九的消息。假如哈麻死於權力爭鬥，恐怕不用他勸說，雪雪第一時間就會帶領麾下的這幫御林軍倒戈奔向濉水對岸。唯一不太確定的是，雪雪等人投奔過去之後，是準備解甲歸田，做他們的大富翁，還是掉過頭來，衝著以前的袍澤舉起躍馬掄刀而已！

這才一年半光景，陳亮卻覺得夜風忽然寒得透骨。

的確，雪雪先前的判斷是對的，朱屠戶短時間內不會主動擴大戰事。換了任何人站在朱屠戶的位置上，恐怕也不會妄動刀兵！

他何必再動刀兵?只用了短短一年半時間,他就讓雪雪及其麾下的御林軍全都喪失了鬥志。再拖上個三五年,恐怕不用他北伐,大元皇帝帳下就再也找不到任何一個忠誠可靠之人!既然啥也不幹就能眼睜睜地看著大元朝自己覆滅,他還費那個力氣幹什麼?!

而朱屠戶所憑藉的,居然就是讀書人提起了就為之掩鼻的**阿堵物**,一頭羊每年產毛兩斤半,一百五十個錢,十頭羊就是一千五百個錢,一貫半;一千頭羊是一百五十貫,足色淮揚通寶,相當於三百貫制錢。而大元官俸幾經增補,當朝宰相的年俸不過才三百貫,其中還有三成要折合成米糧才能支付。

看附近這大片大片的草場,在座的諸位將領,何人名下還沒有一千頭羊?換句話說,在雙方都不貪汙受賄的情況下,雪雪和他身邊這幫傢伙,每年每人從朱屠戶那邊賺到的好處,已經等同於大元宰相的俸祿!怪不得他們不想跟朱屠戶拼命!換做陳亮,對著這麼大的一個金主,恐怕也沒勇氣再舉起刀來!

越想,陳亮心中越是悲涼,越覺得抑鬱莫名;只覺得生死無命,富貴在錢。不知不覺間,將自己灌了個酩酊大醉。

直到兵卒抬去安歇,還拍打著肚皮大聲吟唱:「軍無財,士不來;軍無賞,士不往;仕無中人,不如歸田;雖有中人而無家兄,不異無翼而欲飛,無足而欲行……」

此後數日，他就住在軍中，成為雪雪的筆且齊。

那雪雪與哥哥向來親近，愛屋及烏，大事小事都不對陳參軍隱瞞。以至於後者接觸到的秘密越來越多，心裡越來越難受，幾乎每天晚上都恨不得大醉一場，讓自己再也不要醒過來。

這都是一群什麼人啊?!表面上，他們都是當朝勳貴的子侄，對大元皇帝應該最忠誠不過，事實上，陳亮卻發現他們對朝廷的忠誠半點都無，相反，對於南邊的朱屠戶，他們倒是充滿了敬意，每次提起來，都不自覺地大說對方的好話。

而在整個御林軍中，從上到下，居然沒人覺得這種敬意有什麼錯，甚至沒人想到該避諱隱瞞。因為大夥早就被利益捆綁在了一處，一損俱損，一榮俱榮。若是有誰去出頭舉報，保證會遭到剩餘所有人的敵視，那樣的話，他的舉報信恐怕還沒等抵達中樞，其本人就已經在某次小規模衝突中壯烈戰死。

要製造這種小衝突很簡單，濰水對岸的淮安軍好像也非常願意配合，通過雪雪等人有意無意的炫耀，或者也可以理解為威脅。

陳亮甚至知道，御林軍在最近這兩年來，已經不止一名將領「以身殉國」，這些「以身殉國」者，都會被馬革裹屍，送回大都城去由朝廷賜予身後哀榮，而他們生前在御林軍中佔有的分子，則全都交給其他同伴，以成全他的忠義美名。

照這種手段，當然很容易就讓「御林軍」上下再也沒有絲毫雜音，更何況，朝廷裡還有哈麻在替雪雪遮掩。而雪雪本人，憑藉的也不全是他老哥哈麻的淫威，他有自己的本事，以及一套獨特的駕馭麾下手段。

他的獨門絕技就是，**和朱屠戶那邊彼此信任，並且能跟那邊毫無忌憚地討價還價**。而他的馭下手段，就是**製造無數個與自己經歷一樣，或者差不多的人，以其為心腹臂膀，進而掌控全域**。

通過幾天觀察，陳亮發現雪雪跟朱屠戶那邊有暢通的聯絡管道，這簡直就是禿頭上的蝨子，明擺著的事。他手下凡是被委以重任的心腹，幾乎全都做過淮安軍的俘虜，這也是肉眼可見的事實。紅臉千戶和黑臉千戶都曾經被淮安軍俘虜過，絡腮鬍子副千戶被淮安軍俘虜過，色目千戶在墜下馬背摔斷了腿，是由淮安軍的郎中施以妙手回春之術，才沒留下終生殘疾。

一樁樁，一件件比話本還離奇的事，居然就發生在執掌全天下兵馬大權的太不花眼皮底下，如果說太不花毫無察覺，有誰肯信？既然連太不花都裝聾作啞了，這背後的黑幕還有誰有膽子伸手去揭？

陳亮最大的優點就是膽小，所以接觸黑幕的一兩天，他很震驚；第三天，震驚變成了憤懣和無奈。很快，他心中的憤懣和無奈也在慢慢消失，取而代之的則是一片木然，如同事不關己般兩眼微閉，隨波逐流。

這天上午，陳亮正在伏案替雪雪清理帳冊，忽然聞聽門外一陣急促的腳步聲響，猛抬頭，恰巧看見副萬戶布日古德那橫比豎寬的身體。

「萬戶大人是找雪雪將軍麼，他剛喝了點酒，正在後帳休息！如果急的話，下官可以派人去喊醒他。」陳亮不敢怠慢，放下算盤，主動行禮問候。

「不必麻煩了，秀才！」那布日古德長得雖然凶殘，人卻是個直性子，拱了下手，非常有禮貌地回道：「我就是過來告訴雪雪將軍一聲，事情圓滿解決了，察罕帖木兒和李思齊兩個非常識相，沒等太不花大帥的將令到，就主動從單州附近撤了下去；那陳至善也沒有得理不饒人，接上被困的兩個旅兵馬之後，就迅速撤回了黃河以南！」

「呼——！」別人說得輕描淡寫，陳亮聽了，卻覺得頭頂上瞬間一鬆。

察罕帖木兒和李思齊兩個肯讓步，妥歡帖木兒與哈麻之間的矛盾就不會立刻激化，他就能在軍中多混幾天日子，不用面臨最後那個艱難的選擇。

然而，人生不如意者，偏偏十之八九，布日古德接下來的話，卻讓他再度墜入了冰窟。

「不過，人家淮安軍也不肯白吃虧，陳至善說了，**要雪雪大人過河到第六軍團赴宴**，有筆生意，他要當面跟雪雪大人勾兌清楚！」

「啊？」陳亮雙手扶在桌案上，努力讓自己保持冷靜，「陳至善簡直欺人太甚！什麼交易敢問將軍大人可曾知曉？」

「這我哪敢多嘴啊！」布日古德把嘴一咧，「人家肯撤兵，並且說要繼續交易，已經是夠給面子的了，剩下的事，只能由雪雪將軍過河去跟朱總管的信使面談，我一個底下跑腿的，哪敢問得太清楚！」

「你不清楚才怪？」陳亮在心裡偷偷嘀咕，臉上卻做出理解的表情，「啊，是這樣，既然如此，布日古德將軍還請稍候片刻，卑職這就親自去喊雪雪將軍！」

「不必了，不必了！」布日古德忙著回去跟同伴喝酒，擺擺手阻攔。「其實他們那邊就是想走個過場而已，沒啥危險的，兩國交戰還不殺來使呢，更何況那朱屠戶素有仁厚之名。」

說著話，他向兩邊看了看，將頭探向陳亮的耳邊，用極其低微的聲音悄悄道：「這事不用瞞你，也瞞不住，那朱屠戶平白吃了槍子兒，總得找個倒楣鬼發洩一下吧，我聽說，他找上了泉州蒲家！知道麼，就是當年把趙宋賣給大元的那個蒲家，色目人蒲壽庚的後人，他們想請雪雪將軍幫忙運作，讓朝廷對此戰袖手旁觀！」

「什麼？這怎麼可能？」儘管連日來心臟已經得到了極大的淬煉，陳亮仍被震得身子一歪。多虧用手撐住了桌案，才勉強沒有當場栽倒。

他吃驚的不是淮安軍找上了蒲家，畢竟朱重九遇刺之後，淮揚內部人心動盪，急需一場必勝之戰來提高凝聚力。他吃驚的是，**朱重九居然恬不知恥，要求雪雪幫忙斡旋，讓蒙元朝廷眼睜睜地看著他去把泉州港一口吞下！**

這簡直就是異想天開！那泉州港雖然不大，卻是大元朝的鰲稅重地，立國時七大市舶司幾經裁撤，最後只留其三，泉州便是三個裡面的一個，如今，慶元市舶司又早就落入了海賊方國珍之手……

換句話說，大元朝如今只剩下了兩個市舶司，廣州和泉州，如果泉州再被朱屠戶給強佔了去，就只剩下一個廣州。而廣州距離大都又路途遙遠，每年從海貿上所抽的鰲金根本沒機會運到大都。

哈麻是大元的丞相，不是朱家的，即便他的弟弟跟朱屠戶暗中勾搭，滿朝文武當中哪怕還有一人腦袋沒被馬踩過，也不會讓朝廷眼睜睜地看著朱屠戶去砸自己的飯鍋。然而，對參軍陳亮來說絕對不可能的事，在布日古德眼裡，卻非常順理成章。

「怎麼不可能？」布日古德撇撇嘴，冷笑道：「那泉州蒲家天生反骨，早在三年前就藉口陸路不暢，大肆於海上劫持本該解往朝廷的鳌金了，今年更狠，從年初到現在，只往直沽那邊發了一批海船，上交二十斤南珠，金子三百兩，剩下的全都是些不值錢的稻米，連往年的一成都不足。他既然有臉推說是在海上遇到了風暴，就別怪朝廷對他心狠！」

「可他們畢竟還交了一點！」陳期期艾艾地替蒲家辯解。

「你以為珠子還像往年那樣值錢麼？人家淮揚商號早就有了點珠之術，同樣的大小珠子，如今在揚州已經論簸箕賣了！三百兩金子能幹什麼？買個縣令當都不夠吧！況且朝廷只要一聲令下，就能在直沽重開市舶司，屆時，買賣就放在皇上眼皮底下，不比放任蒲家手中強。」

也不知道是被高人私下裡指點過，還是天生精明，副萬戶布日古德撇了撇嘴，將陳亮駁得體無完膚。

「可……」陳亮再也找不到保住泉州的理由，卻又不甘心，頂著滿臉油花，結結巴巴地說：「可大元朝的臉面……那泉州畢竟是大元朝的地方，若是朝廷按兵不動，豈不讓天下忠義之士心寒！」

「這你又錯了！」布日古德搖頭，「蒲家要是忠義，這天底下就沒有背信小人了，知道嗎？那蒲家勾結大食海商，早有不臣之心。其麾下的『亦思巴奚』兵，裡邊全是天方教徒，非但不肯聽從官府號令，只唯蒲家馬首是瞻。就連當地其他大族也深受其荼毒，如果朱屠戶肯跟他們拼個兩敗俱傷的話，剛好給朝廷解決了一個心腹大患！」

「這……」

陳亮徹底啞口無言了。既然泉州蒲家早已經有了擁兵自重的心思，朝廷借朱屠戶之手消滅他就無可厚非，只是，大元朝真的能坐收漁翁之利麼？恐怕到時候收到好處的永遠是極少數幾個人，而泉州城被朱屠戶吞進了肚子，誰也不可能輕易再讓他吐出來！

「陳秀才，你還年輕！」見陳亮眼睛裡寫滿了茫然，布日古德同情之心大發，走上前，拍拍他的肩膀，語重心長地道：「**這世界上，若是非忠即奸的話，那就啥事都簡單了**。算了，現在跟你說，你也聽不懂，慢慢瞧著吧，今後有的是熱鬧可看！」

「謝謝布日大哥！」陳亮被拍得身體晃了晃，用力點頭。

按照對方的叮囑，接下來的日子，陳亮每天都瞪圓了眼睛。果然發現了更多「有趣」的東西。

雪雪效仿關羽，單刀過河赴會，然後據說當面斥賊，將朱屠戶麾下的臂膀馮國用罵得無言以對。最後，雙方商定以黃河與濰水為界，再度罷兵止戈。

因為拜服雪雪的忠勇，朱屠戶的臂膀馮國用，答應以每斤七十文的高價，向北方商戶每年至少收購五百萬斤羊毛。超出五百萬斤者，則依行就市。除非戰火重燃，令交易中斷，否則，雙方按月在海門港交割，貨到款付，互不拖欠。

而為了照顧陷入賊人治下百姓的生計，彰顯皇家恩典，雪雪答應向朝廷諫言，在直沽港和更北的獅子口，各開設一市舶司，供民間商旅往來；如果朝廷不予通過，則對雙方的羊毛交易不構成任何影響。

消息傳回，整個御林軍上下歡聲雷動，人人皆讚，雪雪將軍有「顯靈義勇武安英濟王」之能，德被蒼生。

就連一向很少露面的大元樞密院知事，平章政事太不花，都親自到怯薛軍中慰問了雪雪，當眾褒獎了他的「任事」之能，並且當眾宣布，五百萬斤羊毛分額中的一百萬斤由雪雪自行處置，獲取紅利購買武備，以壯軍容。

剩餘四百萬斤亦無須雪雪操心，自然有「商家」協商瓜分，但凡拿到分額的商號，免不了要再來雪雪的營帳內拜訪一番，或者送上一些薄禮，或者留下幾百石米糧，也算為了怯薛軍的武備重整略盡了薄綿。

所有人都為到手的便宜興高采烈，只有陳亮一個人蹲在帳本旁愁容滿面。這朱屠戶一出手就是五百萬斤羊毛，手筆的確大得嚇人，而滿朝文武吃了這麼大一筆好處，拿人嘴短，待淮安軍向泉州用兵時，誰還好意思再提策應蒲家的話頭？

這姓朱的屠戶，究竟是哪路魔王下凡，居然將一擲千金絕技修煉得如此出神入化?!

「只用區區三十五萬貫，就換得蒙元朝廷袖手旁觀，此番南征如果順利，國用功當居首！」淮揚大總管府，朱重九放下敵我雙方達成的協議，大聲誇讚。

「勝之不武，勝之不武！」政務院左副知事兼第一軍團長史馮國用紅著臉，頻頻揮手。

對付雪雪這種二世祖，他簡直是手到擒來，預算中的六十萬貫銅錢，只花掉了五萬貫砸在雪雪等中間人身上，又留出三十五萬貫，用來從下個月起按時到港口分期支付羊毛貨款，剩下的二十萬貫則完全成了結餘。

而蒙元那邊如果想要再對淮安軍動武，就得更加仔細掂量其中利害，三十五萬貫對於一個國家來說，數額不算太大，但換成五百萬斤羊毛，就涉及到了數百萬畝草場，成千上萬的牧民和幾十戶勳貴之家。甭說輕易沒人敢向妥歡帖木兒再談對淮揚用兵，即便提出來，沒有足夠的實力和理由，也很難在廷議中得到通過。

「馮知事過於自謙！」

「馮知事若是覺得此行索然無味的話，下次不妨換了魏某去！免得將來史冊當中，只見諸君，對魏某卻語焉不詳！」

「哈哈，是極！馮知事大才，對付雪雪，還是我等才更妥帖！」

不像馮國用那樣謙虛，淮揚大總管府群英們紛紛笑著打趣。像這種既沒有任何危險的任務，有誰不願意參與其中呢？**反正無論怎麼做，最後的結局都是贏，區別只在贏多贏少和贏的過程中能玩出多少花樣來罷了。**

什麼叫做不戰而屈人之兵，這就是！經過了數年適應與磨礪，眼下淮揚大總管府的議事廳中，已經沒有任何人覺得拿錢「砸死」對手有何不妥當之處！

兩國交兵，原本就是無所不用其極，更何況淮揚子弟的性命珍貴，能用三十五萬貫避免兩線作戰，避免數千將士的流血犧牲，大夥又何樂而不為！

「只怕那蒲家聽到消息後，也會東施效顰！」坐在大夥身邊笑呵呵地聽了一小會兒，政務院知事蘇明哲清了清嗓子道。

他知道自己能力有限，所以在三院共同議事的時候，就很少開口說話，即便偶爾插一兩句，也儘量限制在給大夥拾遺補缺，而不是別出心裁。如此一來，卻是令他的威望不降反升，舉手投足間，已經越來越有當朝宰相的風範，每次諫言都會得到許多人的傾力追隨。

這一次也不例外，蘇明哲的話音剛落，監察院左副知事陳寧就起身附和道：「蘇長史所言甚是，微臣聽聞那雪雪自以為得計，已經將雙方的交易結果傳揚了出去，以大食人之精明，只要主公的討罪檄文一出，肯定會想方設法拉蒙元朝廷下水！」

「是啊，以利服人，利盡則勢衰，那蒙元朝廷中的貪官們所圖的無非是羊毛的紅利，萬一蒲家也豁了出去，翻倍收購羊毛，我淮安豈不是前功盡棄？」另一個知事魏觀也擔心道。

「前功盡棄倒未必！」聞聽此言，軍情處主事陳基的笑容緩緩收斂。「但是得提防蒙元朝廷那邊坐地起價，若是我淮揚和泉州輪番提高好處，豈不白白讓他們占了便宜？主公，微臣以為，韃子無信，我等不可不防！」

「陳主事多慮了！北線自有我第四軍團枕戈待旦！」話音剛落，樞密院右副知事劉子雲，立刻給大家打強心針道：「上次李雙喜和傅友德二人孤軍深入，被困於單縣，雖然暴露出我軍的多處不足，卻同時也試探出察罕帖木兒和李思齊兩家的真正實力。而雪雪和太不花所部元軍，雖然武備上強於察罕帖木兒，但戰鬥力方面卻比前者還要不如，如果真的要與傾國之兵一決生死的話，蒙元朝廷未必能從我淮揚這邊占到什麼便宜去。」

「那倒是，我淮安軍不怕任何對手。」軍情處主事陳基生性謹慎，先點了點頭，隨後提醒道：「事實正如主公先前所言，我淮安軍也沒有現在就直搗黃龍的實力，萬一雙方打成了兩敗俱傷，恐怕就白白便宜了某些陰險卑鄙的梟雄！」

「嗯——！」眾文武臉色頓時發暗，齊齊冷哼。

梟雄兩個字，用在某個與自家主公同姓的豪傑身上再恰當不過，雖然眼下大總管因為拿不出足夠證據，不得不暫時把報復的矛頭對準泉州蒲家，但事實上，很多蛛絲馬跡卻**隱隱指明真正的幕後黑手，眼下應該身在和州**。

高郵之約還有兩年多時間才到期，大總管府不能出爾反爾，所以在沒有充足證據的話，不能主動向「友軍」發難；但對朱重八這個「友軍」，卻不會再給與任何信任，更不肯自己在頭前浴血奮戰，到頭來給此人做了嫁衣。

「微臣以為，光是以利誘之，不足以保證蒙元朝廷按兵不動！主公還需加之以威！」內務處主事張松沉思片刻，對陳基的觀點進行補充。

因為上次二人做事疏忽，導致自家主公差點命喪黃泉，雖然事後大總管府並未深究二人的罪責，但他和陳基兩個卻汲取到了教訓，再也不敢盲目自信，重蹈上一次的覆轍。

受他二人的提議影響，議事廳內紛紛點頭，幾乎所有人都開始懷疑此次協議的實際效果，準備考慮如何另起爐灶。

就在此時，平素很少說話的工局主事黃老歪忽然站了起來，先朝朱重九拱了拱手，然後結結巴巴地說道：

「諸位……諸位大人，且聽黃某……一言，這個，諸位大人都是聰明人，但……諸位大人有時候，想的是不是……太多了？」

囉嗦了大半個圈子，卻始終沒有切入主題，急得樞密院右副知事劉子雲皺眉道：「黃大人，你到底想說什麼？難道就是想告訴大夥別杞人憂天麼？」

「不敢，不敢！」黃老歪聞聽，額頭上立刻冒出豆子大的汗珠，「黃某，下官不是，俺，不是不是……」

「噗！」以魏觀和陳寧為首的幾個官員實在忍不住，低下頭去以手捂嘴。

黃老歪聽到竊笑聲，額頭上汗珠更多，用力跺了跺腳道：

「算了，我就不客氣了，反正我客氣也是白客氣！我直說了吧，蒲家沒那本事跟咱比闊，即便他拿得出三十五萬貫銅錢，也吃不下那麼多羊毛。非但他，放眼天下，恐怕沒任何一家能一口氣吃得下如此多羊毛，然後還能保證不賠本。」

這話，可真說到了重點上。剎那間，四下裡鴉雀無聲，所有人看向黃老歪的目光不再包含輕視，取而代之的，是前所未有的敬服。

在大總管府的百工坊沒開發出水力紡毛機和水力織布機以前，羊毛就是廢料，除了塞外的蒙古人偶爾用做蒙古包外，其他大部分的結局就是挖坑埋掉。

但是在有了水力紡毛機和織布機後，羊毛成了僅次於蠶絲和棉花的第三妙物，織出的毛料雖然沒有棉布那樣柔軟吸水，卻遠遠好於麻布和粗葛。並且在保暖方面，比絲、棉、麻、葛四類都遠遠勝之。

「諸位大人只看到了軍力，財力，卻疏忽了我淮揚最大的一個依仗，那就是天下莫敵的工坊！」

在一片欽佩的目光中，黃老歪大受鼓舞，繼續說道：「放眼天下，哪裡有淮揚這麼多的工坊？放眼天下，哪裡有淮揚這麼多的紡車，織機，這麼多的商號、店鋪？蒲家想跟咱們拼財力，他拼得起麼？他買那麼多羊毛回去幹什麼，難道還能堆在倉庫中，眼巴巴地看著它霉掉？」

眾人聞聽此言，輕輕點頭，臉上都露出幾分自豪。

經過大總管府多年的鼎立扶植，眼下淮揚地區的紡毛和織布能力可謂冠絕天下，甭說區區一個泉州比不起，就是將華夏大地上其他所有城市的紡織力量全加起來，也同樣比不上淮揚的三分之一。

所以大夥先前的擔憂根本就沒道理，淮揚商號花費三十五萬貫購買羊毛，轉眼就能變成七十萬，乃至一百萬貫的毛料或者毯子賣出去；而泉州那邊，花三十五萬貫就是浪費三十五萬貫，可再一絕不可能再二。

正感慨間，卻又見黃老歪笑道：「況且商家賺錢都講究個長遠，蒙古人也是人，也得賺錢養家。想賺錢，就得知道某些事情可再一不可再二，他們絕沒道理因為泉州這次多給了五萬貫，就把明年另外三十五萬貫白白丟掉。此外，諸位不妨跟剛剛被處死的那群老酸丁學學，也想辦法先下手，讓泉州蒲家名聲先臭了大街，如此一來，大都城內誰再替蒲家說話，就是與全天下人為敵，諒他也不敢自己主動找死！」

正所謂話糙理不糙，這個提議雖然對朱重九本人不太恭敬，卻具備非常強的可實施性。那泉州蒲家當年為了榮華富貴，將大宋趙氏皇族及其支持者三千餘人，不分老幼殺了個乾淨，即便是最大的受益者蒙元朝廷，在將中原徹底納入掌控之後，再提起此事都覺得蒲壽庚做得過於陰狠卑鄙。

而亦思巴奚兵日前在泉州一帶的禽獸行徑，更是令人髮指，只是這個時代消息流通不暢，泉州蒲家又出動錢財肆意掩蓋，才不被世人所知而已。因此，只要抓住這兩點做文章，絕對會讓蒲家的支持者做起事情來瞻前顧後，畏首畏腳。

不過黃老歪的提議好歸好，這種毀人名聲的事，大夥卻誰也不方便出言附議，畢竟前一陣子自家主公就在那群腐儒身上吃了同樣的虧，現在想起師敵人之長，未免有哪壺不開提哪壺之嫌。

朱重九對此倒是不太在乎，自從昏迷中醒來之後，他心裡又放下許多東西，在某種程度上，也越來越與這個時代相容，因此，發現大夥都紛紛將頭轉向自己，便先用目光徵詢了一下劉伯溫和逯魯曾兩人的意見，然後詢問道：

「敬初，眼下軍情處在大都城內，能不能找到合適的人手去執行此事？」

「啟稟主公，軍情處的確在大都城內安排了一些細作！」軍情處主事陳基聽到朱重九點自己的將，趕緊恭敬地行了個禮，回道：

「但因為要掩飾身分，微臣在選擇細作之時，不敢啟用讀書人，所以主公若是想在大都城內聲討蒲家的罪行，末將還需再另行派遣得力人手。」

「啟稟主公，監察院可以全力為陳大人提供支持！」話音未落，監察院知事逯鯤主動請纓。

作為專門聞風奏事，彈劾百官的機構，在淮揚目前這種蒸蒸日上的大氛圍中，他們很難找到足夠的用武之地，並且逯家老爺子也再三告誡過他，監察院不能太出風頭，給逯家四下樹敵，所以與其尸位素餐，還不如換一種思路，到蒙元那邊去尋找針對目標，反正都是口誅筆伐，伐誰不是伐呢?!

「這，你是說，監察院配合軍情處，寫了文章去揭蒲家的老底？」朱重九沒想到自家老丈人的思維如此活躍，遲疑著問。

「主公果然目光如炬！」逯鯤先笑著拍了句馬屁，然後施施然道：「監察院可以先寫好了文章，交給軍情處到大都城內散發，軍情處也可以搜集有關蒲家的不利消息，由監察院負責整理成文，再行充分利用！」

「善！此計大善！」朱重九的眼睛一亮，撫掌讚嘆。「但不要光針對蒲家，那樣太容易引發蒙元朝廷的警覺。監察院不妨將蒙元那邊的惡政、暴行，從各方面，整體上全盤歸納總結成文，然後再將蒲家的罪行，重點突出一番，先挑選一部分淮揚和各地的報紙上刊發，另外一部分，交給軍情處的細作，去大都城內散佈！」

說著說著，他心中就有了一個清晰的思路，不知不覺間，臉上也露出了一個非常神秘的笑容。

如果突破了心中的顧忌和底限的話，類似的手段，朱大鵬的記憶裡就太多了，嘴唇微翹道：「不光要動用咱們自己的人手，蒙元朝廷那邊如果有合適的人手，也可以利用，最好內外彼此唱和，才能讓蒙元朝廷自亂陣腳。」

「主公英明！」這回換逯鯤心服口服。恭敬地向朱重九施了個禮，然後回道：「據微臣所知，大都城中有一夥清流，就是專門做這種收錢罵人的勾當，微臣回頭就把名單提供給陳主事，軍情處自管派人去聯絡！只要錢給的足，他們保證雞蛋裡也能挑出骨頭來！」

「信譽好麼？」朱重九眼前立即出現一夥聲嘶力竭的身影。

「相當不錯！以前蒙元官吏之間互相攻擊，通常就是先收買他們，由他們從民間發難！微臣當年也曾經幫人運作過類似的事情，花費不高，但效果卻頗為了得！」內務處主事張松有經驗地現身說法。

「錢不是問題！只要他們信譽好，就不是問題！」朱重九點點頭，然後將目光轉向在一旁沉默不語的蘇明哲，「回頭專門做一筆帳，撥給陳主事用來扶植收買大都城內的清流。」

「是！」蘇明哲領命道。

「注意！」朱重九豎起手指頭，交代道：「有四件事必須注意，第一，不能一次給太多錢，要記得細水長流，畢竟餓的狗才叫得凶，要是一次餵飽了，牠就不叫了；第二，清流不必都是那些學問和名聲好的，三教九流都可以找一些，什麼賣假藥的，賣大力丸的，甚至娼妓、粉頭之類也沒關係。英雄不問出身，只要他們敢說，敢大聲嚷嚷，就把他們捧成英雄；第三，收買他們可以，但是絕對不可以把他們給招攬到淮揚來。他們的特長就是挑刺和扯後腿，具體幹事方面，他們不用問，肯定都是外行。第四，也是最後一條，叫咱們的人注意保護自己，不要跟他們交往過深，更甭指望他們能守口如瓶。這些人，凡是肯收錢辦事的，就不可能有什麼骨頭，萬一被蒙元官府抓了去，不用動刑，就會立刻把小時候偷看別人撒尿的事情都給供出來！」

「哈哈哈哈……」眾文武被朱重九粗鄙的比方逗得哄堂大笑。

「還有，朱某再補充一條，如果誰收了錢，膽敢掉過頭來對咱們淮揚指手畫腳，軍情處立刻給我斷了他的口糧！」朱重九收起笑容，「然後不惜任何代價，讓他身敗名裂！」

「是！」眾文武齊齊肅立，凜然回應。

「這是為了目的而採取的必要手段，畢竟朱某的最終目的是高尚的，手段陰險些也是不得已而為之！」朱重九在心中默默地安慰自己。

「如果結局是天堂的話，在實現的過程中，朱某不惜跳下地獄。」他的目光徐徐從眾人臉上掃過，眼裡帶著佛陀般的悲憫。

冥冥中，有一隻魔鬼躍上半空，振翅萬里，九霄風雷，托起他背後純白色的翅膀。

「第七軍團的補充整訓事宜，進行到哪一步了？」待大夥都笑夠了，朱重九輕輕敲了下桌案，開始下一個議題。

「啟稟主公，第七軍團的六個戰兵旅，已經整編完成了四個，連級以上軍官，一部分經講武堂短訓合格，回歸舊職；另一部分升職之後，轉去訓練輔兵。連一級軍官的缺口大約有三十幾個，皆以參加過江灣保衛戰的講武堂學生補充，他們都見過血，在學校時的成績也頗為出色，末將非常看好他們的未來！」

第七軍團都指揮使王克柔站起身，朗聲彙報。

因為看好大總管府的前程，所以他非常配合地將第七軍團進行了整編，結果整編之後，整個軍團的面目一新，現在拉出去，甭說打同等數量的元軍，就是以一敵三都絲毫不在話下。

「很好！」朱重九點點頭，「輔兵呢，輔兵旅補充得如何？」

「啟稟主公，輔兵缺額甚大！」王克柔神情瞬間變得十分扭捏。

「哦？」朱重九眉頭輕輕一皺，目光轉向劉子雲。

大總管府內部目前有好幾座「山頭」，這一點他非常清楚，但是眼下他也找不出太好的解決辦法，只能通過防微杜漸的手段，避免各山頭之間為了私鬥而耽擱的公事。

「主公，此事非兵局沒有盡力！」劉子雲被看得心裡打了個哆嗦，趕緊起身自辯，「是情況與往年變化太大。」

「什麼變化？」朱重九聲音儘量放得平和。

「是因為流民越來越少，即便有，也都被工局下面的作坊和淮揚商號給招攬去了，很少人願意再去當輔兵！」劉子雲臉紅脖子粗地解釋，「流民自去年出爐了授田之策後，就大舉返鄉，從去年春天到今年，我淮揚各地已經一年半來沒有遭到戰火，老天爺也很給面子，風調雨順，所以返鄉百姓們基本都安頓了下來。選擇留在城裡的，要麼在商號，要麼在工坊，運氣再差的，也能在包工頭那裡找到修路和開山的辛苦營生，細算下來，每月落到手裡的錢，再低也不會不少於一貫。而做輔兵的話，非但要一邊屯田一邊受訓，每月給的錢最高不過才一貫，所以願意做輔兵的人就大幅減少了。」

朱重九聽得又是微微一愣，看向戶局主事于常林、副主事李慕白和工局主事黃老歪三人。

四下裡也響起了一陣議論聲，這才幾年，輔兵就沒人願意幹了？想當初，自己在淮安擴軍，那可是十幾萬人打破了腦袋要往裡頭鑽，甭說做輔兵還給發錢，就是光管兩頓飽飯，大夥就心滿意足！

于常林和李慕白則站起來解釋道：「主公，戶局已經跟兵局探討過提高輔兵待遇的事，但問題主要出在兩個方面，第一，輔兵待遇提高之後，戰兵的待遇就又顯得低了，該不該一起上調？第二，如果一起上調的話，我淮揚有戰兵十二萬餘，輔兵數量與戰兵相若，二十幾萬人的軍餉，實在不是一個簡單的事，無法一鞠而就。」

「工坊現在招收匠人都要求有一技之長，除非是學徒，否則工錢不可能低於每月一貫，揚州米貴，工匠們就只好去他處另謀生計。」黃老歪比于常林和李慕白兩個鎮定，理直氣壯地說道。

在他腦子裡，好男不當兵的觀點根深蒂固，雖然他自家小兒子也是從軍中一步步才走上了重炮旅長的位置。但是在一個父親眼裡，自家兒子永遠不一樣，所以他堅持認為，眼下戰兵能拿到每月一貫半，已經是極高的待遇，連仗都不用打，只管幫忙搬以搬器械，抬抬傷患的輔兵更不該給得太多。

「有什麼辦法解決沒有？」朱重九顯然不想聽底下人互相扯皮，皺眉問。

「主公請恕我等見識淺薄！」于常林三個異口同聲。不在其位不謀其政，為難的是兵局主事劉子雲，他們才不想多操那份閒心。

「末將以為，解決方案有兩個！」劉子雲也沒指望著能將責任推卸給旁人，提出應對辦法，「其一，就是廢除以前的募兵制，恢復盛唐時的府兵制度，讓適齡男子每年都在固定時間入伍受訓。但是這辦法有個問題，就是工坊和商鋪的夥計們是否在徵召範圍之內？若是只有農夫才去當兵，只會讓將士們越來越不受待見，重蹈兩宋覆轍。」

「那就算了，你且說第二種辦法！」朱重九想了想，直接搖頭。

把募兵制轉為強徵，看似解決了問題，實際上，士兵的士氣和戰鬥力必然大受影響，與自己的精兵政策嚴重不符，也不符合自己想給地方百姓一個安穩生活的初衷。

「另一個辦法，就是改變軍制，將輔兵徹底從各軍團剝離，平素由兵局統一訓練管理，戰時再根據戰場需求，給各軍團調派輔兵。此舉，一則可以讓各軍團不再一比一的配置輔兵，再來，也可以讓輔兵也脫產，全部時間都接受訓練。如此，每月的俸祿就不顯得太低，輔兵的訓練也更仔細，各軍團需要時，隨時可以全域調配！」劉子雲道。

他是武將之首，卻從沒單獨領兵外出作戰過，所以要保住自己的地位，就必須拿出一點與眾不同的東西來！

這個東西，就是軍制的變更，徹底打亂原來那種戰兵和輔兵同歸一人調遣的制度，讓統兵武將需要負責的事情更簡單，同時也進一步削弱任何人擁兵自重的可能！如果能做到，哪怕下個月就去職，他這個兵局主事也足以在新朝的凌煙閣上擁有一席之地！

「不可！」劉子雲的話音剛落，丁德興就急匆匆地站了起來，「輔兵若是不歸各軍團掌控，豈不是又要面臨兵不知將，將不知兵的難題？此外，輔兵在戰時還要隨時補充入戰兵隊伍，若是四下調來調去，周圍也沒有任何同鄉或者熟人。他們豈能迅速適應戰場？」

「丁將軍所言極是，末將也有如此擔心！」伊萬諾夫也跟著表態。「就拿第二軍團來說吧，六個輔兵旅其實和戰兵之間的差距已經沒多大了，隨便拉一個輔兵旅出去，都可以輕鬆把元軍那邊三個千人隊打趴下，而萬一戰時調派過來的其他輔兵旅達不到這種標準，末將再按原來的習慣調兵，豈不會被敵軍打得大敗虧輸？」

「末將以為伊萬將軍所言在理！」

「末將附議！」

馮國勝、傅友德等一眾列席的將領們紛紛出言，大多數人都對貿然進行軍制變革表示了擔憂。

按照紅巾軍的傳統，每名將領麾下都有一定數額的人馬，而麾下人馬越多，通常就代表著此人的地位越高。從這種角度上看，劉子雲將輔兵與戰兵剝離之提議，相當於一刀砍掉了大夥近半的兵權，當然誰都不肯輕易讓步。

此外，第七軍團招不齊足夠數額的輔兵，那是軍團長王克柔自己的威望與能力太差，別人可沒遇到同樣問題，憑什麼因為他一個人遇到了麻煩，大夥辛辛苦苦訓練出來的輔兵就要白送給他來使喚？他有那資格麼，從沒在戰場上打過滾，大夥憑什麼放心地把自家弟兄交給他？

唯一對劉子雲的提案明確表示支持的，只有水師統領朱強。他倒不完全是為了拍朱重九馬屁，而是這樣做的好處顯而易見。

「諸位大人聽某一言，朱某倒是覺得這個辦法甚妙，至於兵不知將，這也好辦，讓各輔兵旅的軍官都去講武堂受訓便是。大夥學的東西都一樣了，習慣也都按照講武堂的內容矯正過來了，到誰麾下聽令，自然也就不會有什麼區別了！」

「朱將軍！你說得好輕鬆，敢情你們水師不用跟著變！」眾人聞聽，紛紛將目標轉向他。

朱強伸了下舌頭，不敢再多嘴了。水師自組建時起，就與其他各軍團走的不是一種套路，所以他現在開口支持劉子雲，的確有站著說話不腰疼的嫌疑。

然而眾武將卻不想就此放過他，又用略帶羨慕的口吻調侃道：「其實想要給弟兄們多發些錢糧也很容易，水師那種四十門炮大船，少造一艘，就能養半個軍團了。」

「可不是麼？何必裝四十門炮，二十門都已經無敵於天下了！省下二十門夠養兩個旅戰兵一整年了！」

「要不咱倆換換，我去船上輕鬆幾天，你來幫我帶兵，反正你的戰術只是拿大炮轟就行了，一般船隻輕易連邊都靠不上……」

大夥你一言我一語，越說越過分，甚至連兵局近年來對淮安軍水路隊伍的整體規劃都提出了質疑。

朱強聞聽，頓時火冒三丈，然而有些軍事方面的計畫，卻處於探討階段，不能公之於眾，所以直氣得他額頭青筋亂跳，卻一句嘴都沒法還。

第八章

造化弄人

單論用兵之道，徐達肯定遠在自家主公之上，
但前番主公遇刺，刺客是出於第三軍團當中，
雖然過後軍情和內務兩處已經證實了徐達的清白，
但此事卻對他的打擊卻永遠無法挽回。
馮國用忍不住嘆氣。「真是造化弄人啊！」

劉子雲眉頭一豎。用力拍了下桌案，喝道：「夠了！捨不得各自麾下那幾個旅的輔兵，就乾脆直說，別拿水師來做出筏子。劉某現在就問一句話，兵局想把你們手中的輔兵都留下，統一受訓，統一調遣，誰不願意，現在自己站出來！」

他在幾個都正副指揮使裡頭向來屬於脾氣最溫和的一個，幾乎從沒跟任何人紅過臉，今天被逼急了，忽然爆發一次，當即將所有人都嚇了一大跳。

「這……」剎那間，眾武將齊齊閉上嘴巴，彼此以目互視。

「樞密院和兵局是幹什麼的，不就是為了統一調遣各部，避免各軍團自行其是麼？」見大夥這種表情，劉子雲又重重拍了下桌案，聲音變得愈發嚴厲。

「還沒等到打完江山呢，就想著護住手裡的兵權了，是不是讓你們都劃一片地盤，各自當土皇帝才更滿意啊！二軍團也好，一軍團也罷，兵馬是大總管府的兵馬，非諸位之私產，爾等誰有理由將兵馬握在手裡不放？還是誰有本事不經過大總管府調撥錢糧軍械，自己單獨立門戶過日子?!」

眾武將頓時個個額頭見汗，誰也不敢再胡攪蠻纏。

「諸君可曾記得那些個刺客是從哪裡來的？輔兵！一大半以上都是第二軍團自行徵募的輔兵！若是再讓諸君各行其是，爾等誰能保證自己不再招進一堆死士進來？還是爾等寧願讓大總管再冒一次遇刺的危險，只圖自己麾下兵強馬壯?!」

這幾句話說得極重，令在場眾武將們心裡接連打了數個哆嗦，趕緊對朱重九肅立敬禮，「主公，我等冤枉！」

「主公，劉知事血口噴人，末將真的不是那意思！」

「主公，您說過言者無罪的！末將承認自己有私心，但末將絕不敢對主公有任何不敬之意！」

……

「好了！」朱重九疲倦地揮了下手，「都不要說了，我要是懷疑爾等，又何必把爾等召集到跟前來?!劉知事剛才的提議不錯，輔兵的確該跟戰兵分開，由兵局統一招募補充，由兵局統一訓練。這件事沒什麼好爭論的，勢在必行！」

「遵命！」眾將齊聲答應。

「既然爾等沒什麼異議了，今天朱某就再獨斷專行一回。」朱重九意味深長地看了劉子雲一眼，接著道：「除了遠在黃河以北的第六軍團維持原貌之外，其他各軍團，輔兵統一由樞密院直轄，統一配屬番號，戰兵的番號也統一重新規劃，參照第一和第三軍團的模式，第幾軍團的隊伍就以幾打頭，然後再加兩位數字，如第二軍團第六旅，就叫二〇六旅，團的編號則跟在旅後，其他以此類推，各軍團回去之後立刻執行，然後重新匯總，向兵局報備！」

「遵命！」既然木已成舟，眾武將一起將手舉到額頭旁，肅立敬禮。

朱重九舉手向大夥還了個軍禮，然後宣布：「輔兵不按軍團劃分，統一由兵局安排人手訓練，從今後全部脫產；凡受訓合格者，立即補充入戰兵，每個人的最終去向也由兵局來決定，若有征戰，則各軍團所配輔兵由樞密院統一安排！」

這個命令，與先前相比也屬於無關痛癢級別，眾武將再度齊聲領命。

但是，朱重九接下來的話，卻令每個人都欣喜若狂。

「當兵不是賤役，大宋若不是重文輕武，也不至於落到兩度被毀於異族之手的下場，所以我淮揚決不可讓此風重燃，故朱某決定，從即日起為戰士授田，凡輔兵受訓合格，補充入戰兵，則給其名下增授良田十五畝。當前的戰兵也是一樣，這些田產當年即登記為戰兵的個人私田，不受連續納賦三年之限！此後軍中每立功一級，則獎良田兩畝，戰兵手中的田產可轉賣，也可以租給他人代種，即便有弟兄戰死沙場，統計功勞之後，戶局也將授田於其家人，永不收回！」

「主公且慢！」戶局主事于常林的聲音隨即響起，焦慮地道：「眼下，我淮揚在徐宿等地的確還有許多無主荒田，但主公帳下卻不可能永遠都是這十幾萬戰兵，主公欲問鼎逐鹿……」

朱重九用力一揮手，「那就去搶，江南有足夠的土地，河北、塞外，大海對面，土地更多！把蒙古王爺名下的土地搶過來，把寧願跟著蒙古人一條道走到底，也拒絕給我淮揚提供任何支援的士紳豪強名下的土地搶過來！他既然鐵了心與朱某為敵，朱某憑什麼還要慣著他?!」

話音剛落，四下裡立刻歡聲雷動。

「大總管威武！」

「大總管英明！」

特別是一眾武將叫喊得格外大聲，至於剛才手中輔兵被兵局強行收回所帶來的沮喪，頃刻間全都忘到了九霄雲外。

受千餘年的農耕傳統影響，人們有了錢，通常都喜歡第一時間換成土地傳子傳孫，在座眾文武也不例外。而眼下放眼淮揚，金錢積累速度最快的人，恐怕也是他們，朱重九身邊這群從龍功臣，非但每個人都拿著令人咋舌的俸祿，每年的六月和十二月，還能從淮揚商號得到兩次分紅，此外，朱重九自掏腰包發給他們的年終獎金，也是一個非常龐大的數字，足夠普通人攢上好幾輩子。

不過以往令眾文武非常不甘心的是，淮揚大總管治下的土地，絕大部分都屬於官府所有，那些剛剛分給流民們的口糧田，也被嚴禁私下專賣，所以眾文武雖然個個身家萬貫，卻在市面上很難找到足夠的土地入手，即便偶爾冒出來幾塊，價格也高得有些離譜，讓人下不了狠心去吃進。

現在好了，原本被官府嚴格掌控的土地馬上就要分給戰兵們了，並且不限制他們將其轉賣，絕大多數戰兵恐怕都沒時間打理其名下的田產，身後也未必有足夠的親戚幫忙，如此一來，將剛剛分到手的土地快速發賣，幾乎成了他們的必然選擇。

大總管府治下一共有七個軍團，每各軍團六個旅，每個旅至少三千人。除了第六軍團之外，從第一到第五，再加上第七軍團的四個旅戰兵，少說也有十萬人，十萬戰兵每人授田十五畝，則意味著有一百五十萬畝良田即將分配到個人手裡，其中哪怕只有兩成被拿出來轉賣……

三十萬畝！那是何等激動人心的數字！再由大夥憑著財力重新分配，最後落到自己手裡的……

想想就令人忍不住要大聲歡呼，哪怕有人手頭錢財一時不足，但每名戰兵每立一次功，就又能賺到兩畝。江南有大片田地，河北有大片田地，而自家主公想要重整河山，就會不停地向外擴張，不停地四下征伐……

功勞源源不絕，新進入市面發賣的土地也必將源源不絕，大夥先前只恨外地那些士紳冥頑不靈，不肯對大總管府假以辭色，如今卻巴不得他們都繼續冥頑下去，最好死槓到底，那樣他們手中的田產將來才會被淮安軍抄沒充公，他們手中的土地才會最終又流轉到大夥手裡！

「哎！」一片歡呼聲中，老榜眼逯魯曾輕輕搖頭。

有些人太蠢了，蠢到不可救藥。他們以為通過口誅筆伐和武力刺殺可以逼迫朱重九退讓，可以逼迫朱重九繼續承認他們千年以來不易的特權，卻不料，自家這個女婿的性子如同工坊剛剛開發出來的彈簧一樣，越受壓，反彈的力度也就越大。

可以預見，此令頒佈之後，天下士紳又要全體震驚失語，而他們與淮揚大總管府之間的關係，則**只剩下了服從或者被後者徹底毀滅**，相互間再也沒有任何妥協的可能！

「呵呵呵……」同一時間，坐在逯魯曾旁邊的政務院左副知事馮國用，卻開心地笑出了聲音。

這才是他期待中的雄主，敢作敢為，敢開天下之先！沒有讀書人支持，就自己辦學堂培養出一批讀書人；沒有足夠的工匠和商販，就自己開工坊和商號，吸引來一大批工匠和商販；得不到天下士紳之心，乾脆將原來的士紳階層連根拔起，自己重新打造出成千上萬的士紳來，每一個都對大總管府忠心耿耿！

「呼！」馮國用對面，樞密院左副知事劉伯溫則長長出了口氣，如釋重負。

他再也不用擔心被天下士紳當作寇仇了。什麼叫士紳？名下沒掛著幾千畝田產，誰還有面目自稱士紳？隨著淮安軍的東征西討，很快，全天下恐怕近半的土地就要易主，舊的士紳要麼被迫服從，要麼被徹底抹除；新的士紳，則全都是大總管府的支持者，而他們又怎麼會跟自己的利益過不去？

三人都是絕世智者，**三人所發出的聲音無論是嘆氣、笑聲還是感慨，都被淹沒在周圍的呼喊聲中。**

「大總管威武！」

「大總管萬歲，萬歲，萬萬歲！」

「行了，大夥別亂拍馬屁。世間哪有千年帝國，又有那個凡夫俗子活過百年？」朱重九將手向下壓了壓，示意大夥不要得意忘形，「今後的路長著呢，是做個家有良田萬頃的大土豪，還是被別人把腦袋砍了去掛在城門樓上，還要看大夥夠不夠努力才行！」

「第七軍團都指揮使聽令！」朱重九將目光轉向第四軍團都指揮使王克柔。

「末將在！」王克柔聽到主公點將，立刻一躍而起。

「即日起，你部移防淮安，協助第四軍團共同鞏固黃河防線！戰兵缺額，由兵局統一補充，輔兵則由兵局派出四個旅供你調遣！」朱重九下令道。

「得令！」王克柔興奮地回道。

要打仗了，在休息整整一年多後，淮安軍終於又露出了他鋒利的牙齒，大夥也終於又有了建功立業的機會。萬一錯過，必將遺憾終生！

「去了淮安後，凡事多與吳永淳商量，他跟蒙古人交手的次數比你多，經驗相對豐富！」朱重九不忘交代一句，然後轉向劉伯溫，「第五軍團眼下有幾個旅在荊襄一帶？最遠距離蘄州有多遠？」

「啟稟主公，有六個旅，三旅戰兵，三旅輔兵！」劉伯溫走到牆邊，在兩名參謀的協助下掛起輿圖，「按照樞密院先前的部署，第五軍團始終都是三個戰兵旅在家休整，三個戰兵旅在荊襄輪訓。如今一個旅長駐蘄春，一個旅光復了羅田，另外一個旅為了與洛陽紅巾呼應，正準備東渡蘄水，殺向黃岡。」

「好！夠了！讓第五軍團停下來，固守目前地盤，接下來那邊的戰事交給友軍，第五軍團只為友軍提供策應！同時給吳良謀下令，讓他把指揮權移交給劉魁，以最快速度趕回來。帶領第五軍團剩下的三個戰兵旅負責揚州路和高郵府兩地的防務。」

「遵命！」劉伯溫立即俯身開始書寫軍令。

其他眾武將臉上的表情顯得愈發興奮，北線有吳永淳的第四軍團和王克柔的第七軍團，西線有毛貴部，東面則是大海；吳良謀憑著麾下的三個旅戰兵，足以確保揚州和高郵兩地的安寧，如此，大夥就誰都不必留下來守家了，都有可能隨大隊人馬南征。

果然，沒等劉伯溫將軍令拿過來核實用印，朱重九清了清嗓子，大聲宣布：「第一、第二軍團全體將士，還有樞密院直屬重炮旅、騎兵旅、近衛旅，即日起做好出征準備，後天一早，登船過江，與第三軍團會合，南下討逆。此番出征，本總管親自擔任主帥，具體各部任務，抵達江南後再行分派！」

「遵命！」劉子雲、伊萬諾夫、傅友德、丁德興等人一躍而起，齊齊舉手敬禮。

「主公三思！」在一片歡呼聲中，第一軍團長史馮國用的勸諫聽起來格外孱弱，「主公乃萬金之軀，而我淮揚如今的情況亦不似從前，有如此多精兵強將在手，主公何必……」

「你不用勸了，朱某豈是那坐享其成之人？在家裡養了一年半，朱某也髀肉漸生，巴不得出去活動活動筋骨，所以此番南征的主帥，朱某是當定了，咱淮揚如今雖然猛將如雲，卻沒一個人比朱某更適合！」朱重九心意已決。

「這……」馮國用正準備再勸，卻被蘇先生輕輕用拐杖捅了一下，硬生生將後半截的話吞回了肚子裡。

他是個聰明人，無需更多提示，就明白了蘇明哲的暗示，單論用兵之道，徐達肯定遠在自家主公之上，但前番主公遇刺，大部分刺客多是出於第三軍團當中，雖然過後軍情和內務兩處已經證實了徐達的清白，但此事卻對他威信的打擊，卻永遠無法挽回。

「只可惜了徐天德那一身本事！」想到這兒，馮國用忍不住在心中嘆氣。「真是造化弄人！造化弄人啊！」

正感慨間，又聽朱重九吩咐：「國用，你這回就留在揚州，負責輔助子雲，為各路人馬提供糧草補給以及協調配備輔兵。伯溫隨我同行，隨時謀劃軍務！此番南征，少不得要跟張士誠借一條道路，張士誠生性狡詐善變，蒙元江浙和江西兩省的殘兵，恐怕也會對我軍的後路虎視眈眈，所以朱某必須留下兩個能穩得住，且善於隨機應變之人，隨時為朱某提供接應。除了子雲和你之外，朱某實在想不出來，還有誰更適合擔此重任！」

朱重九唯恐二人多心，特意解釋一番，劉子雲和馮國用心中遺憾稍減，雙雙舉手行禮，大聲承諾：「主公儘管放心，我二人必將竭盡全力！」

「你們倆素來穩妥，能留下來，朱某當然再無後顧之憂！」朱重九誇了句，緊跟著將目光轉向朱強，「水師準備得如何了？」

「啟稟主公，水師上下枕戈待旦，只需主公一聲令下，就可撲向任何對手！」

「好！後天一早，水師護送各路大軍過江，然後，就在江寧城外集結，將士都不要下船，隨時準備再度起錨！」

「是！」

「水師這次的敵手是蒲家艦隊，千萬不要掉以輕心！」朱重九叮囑道，目光緩緩轉向掛起的輿圖。

第三軍團目前最遠只控制了旌德，即便跟張家軍借路成功，也要穿過處州、建寧和福州三路，才能兵臨泉州，而就算有那五百萬斤羊毛的訂單做賄賂，也不能保證蒙元朝廷會坐視淮安軍橫掃整個浙東，最大的可能只能讓蒙元朝廷的反應速度變慢，使其做出決策的時間儘量向後拖延而已。

所以，此番南征，速度就成了關鍵，淮安軍必須趕在蒙元朝廷正式做出決策前，鎖定整個戰局。如此，在陸地上就需要一個急先鋒，替整個大軍攻城拔寨，掃蕩阻攔。

放眼整個南下大軍當中，無論是徐達，還是傅友德、丁德興，都並非最好的人選。

剎那間，**他眼前閃過一個高大的身影，闊步衝陣，所向披靡。**

胡大海最近一段日子，每天都活在悔恨當中。

他後悔自己長期沉迷軍務，疏於管教，居然養出了一個野心勃勃、頭腦卻又愚蠢冥頑的兒子！居然想刺殺朱重九，嫁禍給徐達，然後好讓自己這個老爹取而代之。

他後悔自己為什麼沒在上次接到內務處提醒之時，親手將兒子送進監獄，就憑那些賣官鬻爵，結黨營私的行為，現在兒子肯定是在某個礦山挖煤，總好過他被胡亂安了一個走私軍火的罪名被當眾槍斃。

他後悔自己那天為什麼穿了雙層鎧甲，而不是布袍長衫，那樣的話，幾顆鉛彈足以讓自己當場氣絕，而不用活下來面對無盡的痛苦和屈辱。

雖然自家主公仁至義盡，原本該抄家滅族的罪名，只殺了兒子和胡府幾個被證實參與刺殺案的家丁，可那又有什麼用呢？經此一劫，胡家上下誰還有資格和臉面於軍中立足？

而正值壯年就被迫「因病致仕」，從此只能看著昔日的同伴們一個個在戰場上建功立業，對自己來說，和被斬首示眾有什麼區別！

也不能說沒有區別，那樣太沒良心！至少老妻、美妾、次子闞住和養子德濟都還活著！

可越是如此，胡大海越是負疚，越是痛苦。主公沒有對不起胡家，是自己對不起主公。自己之所以能活下來，完全是因為主公頂住了壓力，法外施恩，自己今後只能做個旁觀者，什麼都不能幹，於國，於家，都不再有任何用途。

這樣的活著，不是胡大海所希望，所以他一天也不想再過下去，但是他又不能辜負了朱重九的善意去自殺，所以他選擇了一個最為緩慢，也最為痛苦的辦法，把自己「泡」在了酒罈子裡，讓自己每天睜開眼睛後就迅速變成一團爛泥，直到永遠長醉不醒。

胡家上下當然不能眼睜睜地看著他把自己活活灌死，然而任誰都束手無策，老妻含淚苦勸，美妾色相引誘，次子和養子犯顏直諫，都無法再喚起胡大海繼續活下去的勇氣。

半夢半醒時，他會想起自己當年與朱重九、徐達等人一道在淮安城外與數倍於己的元軍激戰的情景，豪氣滿懷，引吭高歌；或是想起當年堅守黃河防線，硬抗脫脫麾下數十萬大軍的艱難日子，想起那些明知道有去無回，卻主動請纓去偷襲敵營的弟兄，就忍不住放聲嚎啕。

「馬作的盧飛快，弓為霹靂弦驚。」他將辛稼軒的抱負隨口吟唱了出來，「了卻君王天下事，贏得生前身後名，可憐白髮生！」

當年辛稼軒不得大宋朝廷信任，所以空懷一腔壯志，最終老死床榻，而自己卻是因為家門不幸！想到這兒，胡大海忍不住又是一聲長嘆，伸手去摸身邊的酒罈子，卻摸了個空！

「關住，你個逆子，給我把酒罈子送回來！」胡大海滿腹的遺憾，頓時化作了無名業火，衝著不知道什麼時候被推開的屋門大喊大叫。

整個家中，除了次子關住，已經沒人敢再動他的酒罈子，然而越是這樣，胡大海卻越不想再看到他。

但是今天，趁著他沉浸在豪情壯志中時偷走酒罈子的，不是胡關住，而是另有其人。

「這種葡萄釀在海上顛簸了大半年，味道其實不怎麼樣！」來人說話的聲音不高，聽在胡大海耳中卻如同霹靂。

「主……」他閉上眼睛，不敢相信自己所看到的一切。

不可能！絕對不可能！一定是自己太想重操舊業了，所以喝醉後出現了幻聽。

「葡萄酒適合放在木桶中慢慢發酵，不適合裝作陶土燒製的罈子裡，這樣下去，用不了多久時間就得徹底爛掉。還有，你喝酒的方式也很土。這東西，要麼放在夜光杯中，燈下暢飲，要麼就放在陽光之下，把酒放歌！」

來人像在自己家一樣，走到窗邊，一把將厚厚的窗簾扯落於地。「如此，才不辜負它血一般的顏色！」

初秋的陽光透窗而入，照亮杯中的葡萄酒，果然殷紅如血。同時，也照在胡大海的臉上，照亮他多日沒修理過的鬍鬚和刻在皺紋深處的抑鬱。

胡大海一時無法適應突如其來的光明，再度將眼睛閉上，叫嚷著：「主公，這是末將的私事，你不要管！」

「這不是你的私事！」朱重九話中隱隱帶著幾分失望，「於公，朱某是你的上司，煞費心機替你脫罪，你卻不想活了，等同於蓄意抗命；於私，朱某一直拿你當做諍友，所以絕不能眼睜睜地看著你自暴自棄。通甫兄，你說，我這話在不在理？」

一句通甫兄，令胡大海再度心神巨震，兩行淚水不知不覺流了滿臉。

「末將這樣活著，還有什麼意思？主公，您心地仁厚，可是末將也非寡廉鮮恥之輩啊！」

謀逆之罪，他百死莫贖。殺子之仇，他此生難釋！所以，除了讓自己醉死之外，他還有什麼選擇?!難道還能一覺醒來，就當做什麼事情都沒發生過麼？那豈不是掩耳盜鈴！

所以，此刻在胡大海心中，朱重九是個不受歡迎的客人，無論抱著什麼目的，他都不該來登門打擾，他就該放任自己自生自滅。這樣，對他，對胡家，對整個淮揚都好，至少，人死之後一了百了，再也談不上誰辜負了誰。

朱重九似乎猜到他的想法，大聲喝斥道：「胡通甫，你給我把眼睛睜開！別給老子裝孬種！你以為你死了，就人死債消了麼？想得美，你欠了老子的，到閻王爺那裡也得繼續給老子還！」

「主公……」胡大海被罵得無法抬頭，勉強睜開眼睛，呆呆地看著堆滿空罈子的地面。

「胡大海，你說話啊！你不是有理麼，有理你就說啊！老子問你，自打你到了老子帳下，老子哪一點虧待過你？是拖欠過你的軍餉，還是抹殺過你的功勞？是把你當作過外人，還是曾經刻意打壓，讓你無法一展所長？」朱重九的話，字字敲打著他的心。

沒有，都沒有！胡大海心裡痛苦地吶喊著，但是他的嘴巴卻說不出任何完整的詞句，只能以頭杵地，喃喃地重複著：「主公，我……」

「我什麼！莫非你胡某人眼睛裡，就只有你自己麼？還是全天下的人都該圍著你轉，否則就是死有餘辜？所以你兒子打了老子的黑槍，老子就不能懲處他？所以老子處心積慮化解此事帶來的餘波，你卻偏偏要跟老子對著幹？是不是老子死了，你就徹底高興了？還是老子早就該把位置讓給你，以便你能大展宏圖？」朱重九聲色俱厲地質問著。

這幾句話，說得實在太重，胡大海大聲抗辯，「不是！主公你血口噴人！胡某不是那種人！不是！從來就不是！」

「不是？好，那你看看，你現在正在做的！胡大海，老子到底哪裡對不起你？你寧願去死，也不願再為老子做任何事！」朱重九不依不饒，又向前跨了小半步逼問道：「你可是覺得胡三舍死得冤枉？那你給他報仇啊，來，老子等著你！」

「沒，沒有！」胡大海大力搖頭。「真的沒有！胡某從沒想過！你不能冤枉胡某。」

朱重九一直把他逼進牆角，然後讓開背後的陽光，讓陽光重新照亮他的面孔，「怕牽連家人對不對？也是，家人重要。那也不是沒別的辦法，我要是你，就去投奔蒙元，然後帶著元兵打回淮安，把老子，把徐達、蘇明哲、逯魯曾，還有這些你覺得欠了你，辜負你的人，一個個殺光。你有這個本事，胡通甫！你可千萬別小瞧了自己！」

「沒有，沒有！」胡大海退無可退，梗著脖子，喊得聲嘶力竭：「你別冤枉老子，老子不是那種人，也做不出那種事！老子壓根就沒想過替三舍報仇！老子只是心裡難受得厲害而已！」

話音落下，他肩膀處猛然覺得一輕，兩行熱淚再度滾滾而落。淮揚是自己和朱屠戶，和徐達等人一刀一槍拼出來的，自己怎麼可能幫助外人去毀滅它！

「我知道你沒有！胡大海，你不是那種涼薄之人！」朱重九的聲音忽然變得柔軟，蹲下來，手掌輕輕搭住胡大海的肩膀，「但是你現在所作所為，卻跟去幫別人帶兵反戈一擊差不多。老子苦心積慮掩蓋真相，圖的是什麼，還不是為了讓真正的主謀無法如願以償！無論是你出了事，還是徐達受到了猜疑，他都成功地砍掉了老子一隻胳膊。老子其實真的非常恨你，恨你教子無方，可是老子卻不能上這個當，否則那廝的目的就達到了。讓老子失去方寸、讓徐達和你受到猜疑，今後無法再領兵出征、讓咱們淮揚上下人人自危，再也無法團結一致，這三個目標只要實現了一個，他的計謀就已經成功了。而你，你正在幫他的忙你知道嗎？」

「主公？我……」胡大海愣了愣，眼淚掛在臉上。

「三舍不是死在我手裡，而是死在那個幕後的主謀之手，所以，胡大海，你必須給老子振作起來，去告訴全天下所有人，那廝的陰謀沒有得逞！你必須給老子振作起來，回去帶兵打仗，直到有一天親手揪出那個幕後真凶！」

「主公，我……」胡大海今天被對方的話刺激得兩眼發直。「我不敢，不，主公不能如此！國有國法，胡某當不起主公如此信任！」

「你當得起，朱某這輩子無法忘記，那天槍響時，是誰擋在了朱某身前！」朱重九眼角處隱隱有淚光閃動。「朱某要揮師南下取泉州，取海貿之利以養三軍，朱某需要一個人帶領弟兄們長驅千里，從旌德一路殺到泉州，朱某想來想去，沒有任何人比你更為適合！」

說著，他伸出右手，向胡大海發出邀請：

「胡大海，你可願意替朱某做這個開路先鋒？」

「主公！末將誓不辱命！」胡大海緩緩站起身，兩串滾燙的眼淚一顆一顆地掉下來，掉在自己不知不覺間伸過去與對方緊握的手上。

胡大海要復出了！

消息傳出，一個比一個震驚，淮揚官場瞬間為之震動。民間輿論也是或臧之，或否之。

「此舉有違法度，自古至今，除了隋煬帝任上之外，還沒見兒子犯下滔天大罪，而父輩不受絲毫牽連者。朱屠戶就是朱屠戶，明明有前車之鑑在，卻置若罔聞！」

「主公英明，胡大海文武雙全，怎能長時間閒置在家？況且胡大海長期出征在外，胡三舍做下的事，他怎麼可能知情？」

……

林林總總，爭論數方各執一詞。但無論覺得朱重九此舉做得是對還是錯，有一點各方卻都不得不承認，那就是，朱重九的確是個可共富貴之人，凡是輔佐過他的文武，誰也不愁落下一個不好的下場。

特別是那些曾經進入過大總管府核心圈，卻又因為種種原因被甩出核心圈外的官吏，受到的觸動尤深。朱總管沒放棄胡大海，就意味著只要繼續努力，持之以恆，早晚還有被看到並且再度委以重任的那一天。

揚州路兵科知事韓建弘，就是其中之一。

在聽聞胡大海被任命為征南先鋒的當天，他走進街頭一家飯館裡頭，把自己灌了個酩酊大醉。第二天早晨起來，卻精神百倍，刻意修了鬍鬚，梳洗乾淨頭髮，換上一身嶄新的官服前去坐班。

整個揚州路已經超過二十個月未曾聽到過角鼓之聲了，因此地方兵科的官吏都輕閒得很，除了偶爾安置一批受傷退役的老兵和替各軍團招募一些新血之外，幾乎沒有其他事情可幹。

當韓建弘看到空蕩蕩的兵科衙門和屋子裡無所事事的幾個下屬，剛剛熱絡起來的心就是一涼。

然而還沒等他心中的熱氣涼透，幾個下屬官吏卻爭先恐後的拉桌子的拉桌子，掀門簾的掀門簾，以從沒有過的尊敬態度，將他這位一條腿的兵科知事迎了進去。

「各位今天是怎麼了，莫非有事需要韓某幫忙麼？有的話就直說，不用如此大費周章。」韓建弘被突如其來的熱情之舉弄得渾身不對勁。

換做以往，在沒點名道姓的情況下，眾屬吏通常不到萬不得已，絕不主動站起來回應，可今天，副知事唐濤、書辦覃不如，還有其餘幾個佐吏，卻爭先恐後地大聲回答道：「沒什麼，沒什麼！這是屬下應該做的！」

「看大人您說的，您曾經為國捨命，我等給您掀一下門簾，還需要什麼理由！」

「大人休要調笑我等。我等哪有如此不堪，只在要求您幫忙的時候才動手做事！」

「大人，您喝茶，剛剛砌好的新茶，就等您老坐下品嘗呢！」

「噢？」韓建弘輕輕皺眉，心中的警覺愈發強烈。

不是他不近人情，而是屬下們今天的表現與以往相比，的確天上地下。

眾兵科佐吏顯然也意識到了自己以往的行為多少有些涼薄，於是紛紛躬下身，求肯道：「大人您別生氣，我等以前的確有點狗眼看人低，但小的們保證，今後肯定唯大人馬首是瞻，否則就讓我等一輩子不得出頭！」

「是啊，大人，我等知錯了，還請大人寬宏大度，原諒我等往日之過！」

「可不是麼，您老是有福之人，這兵科想必也不是您的終老之所，哪天大人要是東山再起了，還請念在我等恭敬肯幹的分上，提攜一二！」

眾人你一言，我一語，**道的全都是人情冷暖，世態炎涼**。

韓建弘其實心裡已經意識到幾個屬下態度突然大變的原因，卻依舊覺得心裡酸酸的，鼻子和眼角處也一陣陣發熱，笑道：

「諸位兄弟多慮了，你等做事認真，韓某自然會記在心上，將來有機會向上舉薦英才，自然也不會埋沒你等。至於尊敬不尊敬，也不必太刻意，整天低頭不見抬頭見的，過分拘禮了，反而彼此都覺得彆扭！」

「是！大人有命，屬下不敢不從！」眾人立刻拱手領命。隨即，又紛紛圍攏過來，笑問：「大人您與吳良謀將軍是同鄉？跟他關係熟麼，你們兩家的位置近不近？是不是一個村子出來的？」

「是同鄉，但不是一個村子的，他是吳家莊的少莊主，我是韓家寨小六子，平素走動倒是不少。我二伯家的老三，跟他二叔家的婉如姐是娃娃親，原本當年就要圓房的……」韓建弘如實回答。

二伯家的韓老三永遠不能回去娶吳良謀的姐姐了，當年幾個莊子裡，被族中長輩逼著加入徐州左軍混前程的少年，已經有一半倒在了征途當中；剩下的一半，則踩著他們的血跡，撿起他們的遺願繼續向前，為了家族的榮耀，也為了少年時的夢想！

「那大人您跟吳將軍豈不是是連襟！」副知事唐濤尖聲驚呼。

「怎麼是連襟，是郎舅親！」書辦覃不如大聲糾正，「吳都指揮使是咱家大人的叔伯……叔伯舅子，呵呵，雖說拐了個彎，但總歸也是舅子！」

其他眾兵科屬吏看向自家上司韓建弘的目光，愈發地跟以往不同。

吳良謀最近大半年來在荊襄，以三個旅的戰兵，就打得蒙元十萬大軍退避三舍，其威名和功業早已隨著江風傳遍了南北兩岸。此番朱總管領軍出征，放著劉子雲、王克柔等宿將不用，卻單獨將此人從荊襄調回來挾半個軍團兵馬坐鎮中樞，充分說明了此人在朱總管心中的分量，可以預見，在不久的將來，吳良謀職位必然大幅向上攀升。而韓建弘作為他的至親兼好友，又曾經立下過實打實的功勞，少不得位置也要更上一層樓。

想到這兒，眾屬吏看向韓老六的目光更為熱切，嘴裡說出來的話也愈發恭敬有加。而韓老六心思卻早已飄飄蕩蕩，不知道飛向了何方。

韓建弘耳畔彷彿隱隱聽見了當年離家前頭一天晚上老父的交代：

「小六子，別怪你大爺爺心狠。自古以來，誰家都是這樣，世道要亂了，咱們韓家總得多尋幾條活路啊！」

這是老祖宗們傳承下來的生存智慧，凡是稍微大一點的家族，基本上都深通此道，所以**每當亂世來臨，家族中的年輕子弟就成了下注的籌碼**：朝廷那邊押上一票，「反賊」那邊也押上一票，如果有可能，或者一時判斷不準確，不同的反賊間還要再分頭下注，寧多勿少。

對於被當作籌碼的子弟來說，萬一被押在了賭輸的那一方，他們的結局必然會十分悲慘。而對於整個家族來說，無論最後哪一方成功問鼎，整個家族都可以跟著沾光。即使不能水漲船高，也至少可以保證平平穩穩，繼續繁衍傳承。

當年的韓老六、韓老三、韓十七、韓十九等人，就是韓家莊派出來的一副籌碼，幾個人資質都不算太好，在身為族長的大爺爺眼裡，也不怎麼受待見，所以即便死在某個不知名的陰溝裡，除了各自的父母外，整個莊子裡頭也沒幾個人會覺得心疼。

非但韓家如此，孫家、李家、栗家、許家以及其他處莊子的賭本也都差不多，都是抱著有棗沒棗先打三杆子的心態。誰讓朱總管那時麾下只有千十號弟兄呢，雖然戰鬥力著實駭人，剛剛硬生生正面擊潰了三倍於己的阿速軍。但比起劉福通、徐壽輝、布王三、彭和尚這些大勢力，卻是明顯不夠看。

只有吳家莊和劉家莊屬於例外，這兩家派出的都是各自家中的翹楚：吳良謀和劉魁。所以這兩家如今也贏得最多，一個是深受信任的正都指揮使，一個為可以讓朱總管放心地安排其獨當一面的副都指揮使，兄弟兩個互為助力，烜赫一方。

世人總喜歡在事情過後炫耀自己當初的聰明，如今山陽湖畔那些莊主、寨主們提起來，誰不自誇當年目光長遠?!

反正族長們總是睿智的，他們努力將各自家族中的才俊，塞進大總管府各級衙門和淮安軍中，以期待在不久的將來能收穫更多。

但是韓建弘卻知道，少年們很快就會發現，他們加入淮安軍，並非單純為了博取個人的功名，他們的肩膀上還擔負著跟自己一樣的所有漢家子弟的未來。自打他們加入淮安軍那一天起，就不光是為了一家一姓而戰，他們即將捍衛和重塑的，是整個華夏民族。

這些道理，韓建弘最初也不懂，但是現在他卻認識得越來越清晰，至於到底是誰，在什麼時候把這些道理銘刻在了他的內心深處，他也說不清楚。

也許是潛移默化吧！韓建弘依稀記得自己奉命投軍之後沒多久，在訓練場上，就有教官告訴他，人和人是平等的，沒有任何人天生是奴隸，也沒有任何人天生喜歡被別人奴役。

韓建弘依稀還記得，當朱總管下令將被俘的蒙元將士折價發賣時所說的那句話：「他們拿咱們當驢子看，咱們就來而不往非禮也！如果哪天他們拿咱們當人看了，咱們自然也會拿他們當人看。這裡邊沒有什麼仁恕不仁恕的說法，只有平等！」

韓建弘也還記得，有一天晚上，少年們坐在火堆旁誇耀各自的祖先。忽然驚訝地發現，各自的祖輩居然都曾經在李庭芝帳下為大宋而戰，而大宋太后帶領滿朝文武出降後，祖先們所承受的磨難與屈辱也立刻湧上了每個人的心頭。

「丞相伯顏於江畔立帳，左相吳堅領諸將負草而入，唱名跪拜……」

家譜中關於這段歷史的記載很模糊，但在火堆旁重新複述到這段文字時，給韓建弘靈魂上帶來的戰慄卻無比的清晰。

原來在他們眼裡，我們的祖先就是一群驢子！

沒錯，就是一群驢子。**在蒙古朝廷眼裡，所有漢人都是驢子**，哪怕爬到張松和逯魯曾那樣的高位，也是一樣！只不過變成了一頭可以推磨拉車的大驢子而已，與其他驢子沒任何不同。

然後，少年們就發現，**所謂天命，所謂五德輪迴，不過是一塊用爛的遮羞布，在陸秀夫背著宋少帝跳入大海的瞬間，華夏已經亡了**，現在的朝廷，不過是一群外來征服者的朝廷，他們趁著華夏孱弱，以野蠻征服了文明。

然後，少年們清醒地站了起來，發誓永遠不再跪拜於野蠻之下。

他們早就該站起來驅逐韃虜，恢復中華。也許他們會失敗，但是他們卻會像個人一樣死去，不是繼續作為驢子而苟活，繼續任憑征服者欺凌。

當時火堆旁立誓的少年，大部分都已經戰死了。韓建弘記得他們每一個人的名字，卻記不起其中絕大部分人的面容。

第九章

拜月祭典

這一天，各寨各洞的祭司，還有朝廷給他們指定的大祭司，
會舉行盛大的拜月祭典，向祖先們奉上犧牲，
換取祖先和諸神對他們的庇護。
當如水月光灑在他們赤裸的胸膛上之時，
每一名「諸苗」都覺得自己好像被洗乾淨一般。

「大人，聽說您當初跟吳良謀將軍一道從陰溝裡爬進了淮安城？」正沉浸於往事的回憶中時，耳畔忽然傳來同僚們充滿期待的聲音。

「啊？你說吳良謀啊，那廝從小就不務正業，整天除了爬牆頭就鑽陰溝，所以在淮安城下，他的本事剛好派上用場！」

韓老六的記憶瞬間又被拉到自己人生中曾經最為輝煌的時刻，帶著幾分驕傲回道。

當年若不是吳良謀毛遂自薦，帶領一眾山陽子弟從排水溝裡鑽入淮安，自內部打開了城門，以彼時徐州左軍的兵力和實力，即便將淮安城強行攻破，自身也得傷筋動骨，根本無法繼續在城中站穩腳跟，更甭提日後南下揚州，打出如今這般豐碩的基業了。

所以，韓建弘雖然在那天晚上失去了一條腿，卻一輩子以此為榮，每逢有人當面提及，他都會非常開心地跟對方講述描繪破城經過，縱使百遍而不厭。

只是，今天他的談興剛剛被幾個下屬給勾起來時，就被門外一陣突如其來的喧鬧聲給打斷了。

「誰在外面喧嘩？老覃，麻煩你出去看看！」韓建弘心中說不出有多窩火，板起臉吩咐。

「是，大人！」書辦覃不如站起身，一邊抱怨著：「估計又是戶科那幫傢伙，一天到晚就沒個清靜時候，這不快入秋了麼，前年分下去的地，又該收一批糧食回來了！」

大總管府推崇集中處理公務，將八局一院兩處，都湊在一座院落內，於是乎，其他各級官府上行下效，將治下各科各曹也儘量安置於同一個院子，哪怕一時安置不開，也會擺在相鄰的地段上，方面彼此往來。

故而，韓建弘等人所在的揚州路兵科，左側緊鄰著的就是揚州路戶科。但是與兵科每天門口羅雀的情況大相徑庭，戶科那邊從早到晚都是賓客盈門，高朋滿座，就差一點便要將房頂擠出個窟窿來了！

然而，今天的情況有些特殊，書辦覃不如剛走到兵科的內堂口，連頭都還沒從門簾探進去，就立刻返了回來。

「大人，不是戶科，是咱們兵科，好多人湧進院子裡，負責維持秩序的城管都快擋不住了。大人，您趕緊出去露個面吧，不然就得出大事了！」

「來找咱們？你們貪墨別人的退役安置費啦？」韓建弘聞聽，嚇了一跳，不禁質疑道。

前段時間他自暴自棄，對兵科的日常事務不聞不問，全憑副知事唐濤和書辦覃不如等人打理。據他觀察，這幾個下屬每月目睹數千貫的退役士兵安置費用從眼前經過，難保不會動些花花腸子。

「沒有！」一副知事唐濤等人聞聽，立刻異口同聲地否認。「大人，冤枉！我等都讀過聖賢書，知道國法和廉恥！」

「沒有就好，不需要喊這麼大聲！沒有的話，無論什麼人打上門來，韓某都未必怕他；否則，哪怕你等只貪圖了一文錢，韓某說話都硬不起來，也難保證你們平安無事！」韓建弘說明立場。

唐濤等人聽了，臉色頓時一紅，猶豫再三，終於用蚊蚋般的聲音道：

「每月晚發個一兩天是有的。您老想想，光是揚州城，需要定期給傷殘津貼的就千八百號人呢，還有許多傷兵家不在揚州，屬下們還得再專門走手續給他撥往地方，所以，屬下等有時候怕錢放在屋裡不安全，就將其存進淮揚商號裡，要用時，再去商號支取！」

「該死！」韓建弘忍不住斥罵道：「你們幾個蠢貨！每月那麼高的俸祿難道還不夠花，還打這種齷齪主意？萬一被內務處查到，你們就等著去挖一輩子煤吧！」

作為曾經的鹽政大使，他那時每天過手的銅錢就有數千貫，任期內親手查出並處理的內鬼也超過了百人，所以太清楚金錢周轉上的貓膩了。

錢存在商號的櫃上是有利息拿的，雖然商家給的點數不會太高，但數千貫的額度，每多存一天，就能多出幾百文的利息來。這些生出來的利息，當然不會與本金一道發給退役老兵們，而是神不知鬼不覺地變成了油水，進入幾個當事人的腰包。

「大人饒命，我等以後再也不敢了！」被韓建弘身上冒出來的凌厲殺氣嚇得亡魂大冒，幾個兵科衙門的屬吏登時跪倒在地，大聲告饒道：「我等也是從別處學來這招的，以後真的不敢再這麼幹了，請大人手下留情！」

「留情個屁，老子快得被你們活活害死！」韓建弘瞪了眾人一眼，心中比吃了一百隻蒼蠅還要難受。

其實按照大總管府當前所頒佈的律法，唐濤等人的作為即便被抓到，也很難被定罪，但這種齷齪手段卻令他沒法不感到噁心。

「你們這幫王八蛋知道不知道自己在幹什麼啊？每月好幾貫的俸祿，年底還有大把的分紅，你們差那幾百文了？還是不占點便宜就覺得自己吃虧了?!」

眾屬吏被罵得無言以對，只能流著汗拼命叩首。

韓老六看了，難免又是一陣心軟。「罷了，罷了，反正我已經是這樣了，就替你們去擔下來吧！」便架起拐杖，晃晃悠悠就往門外走。

眾屬吏見了，趕緊幫開門的幫開門，攙胳膊的摻胳膊，就期盼外邊鬧事的人看在自家上司缺了一條腿的分上，能主動偃旗息鼓。

結果才走到屋外，立刻便破口大罵，「奶奶的覃不如，你瞎了眼啊！鬧事還有排著隊鬧的嗎？這上百條漢子，誰都沒缺條胳膊少條腿，哪裡有半點退役傷兵的模樣？」

「怎麼回事？誰在外邊喧嘩？」韓建弘見到屋外整齊的人流，也覺情況跟覃不如先前彙報的完全不一樣，因而強撐起兵科知事的架子追問。

「大人，您可算出來了！忙死我了！」

話音剛落，專門負責接送他上下班的家丁韓九十五就跑了過來，頂著滿頭大汗報告道：「他們都是前來應募當兵的！小的怕他們亂擠，就讓他們先排了隊。還有，多虧這幾位城管大哥，要不是他們過來幫忙，這幫傢伙估計能直接闖到您的屋子裡頭去！」

「應募？」韓建宏一愣，這可真新鮮，揚州城裡，居然又有人願意當輔兵了，並且一來就成百上千！

要知道，早在半個月前，為了給第六軍團招募輔兵，兵科還專門派員到天長、如皋這種大縣城支攤子，跟地方兵曹小吏一道說破了嘴皮子，才勉強拉起千把人來。

「見過韓頭！」正發愣間，負責維持秩序的幾名城管一道跑上前，行了個標準的軍禮。

一句「韓頭」，讓韓建弘又回到了當年的青蔥歲月，啞著嗓子道：「謝謝弟兄們，你們幾個也是老左軍出來的？」

「報告長官，小人謝得興，是在黃河北岸投的軍！他們幾個都是我帶過的兵！」黑衣城管的小頭目併攏雙腿，大聲回道：「我們都是去年在江南受的傷，上頭見我等胳膊腿還算俐落，就讓我等都轉行當上了城管！」

「大夥都辛苦了！」韓建弘向眾黑衣城管行禮。「等會兒完了事情別急著走，中午飯我請！」

「不敢，不敢，韓頭，我等心領了！弟兄們只是路過這兒，怕出亂子才順手管了管，您別破費，我等還有別的事情呢。」眾黑衣城管恭敬地向韓建弘還禮。

這些人或是缺了手指頭，或者是空了袖管，還有的臉上帶著醜陋的傷疤，但言談間，都充滿了普通人身上少見的自信，彷彿那些傷疤都是綬帶般，證明著他們昔日的輝煌。

「那就改天！大夥隨時抽空過來，我隨時安排！」韓建弘知道眾城管受紀律約束，所以也不勉強，笑了笑道。

「謝謝韓頭！您先忙，我等有空一定過來看您！」

「韓頭，您先讓人支張桌子出來。這些人都是報名當兵的，不會鬧事。我們先替您看著！」眾城管七嘴八舌，很熱心地給韓建弘出主意。

到此刻，韓建弘才有時間找下屬解惑，抬手拉過正準備去搬桌椅的副知事唐濤，低聲問道：「這到底是怎麼回事？你派人昨天四下裡貼告示了嗎，我怎麼一點印象都沒有？」

「不是告示！」副知事唐濤回道：「是大總管他老人家施的高招。大人，您肯定還沒來得及看。公文是今天早晨才發下來的，說只要能當上戰兵，立刻授田十五畝，並且還准許隨意買賣。這幫傢伙肯定是衝著那十五畝良田來的。奶奶的，這幫傢伙的鼻子可真尖！您瞅著吧，這不過才開了個頭，接下來，還不知道多少人要打破了腦袋當兵吃糧呢！」

「就十五畝？」畢竟是大宅門裡出來的，他不覺得十五畝的土地有多大誘惑力。年輕人隨便在城裡找一份事情做，差不多兩三個月的工錢就能買上一畝，何必為了還不知道在什麼位置的十五畝田擠破了腦袋？」

「哎呀，我的韓大人！」見到自家上司那滿臉不屑的模樣，副知事唐濤急得直跺腳，「您可真是大戶人家的少爺，不知道賺錢有多難，咱揚州城裡的各行各業報酬是高，可架不住花錢也快啊；甭說十五畝良田，即便是最下等的山田，十五畝也夠很多人不吃不喝攢兩三年了！況且在大總管的公文裡頭，這十五畝只是個開頭，以後每多立一級戰功，就又能多賺兩畝！」

「可不是麼？屬下就是身子骨不成，否則屬下都想著去投筆從戎了！」書辦覃不如搬著三張桑木桌子，從二人身邊快速跑過。「咱們淮安軍什麼時候打過敗仗？只要不死在戰場上，幾場仗打下來，怎麼著還不得撈它個十級八級的功勞！」

這句話才說到了重點上，不是揚州城的百姓們突然被十五畝地的好處晃花了眼睛，而是收穫和風險相較之下，投資報酬率實在大得不成比例，所以年輕人們才爭先恐後來報名投軍，以期能以最小的代價換取立身之資。

說話間，覃不如等人已經在院內支開了攤子，開始記錄應募者的姓名、籍貫、住址，然後分頭領到一邊去做最基本的體格測試，包括下蹲、舉重、投擲、開弓等基本測試。

這些都屬於兵局的日常工作，所以他們每個人都做得無比熟練。根本不用韓建弘這個上司插手，就將一切處理得井井有條。

而順利通過者，就興高采烈，好像關撲（編按：以商品為誘餌賭擲財物的博戲。）得中一般；而那些測試不合格者，則垂頭喪氣，彷彿人生瞬間變得昏暗無光。

韓建弘在旁邊看了，免不得又皺起了眉頭，總想找機會說幾句大義凜然的話，開導這些打算投軍的少年們，當兵打仗並非兒戲，每個人都應該做好隨時為國獻身的準備，但又怕對他們的打擊過重，以致最終一個字都沒能說出來。

正愁得慌時，家丁韓九十五又滿頭大汗地跑了過來，將嘴巴貼在他耳邊彙報：「大人，侄少爺來了。在大門口等著拜見您！」

「哪個侄少爺，你說清楚點！」韓建弘聞聽，臉色更是黑得厲害。

「是長房大爺膝下的老二，當年托您的關係進的講武堂一期。」家丁韓九十五不愧為專業家丁，立即如數家珍般的報出來歷。

「讓他進來，有話就在院子裡說便是！沒看我現在正忙著麼。」聲音裡透出十足的不耐煩。

並非他這個做叔叔的擺官架子，而是這幾年他的經歷實在令人心寒。當初若不是為了照顧族中子弟，他也不至於一頭撞到大總管的槍口上，丟了鹽政大使的肥差。

但那些受過他好處的族人們，在他落魄時有誰上門來看望過他？有誰曾經過來陪他喝幾杯悶酒，聽他說幾句牢騷話？一個個能跑多遠就多遠，好像他是衰神附體，誰沾上誰就會倒八輩子楣一般。

現在好了，聽聞連胡大海這種牽扯進驚天大案的人都還有重見天日之機，親戚們就又來巴著他了。

然而無論他高興不高興，該來的還是會來。大約過了三分鐘左右，一個魁梧少年，便跟在韓九十五身後從院子外擠了進來，離著老遠就躬身施禮道：「小侄青雲，見過六叔！」

「這是兵科，不用施家禮！」韓建弘冷著臉回道：「你也是當兵的人了，應該懂規矩！」

「是！」韓青雲立刻站直身體，然後又迅速堆起笑臉，道：「六叔，好些日子沒見到您了，您看起來氣色比原先好多了！」

「那當然，你六叔我心寬體胖，能吃能睡！」韓建弘嘴角上翹，「有事麼，有事情就趕緊說。你也看到了，今天的情況有點特殊，這麼多人前來投軍，我這個當兵科知事的，不能不把關口把得嚴一些！」

「是，六叔您做事向來認真，這點，連講武堂的教頭們提起來都佩服得很！」韓青雲大拍自家叔叔的馬屁，然後將身體湊得更近一些，道：「其實侄兒今天來找您，主要是想跟您報告一聲，侄兒今天從講武堂步科畢業了，即將進入第二軍團二〇六一團，任一營一連副，兼第三都的都頭，加禦侮副尉職。」

「二軍團第六旅一團一營副百夫長？不錯麼，到底是天子門生，一畢業就做了副百夫長。六叔我當年像你這麼大時，只能蹲在大都督身邊做個小小的參軍！」韓建弘訝異地道。

韓青雲咧了下嘴，說：「六叔又打趣我。我這個連副怎麼可能跟您老當年比。」

「怎麼不能？」韓建弘順口回道，旋即又訕笑著搖頭。

當年徐州左軍只有一千出頭戰兵，四千多輔兵，所以一個戰兵副百戶的位置，遠遠珍貴過於他這種無兵可帶的參謀；而現在，淮安軍光戰兵就高達十三四萬，一個小小的連副，前途當然比不上能留在參謀本部，隨時都可以見到朱總管本人的高參了。

想明白了此節，他立即猜出侄兒今天來的目的，於是道：「禦侮副尉也不錯了，軍餉每月五貫呢，比我這個兵科知事都高了；況且你又是在徐達將軍的麾下，有的是仗打！好好幹，咱們韓家今後就得看你了！」

「六叔！」韓青雲急得直跺腳。

他今天剛剛得知自己的去處，本想著找眼前這個當過鹽政大使的六叔走走門路，看能不能給換個位置。哪怕不能進樞密院那種前途遠大的要地，至少也得想辦法活動進第一軍團，跟在朱總管身邊建功立業，誰料對方根本不肯出手，反倒接二連三拿場面話來搪塞敷衍。

「我說的是實話！」韓建弘知道侄兒的想法，垮下了臉，教訓道：「都是人生父母養的，憑什麼別人就該去前線真刀真槍的拼命，你就該留在後邊袖手旁觀？咱們大總管，到徐達、胡大海、吳良謀，誰今天的地位不是拿命換回來的？七大軍團都揮使，連同下面各旅的正副旅長，誰沒有親自拎刀上過前線？想憑著自己多讀了幾本書，就指揮動麾下的百戰老兵，狗屁，你沒點兒真本事，誰肯放心把命交到你手裡頭！」

他說話的聲音有點高，立刻把旁邊許多剛剛通過選拔的輔兵給吸引了過來，紛紛側起耳朵，一個個聽得目瞪口呆。

韓建弘越說思路越順暢：「軍中是最不講人脈的地方，是騾子是馬，拉到前線遛遛就清楚了，生死關頭，大夥才不會看你是誰家的侄子，誰家的兒孫，你夠種，敢頂著箭雨往前衝，大夥自然肯把後背交給你。你沒見到敵人就先軟了腿，即便是逯魯曾的親孫子，大夥也照樣不理你，更甭指望大夥會聽你指揮！我知道你不服氣！老子當年投奔大總管時，跟你們這群小兔崽子一樣，也想著撤退在前，衝鋒在後。也想著送死你去，立功我來，但既然當了大總管的兵，穿上了那身鎧甲，你早晚都會忘掉那些歪心思，早晚都會記起來，自己到底是為了什麼而戰！然後你會發現，不枉來到這世上走一遭！」

他略帶嘶啞的聲音，瞬間傳遍在場每一個人的耳朵。

那些前來報名的少年們明顯沒聽懂，愣愣地以目互視，然後將目光落在韓建弘脹紅的面孔和夾在腋下的拐杖上，若有所思。

一眾兵科官員們則呆立在當場，沒想到平素閉著眼睛尸位素餐的韓知事居然也有如此熱血的一面。

最震驚的還是禦侮校尉韓青雲，記憶中，自家這個六叔自從失去鹽政大使的職位後，就變得有些自暴自棄，很少說話，今天卻突然一反常態，說出的每一句話，都擲地有聲。

在一片驚詫欽佩的目光中，韓建弘深深吸了口氣，繼續說道：

「天下沒有傻子，沒點好處的事誰幹啊？若不是為了十五畝地，大夥幹啥不比當兵強？可你們想過沒有，你們是從什麼時候起才過上了想做啥就做啥的日子？若是沒有當兵的人在前頭廝殺，你們當中絕大多數的人，除了蹲在城門口要飯，還能做什麼？要是誰都不去當兵，萬一韃子殺來，你們和你們的家人，還能落下點兒啥？」

眾少年們被問得面如土色，他們無法回答，也沒有勇氣回答。剎那間，他們眼前這個相貌平平，還缺了條腿的男人，竟然變得無比魁梧偉岸。令他們看向他的面孔時，不由自主地採取了仰視姿態。

禦侮校尉韓青雲則走也不是，留也不是，站在人群中好生尷尬，呆立半晌後，才鼓起餘勇道：「六叔，侄兒明白了，但是還有一件事……」

「還有什麼事？說吧，除了替你活動換個安全點的差事，其他能幫的我儘量！」

「不，不用了。我帶的是第三都是燧發槍都，其實挺安全的！」韓青雲訕訕地擺手。「我今天來，第二件事，是老太爺和三奶奶想請您和六嬸回家去坐坐，老太爺最近身體不太好，老是惦記著您，說他，說整個韓家，都對不起克昌！」

聽到最後兩個字，韓建弘的身體隱隱一顫。「克昌」是他投軍之前用的名字，如果不算其他的叔伯兄弟，他應該是韓家三房的二孫少爺，而不是韓老六！老太爺則是他祖父的大哥，韓家莊的族長；而他娘親，則是三房媳婦，韓青雲這一輩少年的三奶奶！

一年多前，正是韓家莊的三奶奶在酒樓裡胡亂吹牛；一年多前，正是因為韓老太爺逼著他往大總管府其他要害部門安排韓氏族人，導致他受到牽連，蒙受了有生以來的奇恥大辱！

所以自打被降職為兵科知事後，韓建弘藉口公務繁忙，就再也沒回到族人在城外買下的大宅院裡居住。他的妻子也不願意看到族人們幸災樂禍的嘴臉，夫妻兩個在城裡買的新家，雖然只有四間房間，外加一處占地不足三分的院子。卻也溫馨和睦，平素少了許多是非。

所以聽聞族人想請自己和妻子回家，韓建弘本能地就在心中湧起一股排斥之意。去年他落魄時沒有族人雪中送炭，如今發現他依舊存在東山再起的可能了，老太爺立刻就琢磨著錦上添花，這如意算盤打得還真精啊！怪不得韓家從山陽湖遷到揚州之後，在生意場上就無往不利。有這麼一位精明的老太爺居中坐鎮，韓氏家族想不發達都難！

「六叔——」遲遲得不到韓建弘的回話，韓青雲心裡有些著急，拖長了聲音催促。

「我最近很忙！」韓建弘拿眼睛向外邊看了看，搖搖頭。「你回去告訴族長和我娘，等忙完了這陣子，最遲下個月初，我一定回去看他們，雖然已經分家了，但我畢竟還姓韓，常回去看看也是應該的！」

說著話，他又將目光轉向窗外，看向那群生機勃勃的少年們。

每個人身上，都灑滿了陽光。

每個人身上，彷彿都有他自己當年的影子！

「隔壁是誰，剛才喊得那麼大聲？」初秋的陽光下，朱重九一邊搓著手中稻粒，一邊饒有趣味的問。

揚州路戶科知事楊元吉趕緊快走幾步，湊上前，陪著笑臉回道：「啟稟都督，是韓老六，那廝雖然平素有些糊塗，卻是個有良心的，關鍵時刻總能靠得住！」

「你也是老左軍的人？你把我要來戶科的事告訴他了？」朱重九聞聽，輕輕皺眉。

「都督，小人冤枉！」楊元吉嚇白了臉，舉著手自辯，「小人的確是老左軍出來的，但小人當年在蘇老大人麾下做管錢糧的帳房，平素跟韓老六他們這些參軍根本沒機會來往！小人可以對天發誓，跟韓老六沒任何交情！小人今天早晨得知您要過來後，就沒機會再出大門，更沒機會將消息洩漏給外人！」

「嗯？」朱重九聞聽，將責問的目光迅速轉向了緊跟在自己身側的徐洪三。

「都督勿怪，末將也是汲取了上次的教訓，所以才多採取了一些防備措施！」徐洪三敬了個軍禮，解釋道，接著朝揚州路戶科官吏敬禮，道：「若有得罪之處，徐某這廂先賠罪了。」

「徐將軍應該的，主公乃萬金之軀，無論如何都不能再有閃失！」眾戶科官吏紛紛理解地回道。

朱重九見狀，也不好再過多責備徐洪三，想了想，對楊元吉說道：「既然如此，那我剛才的話就真的冤枉你了。抱歉，我本不該如此多疑！」

說著，也主動給楊元吉敬了個軍禮。

頓時，把楊元吉嚇得兩腿一哆嗦，「噗通」一聲栽倒在糧包垛上，帶著哭腔說道：「都督，小人不冤枉！小人剛才雖然沒給韓老六通風報信，可是真的存心想替他說好話來著。他去年被降職，的確是咎由自取，但他跟小人一樣，早就把性命賣給都督，雖九死而無悔！」

「好了，我知道了，你們都是好樣的！」朱重九最見不得人哭，伸出一隻胳膊，將楊元吉拉了起來。「不要跪，男兒膝下有黃金，你既然是從老左軍出來的，應該知道我不喜歡別人動不動就下跪！」

「小人沒跪，是趴著了！」楊元吉順著手上傳過來的拉力快速爬起。

「你啊！好了，不說這些了。咱們淮揚如今正在大步向上走，只要努力跟上隊伍者，將來前途絕對不止於此。這點，朱某不說，想必爾等平時也能感覺得到！」

「多謝主公盛讚！我等必竭盡全力！」楊元吉與自己麾下的屬吏們齊聲表態。

朱重九點點頭，「俗話說，兵馬未動，糧草先行。我今天到這裡來，主要是看看夏糧入庫的情形，看著你們做事都有條不紊，我心裡安生許多！」

「主公放心，此乃臣等分內之事，絕對不敢怠慢絲毫！」眾揚州路戶科的官吏們又躬身說道。

朱重九信步走向下一排靠近後門的臨時倉庫。

兵科的後門，正對著的是一條與運河相連的小河。為了運輸方便，便在後門所對的河畔修了一座簡易碼頭。大批基層差役根本不知道今天會有「大人物」要來，正指揮著臨時招募的力工們用獨輪車，將成袋成袋的稻穀朝碼頭旁停靠的貨船上運送。

徐洪三丟了個眼色，周圍立刻有化妝成尋常差役的親衛快速走過去，與碼頭上正在幹活的差役們混在一起，並且悄無聲息地在碼頭與後門之間排出一道隔離牆，避免任何人突然暴起發難。

朱重九停住腳步，對楊元吉問道：「那邊倉庫裡裝得也是夏糧麼？準備運到哪裡去？怎麼看起來袋子的顏色與這邊明顯不同！」

「那不是夏糧，是戶局委託沈家從專程南洋購買回來的占城稻穀，原本想留著做種子的，但是後來發現集慶路那邊早就有了引種，並且繁衍數代之後比占城稻更適合淮揚的天氣。所以戶科今年收了夏糧之後，就準備明年讓各地都改種集慶稻種，把庫存的占城稻種全都送去江邊磨坊，脫了殼做軍糧！」楊元吉解釋道。

「差別大麼？」朱重九耐心地問。

對於稼穡諸事，他是十足的外行，但好歹另一個靈魂所攜帶的知識量夠豐富，不用太仔細琢磨，就明白長江流域的氣溫遠遠低於越南老撾一帶，所以稻穀引進來後，難免會存在適應性問題。

果然，楊元吉的答案，和他想像的相差無幾。

「主公英明，區別肯定有一些。占城來的稻穀，顆粒略比集慶稻大，也比集慶稻齊整。但占城稻插播之後，會死掉一部分秧苗，而集慶運來的稻種就不會出現這類的問題，所以核算下來，還是種集慶稻更好！」

「集慶稻在春天時比占城稻可以早插半個月的秧，收完了第一季之後，農夫們可以不慌不忙地插第二季。不像占城稻，萬一耽擱幾天，節氣過去了，再插秧就很難保證收成！」另一名戶科副知事夏柳松補充道。

「原來還有這麼多門道在裡邊！怪不得人們都說，三百六十行，行行出狀元！」朱重九嘉許地點頭，俯身撿起數粒不小心掉在地上的稻穀，舉在眼前慢慢觀瞧。

「糧食裝船之後，戶科會有專人負責打掃地上的遺漏，重新篩乾淨後，顆粒歸倉！」楊元吉見狀，又解釋道。

「嗯！最近運河上過往的糧船多麼？咱們淮揚糧價下來了，有沒有人就地收購糧食往北邊賣？」

「這個……主公且容屬下仔細想想。」楊元吉遲疑半晌，才道：「運河上過往的糧船明顯比往年多，至少多出了三成，但從咱們淮揚收糧的商販卻沒幾個。第一，咱們當地的商販看不上倒賣糧食那點兒辛苦錢。第二，淮揚的糧價雖然比往年低了一截，但還是遠高於江南，所以從淮揚收購糧食很不划算，再往南一些，去張士誠那邊才好！反正都走水路，往返加在一起也差不了半個月的日程！」

「主公，需要設卡把糧船截下來麼？卑職聽說今年北邊很多地方都鬧旱災，麥子收成非常差。」副知事夏柳松的反應速度略高於楊元吉，湊過來，壓低了聲音問。

「不用！」朱重九搖頭，隨即走向正在院子內對著糧食發呆的劉基，用只有雙方才能聽清楚的聲音吩咐，「回頭派人給沈家和船幫撮合一下，讓沈家運幾批占城稻，交給船幫販往大都。聽說北方夏糧收成不好，咱們好歹也替老朋友哈麻分一次憂！」

「運糧？主公，請恕伯溫愚鈍！」劉伯溫正琢磨著如何趁北方乾旱的機會痛下殺手，猛然間聞聽自家主公居然要主動幫蒙元朝廷化解缺糧危機，忍不住皺眉詢問。

「無他，不想讓蒙元朝廷輕易做出取捨而已！」朱重九笑了笑，「運河上向北去的糧船，據說比往年多出了三成。這恐怕不完全是因為天旱的緣故，與那些王爺們競相將土地圈起來養綿羊想必脫不開關係。既然如此，咱們何必不幫哈麻將大都城內的糧價穩定下來，讓那些王爺們更積極地把良田變成牧場？」

「然後等時機一到，主公就突然發難截斷運河，蒙元那邊糧食立刻難以為繼！」劉伯溫聽罷，頓時心中一凜，望著朱重九愣愣地說道。

這，可比他剛才正在想的計策狠毒了十倍。先給北方提供大量的糧食，將已經漸漸露出的缺糧危機遮蓋下去。直到危機大到徹底無法收拾，再來一個**釜底抽薪**，屆時，蒙元朝廷恐怕連最基本的賑濟糧食都拿不出來，只能眼睜睜地看著軍民百姓紛紛餓死！

自家主公什麼時候變得如此陰狠了，是不是自己平素給他獻毒計獻得太多了些，以至於徹底改變了他？

剎那間，劉伯溫覺得有股寒氣從腳底板直逼自己的頂門。

然而，朱重九卻又笑了笑，道：「如果現在就放任北邊的糧食漲價，萬一令妥歡帖木兒察覺到，來年肯定又要強行把牧場變回農田。而只要糧價波動沒那麼厲害，蒙元朝廷就不會斷然採取措施。偏偏北方麥田產量不高，養羊遠比種麥子划算。如此，那些蒙古王公貴胄就更願意找人放牧而不是種莊稼。他們開闢的牧場越大，就越捨不得跟咱們這大買主翻臉。妥歡帖木兒想插手咱們與福建蒲家之間的戰事，就越容易受到那些王公貴胄的掣肘！」

原來是為了**避免兩頭作戰**！

「這是一種商業手段，就好比……」被劉伯溫看得心裡發虛，朱重九趕忙解釋。

劉伯溫理解地說道：「兩國交鋒，無所不用其極！主公不必多說，一切交給微臣去做就是！」

「那……」朱重九張了張嘴巴，想再補充幾句，終究想不出該從何處說起。「那就有勞伯溫了！趁著最近各部陸續開拔過江，咱們倆還能在揚州閒上幾天。你讓參謀部儘快拿出一個方略來，給我過目後立刻付諸實施！」

「遵命！」劉伯溫收起笑容，鄭重施禮。

朱重九朝他點點頭，走向揚州路戶科的前門。

腳步剛剛出戶科的大門兒，遠遠地看見隔壁兵科衙門前報名參軍的長龍，他忽然想起另外一件事，停住腳步，對緊跟在身側的徐洪三詢問：「輔兵從各軍團剝離的事情，樞密院那邊已經著手開始做了麼？進行到什麼程度了，近衛旅下面的各輔兵團反應如何？」

徐洪三早就習慣了在做貼身侍衛的同時兼職貼身參謀，想了想，回道：

「啟稟主公，劉知院已經著手再做。但動作不大。目前給南下的各支隊伍，搭配的還是原來的輔兵。只是在數額方面，多少做了一些裁剪，截留下來的各支輔兵，則暫時留在揚州城外的軍營中，先嘗試著統一整編，統一訓練，然後再根據具體需求，陸續向外調撥！」

「子雲是個謹慎的！」朱重九笑著點頭，隨即吩咐：「明天你去樞密院一趟，跟他知會一聲，就說我發現韓老六能說會道，可以去幫忙訓練輔兵！」

「是！」徐洪三毫不猶豫地答應。然後才意識到這句話所包含的內容，臉上湧起一絲驚喜。

都督還是原來那個都督，心中始終沒有忘記當初一起打天下的老弟兄。無論老弟兄的表現有多令他失望，只要能痛改前非，他就不吝再給對方一個機會。讓對方重新回到他的身邊，繼續並肩而戰。

可共同打江山，也可以共同享受富貴，這樣的主公，誰還能忍心棄之而去？這樣的主公，誰遇見後，還能不死心塌地的追隨？

正感慨間，卻見劉伯溫快步追了上來，低聲道：「主公，今日前來投軍的青壯頗多，微臣本該為主公賀。然而那麼多田產分下去，豈不是會有很多人要去種地？此策，似乎與主公先前傾力扶持工商之策略有不符！」

「伯溫果然看得長遠！」朱重九略作斟酌，笑道：「無妨，種地的收益終究有限，並且受氣候和時令的影響，只要江水不斷流，作坊就能持續運轉，就能不斷地將羊毛和棉花紡成線，織成布，而後行銷天下，所以今後的天下大勢就是，種地不如養羊；而養羊終歸不如開工廠和作坊。只要我淮揚不被敵軍攻陷，這便是常理，百姓最終必將徹底改變他們的謀生方式，被迫或者主動從土地上轉移到城市當中！」

「這……」聽朱重九說得如此自信，劉伯溫微微一愣，眼裡露出了幾分困惑。

又是一個無法解釋給對方聽的問題，朱重九輕輕嘆氣。

只要工業化開了頭，傳統的農業就迅速失去容身之地，此乃人類文明發展的經驗之談，只可惜沒有人能聽得懂。

想到這兒，朱重九把心一橫，突然做出了一個大膽的決定，「伯溫，我有幾卷書，乃師門秘傳，如果你有興趣的話，不妨找時間到我家裡來取。」

「主公的師門秘傳？」劉伯溫微微一愣，旋即臉上充滿狂喜，躬身拜道：「多謝主公！主公知遇之恩，伯溫縱粉身碎骨，難報萬一！」

他一直不相信朱重九只是個簡單的殺豬漢，他的自尊也不容許朱重九真的是個大字不識的屠夫。大字不識的屠夫寫不出《沁園春》那樣霸氣的絕妙好詞！也不可能造出那麼多巧奪天工的神器。

唯一的解釋就是，朱重九像張良那樣，偷偷拜過一個隱者為師，並且得到其傾囊相傳。這是劉伯溫最能接受，也最符合其想像的一個答案。而今天，朱重九居然主動揭開了秘密，並且願意將其所學與自已共用，讓他如何能不激動莫名？

「伯溫快快請起！」朱重九雙手扶住劉伯溫，「這些東西，原就是早晚都要流傳出去的，所以，乾脆先從你這裡開始。」

說著話，他將頭轉向徐洪三，「你明天再讓樞密院給王克柔和吳永淳下一道命令，從即日起，若是有北方百姓過河逃難，就儘量放行。咱們淮揚既然不缺糧了，多收留幾批流民，沒什麼壞處！」

「是！」徐洪三向來不會質疑自家主公的決定，立刻大聲領命。

劉伯溫從興奮中冷靜下來，搖頭道：「一邊弄得北方百姓沒地可種，一邊大肆吸納他們來淮揚做工。主公的手段還真是越來高明了！莫非這也是其師門絕學之一？能想出如此狠辣主意的人，才是真正的毒士，**壞事全讓別人做盡，好人我自為之**，跟他相比，劉某直先前那些所謂的歹毒主意，簡直就是班門弄斧！」

八月十五，建德路白起嶺，數萬湖廣山民帶著狗頭面具，對月而拜。

數點暗黃色的篝火在山巔跳起，宛若天空中的星星，彼此之間遙遙地練成了一長串。悠長而又低沉號角聲，緊跟篝火的跳動在山嶺間回蕩，「嗚嗚——嗚嗚——」，像祖先們的靈魂在呼喚，撫慰著山坡上那一顆顆不安的心臟。

彷彿受到號角聲的指引，金黃色的月光從半空中灑下來，照亮山民們赤裸的上身，還有腰間懸掛的各色骨頭飾物。有的骨頭已經年代久遠，表面被磨成一層暗黑色，很難分得清其部位和來源，有的骨頭飾物，卻閃爍著刺目的慘白，邊緣處，隱隱還泛著殷紅。

血肉腐爛後的氣味，當然不會太美妙，然而山民們卻不覺得白色骨頭飾物上散發出來的味道有何怪異，在山坡上各級祭祀的帶領下，他們不斷對著月光頂禮膜拜。腰間的飾物也隨著他們的每一個動作彼此相撞，「嘩啦啦，嘩啦啦」地響個不停。

忽然間，坐在最高處火堆旁的大祭司睜開了眼睛，將手中拐杖向著不遠處的密林戟指，周圍所有牛角號，便在這一瞬間換了另外一種急促旋律，「嗚嗚，嗚嗚，嗚嗚，嗚嗚嗚——」

「啊啊哦，嗷嗷，啊喔，哇哦喔喔——」所有山民都跳了起來，一邊叫喊著，一邊模仿出各色野獸的動作，或者為熊，或者為狼，或者為豹、虎以及別的捕食者，向著密林張牙舞爪。

幾名被推選出來最強壯的山民，抬著一頭渾身漆黑的水牛快步衝上，在對著密林的一處石臺前雙膝跪倒，一位頭上黏著無數羽毛，頸部掛著上百顆野獸牙齒的長者，則快步從大祭司身畔急衝而至，手中利刃猛的向前一捅，就在壯漢們的肩膀上戳破了水牛的心臟。

「哞——」垂死的水牛發出極為短促的呻吟，旋即四蹄抽搐，熱血順著刀口噴湧而出。抬著水牛的壯漢們，則憑藉自身力氣，控制住水牛的掙扎，將刀口始終對準頭頂上的圓月。

剎那間，噴湧的血柱與金黃色的圓月一道，於山野間勾畫出一幅極為詭異的畫面。山風乍起，將半空中的血柱吹得搖搖晃晃，四下飛濺，猩紅色的血霧染紅了月光，染紅了天空，染紅了周圍每一雙迷茫的眼睛。

「嗚嗚——嗚嗚——嗚嗚——」號角聲再度變得悠長而蒼涼，山民們對著圓月拜下去，再拜，再拜，每個人的臉上都是無比的虔誠。

大祭司在號角聲中緩緩走向已經氣絕的水牛，拿起另外一把尖刀，割開水牛的肚子，掏出裡面的內臟念念有詞。半晌後，猛的將頭抬起，衝著夜空喊出了一句誰也聽不懂的咒語：「哇呀哈哈哈無啊哈哈！」

「哇呀哈哈哈無啊哈哈！」「哇呀哈哈哈無啊哈哈！」其他各級祭司們同時高聲唱和，舉著各類骨器在火堆旁翩翩起舞。

「咚咚咚咚，咚咚咚！」短促的鼓聲炸起，「噹噹噹，噹噹噹！」單調的鑼聲相和，然後是號角聲、踏歌聲、吟唱聲以及山間夜風吹過密林時發出來的共鳴。

所有山民都像喝醉了一般，隨著聲音扭動身體，手舞足蹈，剎那間忘記了山間的潮氣，忘記了故鄉的模樣，忘記了一路行來失去的兄弟袍澤，忘記了原本該記住的一切一切，眼裡只剩下了血一樣的紅。

他們原本居住於湘西大山中，與周圍各族很少往來，但是四年前蒙元朝廷的一紙詔令，卻徹底改變了他們的生活。

他們原本漁獵為生，根本不知道戰爭為何物，但是飛山寨的土司楊正衡的振臂一呼，讓他們拿起了各式各樣的武器，從此永遠告別了自己的故鄉。

他們原本不屬於一個山頭，彼此間也從沒認為是同族，但蒙元官府的數車綢緞，讓他們從此擁有了一個共同的名字：「苗軍」。

那些官老爺們沒功夫分辨苗人、僚人、僮人、洞傜、吴蠻和黑齒，統統給他們安了一個名字，諸苗，然後就讓族長、祭司們帶著他們，追隨於飛山土司楊正衡父子身後，殺出了群山。

從山區殺到平地，從平地再殺入武昌城，再隨著楊家父子轉戰千里，死掉一批，再從故鄉的群山中徵募一批；徵募一批，再死掉一批，然後再徵募一批……

數年來，「諸苗」們用自己的鮮血，澆滅了江南一處處反抗之火，也用自己的鮮血染紅楊家父子身上的錦袍。

飛山蠻大土司楊正衡官居湖廣行省右丞後，「光榮」戰死，其子楊通貫被朝廷賜名為楊完者，從義兵千戶到湖廣湖廣宣慰司副都元帥，到浙西宣慰使、驃騎將軍，江浙行省右丞，官職如天空中滿月一樣迅速高升。而諸苗們為此付出的代價則是，六萬餘青壯戰死，一萬餘青壯不知所蹤，還有三千多青壯瞎眼缺胳膊斷腿，在山間靠著野菜和野果苦捱餘生。

但是族長、寨主、洞主和祭司們，卻說這是神明的指示，只有追隨著楊土司父子，打敗山外所有的敵人，神明才會繼續保佑他們，讓田地裡的穀物順利生長，讓山間母獸順利孕育小獸，讓各山各寨能繼續繁衍生息，否則神明就會降罪，讓天落野火，地出黑水，妖魔鬼怪行走於山間，將所有寨子碾為平地。

「諸苗們」從沒違背過族長和祭司的意思，他們只能掩埋掉從小一起長到大的夥伴，從敵人的屍體上拔出刀，從血泊中撿起弓箭，繼續跟在楊氏父子身後東奔西走。從武昌殺到安慶，從安慶殺到信州，從信州殺到衢州，然後再由衢州殺入建德。

建德多山，地形像極了他們的故鄉。建德的星空低矮，月光明亮，也像極了他們的故鄉，只是他們當中大多數人已經再也回不去了。

他們在常年征戰中學會了從屍體上搜撿財物；他們在常年征戰中學會了從百姓家強徵吃食；他們無師自通，學會了互相欺騙，互相背叛，互相猜疑。他們跟在楊家少主人楊完者身後，將所過之處搶成了一片白地，然後嬉笑而去，不在乎身後那一雙雙絕望的目光。

他們的荷包越來越鼓，但靈魂越來越沉重。他們不知道自己什麼時候會死掉，也不知道眼前的日子何時才到盡頭？

他們每天都焦躁不安，恨不得用同伴的血來澆滅心中的怒火，他們從紅巾軍的屍體上剝出完整的骨頭，做成各式各樣的飾物和法器，卻無法趕走身後的冤魂，讓自己得一夕之安寧。

只有在滿月到來的那天，他們才能讓自己暫時平靜下來。

這一天，各寨各洞的祭司，還有朝廷給他們指定的大祭司，會舉行盛大的拜月祭典，向祖先們奉上犧牲，向諸神獻上寶物，換取祖先和諸神對他們的庇護。

當如水月光灑在他們赤裸的胸膛上之時，每一名「諸苗」都覺得自己好像被洗乾淨一般，從身體到靈魂都變得輕鬆。然後第二天早晨，他們再撿起刀，跟著族長和祭司們，追隨著楊土司的戰旗撲向下一個目標。

第十章

風水輪流轉

一旦見識過平原的繁華也罷，哪個上層人物，
會願意回山區去過那種閉塞而又無聊的日子？
蒙元朝廷當年從幾個寨子起家，
但是其最後卻能奪下這花花江山。
漢人有句話叫，風水輪流轉。
蒙古人的風水轉完了，下一輪……

「阿哥，這一仗打完過後，咱們就可以回家了麼？」瘋狂的儀式結束後許久，在山腳下某處陰影裡，響起了一個孱弱的聲音。

「應該可以了吧，聽孔松麻線說，打贏了這仗，楊土司就能升任萬山之王，他都做了萬山之王了，怎麼可能不回去看看！」被稱作「阿哥」的十夫長孟丹睜開眼睛，用身邊族人們能聽懂的方式低聲撫慰。

萬山之王是他隨口編纂出來的，事實上，按照孔松麻線的說法，應該是湖廣平章政事。但孟丹不覺得正事歪事有什麼可幹的，僚人屬於大山，故鄉那數不清的山頭才是無價之寶，至於平原和城市，那是漢人和蒙古人的地方，僚人既住不習慣，也不知道如何去適應。

「孔松麻線的說法未必做得準，他還不得聽馮南小鑼的！」夜幕中，另外一個蒼老聲音幽幽地響起，聽在人耳朵裡格外沮喪。

其餘的諸苗們聞聽，立刻紛紛出言反駁，「阿達，你說什麼呢？孔松麻線可不是一般的麻線，他會說漢人的話，還給張軍師抬過滑竿！」

「就是，他能在張軍師身邊走動，聽到的東西肯定比咱們多！」

「可不是麼，張軍師懂得占卜，用龜殼就能算出敵軍的位置來！」

……

小鑼、麻線、阿哥，是軍中的掌權者，相當於官府那邊的千戶、百戶和十夫長；而軍師，在「諸苗」們的母語裡，卻跟漢語是一樣的意思。

據傳很久以前，有一個睿智的軍師叫諸葛，他打敗了群山之王，沒有給大山帶來毀滅，卻給山民們帶來了麥種和鋤頭，所以軍師在山民們眼裡，就是僅次於大土司和大祭司的存在，一言一行都擁有無上權威。

他們現在的軍師叫張昱，據說是個絕世智者。不久以前，大夥將數萬紅巾軍騙進樹林中活活燒死的妙計，就是出自此人之手，所以很多新兵都覺得此人已經得了諸葛軍師的真傳，無所不能，說出來的話當然也肯定可以兌現。

然而，在老兵阿達眼裡，自家軍師的權威卻打了極大的折扣。只見他用力伸了個懶腰，撇著嘴悻然道：

「軍師，那姓張的漢人也配！在武昌城外，大土司下令將他們的同族全都活埋的時候，他在旁邊看得可是比任何人都要開心！這種連自家祖宗是誰都不認得的玩意兒，說出來的話有多少信用？還不跟屁一般，放過就忘？」

一個屠殺起自己族人來毫不手軟的傢伙，絕不值得相信。

老兵阿達沒讀過四書五經，也沒學過什麼天地綱常。但是多年來在山中與豺狼虎豹搏殺的經歷，卻令他獲得了另外一種智慧。比任何書本上說得都直接，也比任何聖人之言都簡單易懂。

狼成群，豺成隊，即便是最蠢笨的野豬和狗熊，都會三三兩兩結伴而行。在天地之威面前，任何獨行者都難長久生存。山民們的寨子和也是如此，團結和忠誠是生存和延續的根本，如果一寨一洞出了反骨仔，整個寨子很快就要面臨覆滅的命運。

而收留了反骨仔的寨子，早晚也必遭天罰，因為那個反骨仔既然能毫不猶豫地出賣自己的族人，出賣起不是族人的收留者之時，同樣也會毫不猶豫！

下一個瞬間，孟丹阿哥周圍的十幾名山民，全都陷入了沉默之中，沒有人再反駁老兵阿達的話，大夥或者以目互視，或者低著頭把玩腰間的散碎骨頭，誰都不想再言語，也不敢再去想何時能回家這個明顯沒有答案的問題。

「姓張的心腸早就爛沒了，你們看過他的眼神沒有？一點兒人氣都不帶！我活了這麼多年，沒見過如此冷酷的眼神！一絲人氣都不帶啊！」又過了片刻，老兵阿達朝著面前的火堆扔了塊木柴，幽幽地道。

紅星一下子竄起老高，濃煙捲著山間的血腥氣味，鑽入人的眼睛，熏得大夥一把鼻涕一把淚水，但是，火堆旁卻沒有人抱怨老兵阿達的動作粗魯，也沒有人再站出來反駁老兵阿達的話。因為他說的全都是事實。

姓張的沒拿他的同族當人看，那麼他會拿大夥當人看麼？答案很顯然，每個人心裡都清清楚楚。

山民們沒有自己的文字，卻通過另外一整套辦法傳承自己的文明，而那些流傳下來的歌謠裡，無一不陳述著某個鐵律。

狽給狼王出主意獵殺野鹿，不是因為他對狼王忠誠，而是他天生沒有前腿；而一旦狼王老去，狽的牙齒就會從身後咬斷他的血管，然後蹦蹦跳跳地依附於新的狼王，哪怕為此禍害光先前的整個族群……

「噢——嗚嗚！」一群山間有蒼狼在嚎叫，深遠而悠長，就像在召喚已經死去的英雄。

火堆旁，驃騎將軍，江浙行省左丞，浙西宣慰使，飛山蠻土司楊完者猛的站了起來，極目遠眺。

月光很亮，卻不足以照見三里之外的岩石草木。在陰暗處，彷彿有很多猛獸在悄然潛行。隨時都可能靠到他身邊來，猛然露出冰冷的牙齒。

「大哥，怎麼了？」楊完者的兩個弟弟，楊通泰和楊通知也警覺的站了起來，手按腰間刀柄，低聲詢問。

「不是，應該沒人！」楊完者的目光四下掃了掃，輕輕搖頭道：「也許是我最近太累了，總覺得被一頭猛獸偷偷盯著，但是那邊……」

說著話，他抬起右手，指向遠處的幽暗之地，苦笑道：「那邊我記得是一片斷崖，除了猴子，誰也不可能爬得上來！」

「倒也是！」楊通泰和楊通知二人搖頭而笑，按在刀柄上的右手緩緩放鬆，「朱屠戶打仗，全靠著大炮，幾百上千斤的東西，他怎麼可能從斷崖處背上來！」

「徐達用兵，素來都不喜行險，真的要跟咱們交手，無論是走新安水東面，還是走衢州，都比直接翻越白起嶺強！」

「我也這麼覺得！」楊完者點點頭。「山中作戰，咱們兄弟還真不怕任何人，但小心駛得萬年船……」猛然間語風陡轉，揮了下胳膊，斷然做出決定，「矮子，你帶五百弟兄去摩天崖那邊看一眼，我總覺得那地方好像不太對勁！」

「知道了！」湘南老爺峰下三洞的少洞主，苗軍副萬戶鍾矮子，像隻吹足了氣的豬尿泡般從火堆旁跳起來，大聲回應。

他是楊完者最賞識的猛將之一，無論是忠誠度還是做事能力都非常可靠，接到命令後，隨手周圍幾處火堆旁畫了個圈子，就糾集起五百名擅長攀援的族人來，帶著他們一道飛一般向目標處奔去。

楊完者則目送著弟兄們離開，然後將面孔轉向坐在自己腳邊假寐的一名六句老翁，帶著幾分試探的語氣垂詢道：「弼公，你真的有把握給朱屠戶致命一擊麼？那廝可不是彭和尚，自出道以來，好像還沒打輸過！」

弼公，是他對張昱張光弼的敬稱。受過完整漢學教育的他，非常明白謀士的重要性。事實也證明，老儒張昱值得他這份敬意，三年前的武昌之戰，就多虧了此老獻計，苗軍才能將人數遠超過自己的天完紅巾誘入林地，然後一把火而焚之。雖然過後張昱對被俘紅巾將士之狠辣，連楊完者這飛山蠻的少土司都覺得有些殘酷，但想想此人跟紅巾賊之間的巨大身分差距，楊完者也就釋然了。

像張昱這種巨富之家，又曾經到大都城拜見過皇帝的讀書人，在湘南山中至少得是一個大寨主，而紅巾賊是什麼？不過是寨主家幹粗活的奴才罷了！

奴才們不肯老實蹲在牲口棚中幹活，卻搶了主人的屋子，吃光了主人家的糧食，主人帶兵抓到他們之後，能善待他們麼？張昱向自己提議活埋了他們，顯然是大發慈悲，要是換了自己對待山寨中的逃奴，綁在毛竹上活活讓蚊子盯死才痛快！

消除了心中的疙瘩之後，楊完者對張昱愈發信任有加；投桃報李，張昱替楊完者謀劃時也越發盡心盡力，不但幫著他對付紅巾軍，而且幫著他想辦法跟朝廷討價還價，騙取更高的官位和更多的支持。

可以說，楊完者能從眾多苗軍將領中脫穎而出，並且在其父親和叔叔兵敗身死後，地位依舊扶搖直上，張昱在其中功不可沒，所以，隨著時間推移，楊完者也就越來越倚重張昱，非但以弼公稱之，甚至還嚴禁身邊任何人直呼後者之名。

今天，當他再度感到不安時，自然而然地就又想起了「弼公」，後者也反應迅速，猛然睜開了眼睛，安撫道：「那是他從前沒遇到將軍您！將軍別忘了，您自從出道以來，也是每戰必克！」

話音落下，楊完者心中的緊張就立刻放鬆了許多，謙遜地說道：「那是因為弟兄們肯拼命，弼公您又不嫌楊某愚鈍！」

「將軍過謙了！」老翁張昱被誇得眉開眼笑，花白的鬍子與滿臉的皺紋擠在一起，像極了一頭正在討食的野貓，「將軍乃名將之後，天授英才，又肯禮賢下士，推赤心以待人，試問將軍不百戰百勝，誰還能百戰百勝？倒是張某僥倖賴將軍而成名！」

「弼公，您老又在故意哄我高興！」楊完者被誇得渾身通泰，卻強裝出一副慍怒的表情，埋怨道：「要是這次偷雞不成反蝕把米。我看您老怎麼收場？」

「不可能！老夫可賭項上人頭！」老翁張昱對謀主，對他自己，都極有信心，搖搖頭道：「**兵法云，五十里而爭利，則蹶上將軍**，那朱屠戶急於消除內憂，竟不惜千里揮師去劫掠泉州，其兵馬不動則已，一動就已經有敗無勝。」

「其二！」不待楊完者質疑，他又指點江山，可惜身體實在太差了些，說話時明顯中氣不足，聽起來效果至少打了一半的折扣，「朱賊乃朝廷的心腹大患，以往他憑著江河之險，火器之利，死守淮揚，朝廷也拿他沒太好的辦法。這次他麾下兵馬傾巢而出，滿朝文武只要不是瞎子，肯定會把握住良機；即便把握不住，朱賊為了確保老巢不失，也只能選擇速戰速決。」

「其三！」張昱猛然伸出三根手指，繼續運籌帷幄，這一刻宛若王猛附體，張元重生，「朱賊以往用兵，全憑火器犀利，而火器這東西，最大的缺陷就是消耗太迅速，對補給要求嚴苛，所以張某才給主公獻策，讓開建德，暫避朱賊鋒纓，只要淮安群賊匆忙而過，主公就可以直插其背後，斷掉其運送輜重之道。屆時，主公與石宜抹孫一北一南，定然讓朱屠戶死無葬身之地！」

他越說，語氣越興奮，臉色微紅，山羊鬍鬚在胸前飄蕩著，彷彿目光穿越了時空，已經看到朱重九授首刀下的那一刻般。

楊完者，楊通泰、楊通知，還有其他苗軍將領，如李才富、肖玉、蔣英、劉震、李福等聽他說得天花亂墜，不知不覺間也受到感染，忍不住撫掌讚嘆：

「大善，若真如弼公所言，主公您就直接揮師殺入揚州，搶光他們錢財，搶光他們的女人，燒光他們的房子，然後讓朝廷封您為揚州王，咱們兄弟也過幾天舒坦日子！」

「搶光他們錢財，搶光他們的女人，燒光他們的房子……」周圍的親信不知道發生了什麼事，本能地扯開嗓子附和著。

「啊啊哦，嗷嗷，啊喔，哇哦喔喔——」更遠處，各部大小祭司齊聲吟唱，每一個節拍中，都帶著無比的莊嚴。

誰說山民就活該永遠居住於山中？如果沒見識過平原的繁華也罷，一旦見識過了，除了那些直心腸的大頭兵之外，哪個上層人物，會願意回山區去過那種閉塞而又無聊的日子？蒙元朝廷當年也不過和山民們一樣，從幾個寨子起家，但是其最後卻能奪下這花花江山。

漢人有句話叫，**風水輪流轉。蒙古人的風水轉完了，下一輪……**

「啊啊哦，嗷嗷，啊喔，哇哦喔喔喔——」一群山間，回聲蕩漾，宛若地獄裡的惡鬼全都鑽了出來，對著天空的圓月載歌載舞！

「轟隆隆！」山腳下非常遙遠的地方，忽然響起了一記悶雷，不是非常洪亮，卻令天地間的鬼哭狼嚎戛然而止。

「轟隆隆！」「轟隆隆！」更多的雷聲接踵而來，將腳下大地炸得微微顫動。暗黃色的光芒閃爍，然後是詭異的猩紅，距離楊完者等人至少在七八里外，卻讓在場的大小祭司、頭人、寨主、洞主們個個臉色一片鐵青。

方圓五里，大大小小的丘陵頂，篝火旁，無數山民們來回跑動，誰也不知道該如何應對，更不知道忽然炸響的雷聲背後隱藏著多少大軍。

山腳下響的不是雷，而是紅巾軍所慣用的火炮，最近兩年來，在跟紅巾軍交手之時，山民們已經熟悉了那種火光和聲音。

然而，以前卻沒有任何一支紅巾賊，會在雙方尚未正式發生接觸之時，集中起如此多的火炮狂轟濫炸，除非他們手中的銀子和銅錢多得花不完。

這世上，手中銀子和銅錢多到花不完地步的紅巾賊，只有一家，那就是淮揚朱屠戶。

朱屠戶盯上大夥了，居然趁著大夥舉行拜月祭典時星夜來襲。

「大夥不要著急，這是白起嶺，他一時半會兒爬不上來！」就在眾人被突如其來的炮聲震得暈頭轉向之時，有一個蒼老的聲音，卻在楊完者腳底下響起。

飛山蠻土司楊完者從震驚中清醒過來，扯開嗓子大喊著：「吹角，告訴所有人儘管放心，敵軍遠著呢！甭管來的是誰，大山都是咱們的天下！」

數百親兵扯開嗓子重複，低沉的號角聲緊跟著響起。

「嗚嗚嗚嗚，嗚嗚嗚嗚——！」如同鬼王睡醒後發出的咆哮，從一個火堆傳到另外一個火堆，再由寨主、頭人和祭司們的嘴巴，翻譯成軍令，一遍遍重複，直到傳進每一名山民的耳朵。

朱屠戶喪心病狂，居然仗著他手中擁有大量的火炮，選擇在山區與世代靠山吃山的苗軍對決！

朱屠戶自己找死！在與山民們故鄉幾乎一模一樣的山間，平地人怎麼可能是大夥的對手?!要知道，大夥從會走路時，就在翻山越嶺，而平地人連爬個緩坡都要上氣不接下氣。

很快，一座座山丘上的苗軍將士就恢復了冷靜，然後在隊伍中的麻線、小鑼們的呵斥下，開始向各自的頭人身邊集結。

整個苗軍的主心骨，浙西宣慰使楊完者也更加鎮定自若，手搭涼棚向著炮聲起處又掃了幾眼，然後大聲問詢：「李才富！那邊山腳下是誰的駐地？手下有多少忙子？」

「大王，挨炮那疙瘩應該是東溪十六寨石猛土司的駐地。」副萬戶李才富立刻跳起來，帶著幾分幸災樂禍的語氣道：「據我上次清點，他麾下還有三千多忙子，個個都能在石頭上健步如飛，多頂一會兒沒任何問題！」

他出身於山瑤，祖先乃是蚩尤天王的長子，而東溪蠻卻是蟲子所生，天生愚昧低賤，雙方的族人們，平時只要靠得近了，就經常會發生衝突，並且大多數時候，都是體魄更為結實的東溪蠻笑到最後，所以看到先挨炮轟的是石猛的營地，李才富心中就有說不出的高興。

「嗯！」楊完者皺了皺眉，沒有理會手下將領們的私人恩怨。

事實上，讓不同的山民之間保持一定激烈程度的摩擦，是他獨創的馭下之道，否則，萬一有幾家土司偷偷聯合起來，他的宣慰使權威就會受到直接威脅。

「距離石猛最近的是誰，各自麾下有多少牤子？」

「應該是八達土司和藍臉土司，他們所駐紮的山頭跟石猛土司的幾座山頭緊鄰著，各自麾下的牤子數大概是兩千出頭！」李才富雖然心胸狹窄，但本事卻不差，不做任何耽擱，隨口就報出了精確答案。

「通泰，立刻派人去傳令！」楊完者點點頭，迅速做出決斷。「讓八達土司和藍臉土司立刻整隊，舉起火把向敵軍兩側迂迴，如遇阻攔，則自行決定是戰是撤！」

「是！」副萬戶楊通泰大聲答應，從哥哥的親兵手裡接過兩支令箭。

但是，他卻沒有立刻動身，皺著眉頭想了想，「八達和藍臉都奸詐得很，您讓他們自行決定……」

「本來也沒指望他們能出多大力氣！」楊完者看了弟弟一眼，本著培養人才的想法，耐心地解釋道：「黑燈瞎火的，你以為朱屠戶的兵馬敢一口氣殺到咱們跟前來麼？他就不怕咱們布下天羅地網？無非仗著手中火炮多，想先聲奪人而已，咱們偏不信這個邪，直接以其人之道還治其人之身！」

「大哥高明！」楊通泰佩服得五體投地，再也不多問，拎起令箭轉身就走。

「萬竹臺、土地廟、老虎嶺，再加上一個紫雲丘！奶奶的，他朱屠戶竟以為老子是嚇大的？跟老子玩這種敲山震虎的花招！」

楊完者望著炮聲響起的方向，雖然率部進入白起嶺群山，是為了暫避淮安軍的鋒纓，然後再找機會斷起糧道，但他也不是對淮安軍主動打上門來的情況毫無準備。腳下方圓二十里範圍內的大小丘陵、斷壁和水源，他都提前派人探查得清清楚楚，並且還為了方便起見，給每一處要地都重新命了名。

今夜，這些準備都派上了用場。作為周邊防禦力量的東溪蠻，駐紮於萬竹臺，過了萬竹臺再上一個五百步高的山坡，才是土地廟。而老虎嶺則又在土地廟的後上方三百步左右，然後再爬一千二百多步才爬到他的中軍帳，白起嶺紫雲丘。

換句話說，如果淮安軍從目前炮彈炸裂的位置，殺到他的腳下，至少需要爬兩千步的山。即便有當地人帶路，爬過這六、七里的山坡，也得花費一個多時辰，屆時淮安軍將士早就累得兩腿發軟，怎麼可能還有力氣向苗軍發起攻擊？任何稍有用兵常識的人都不會這麼做，除非朱屠戶真是一個瘋子。哪怕他真是一個瘋子，真的能殺到腳下來。自己麾下這數千親信以逸待勞，也能打得他潰不成軍！

想到這兒，楊完者心中愈發安定。先看了一眼自己的軍師張昱，然後調兵遣將：「肖玉、蔣英、劉震，李福，你們四個，各自回去約束麾下諸頭人，不要恐慌，也不要亂動。原地休息，等待中軍這邊的號令！」

「諾！」被他點到名字的四員重將齊聲答應，然後帶著各自的親兵走向各寨主、洞主們的駐地。

「通知、才富。你們兩個也下去整兵，把各自手下的人馬推進到那個位置！」楊完者又伸手指向自己腳下大約三四百步遠的半山腰。

「卡住那裡，然後原地休息，養精蓄銳。東溪、藍臉和八達他們只能做雜兵用。北山、白皮和九寨的牤子也只適合做偏師，真的關鍵時刻，恐怕還是得咱們自己的弟兄頂上去！」

「是，我們明白！」楊完者的另一個弟弟楊通知，絕對嫡系心腹李才富兩個，用力點頭，隨即接過將令，各自去移動隊伍。

「葫蘆、猛子、草狼，你們幾個辛苦些，去給南岸土司、紅林土司和鳥巢洞主傳令，讓他們等天色微明之後，立刻繞向白馬河方向，給我從身後把朱屠戶的退路卡死！」

「蚱蜢、缺翎、山豬，你們三個去嚕嚕土司那邊，告訴他說，兩家聯姻的事情我答應了，等打完這仗，他的兒子就可以上門迎娶我的女兒，但是明天太陽出來之後，他得立刻給我殺到土地廟前，老子就在紫雲嶺這兒看著他！」

「李琿、楊玄、黃風，你們把火炮給我架起來，對準土地廟！如果淮賊殺到那邊，就居高臨下給我轟！」

「馮安、冼良、秦無運，你們……」

一道道命令從楊完者嘴裡發出，然後由左右親信快速翻山越嶺，傳到各處頭人、寨主之手。

號角、鑼鼓、還有燈光，所有能在夜間使用的聯繫方式，也被楊完者身邊的親兵們迅速利用起來，知會駐紮在周圍各處山坡上的苗兵們不必過分緊張，原地繼續休息，等待中軍的進一步指揮。

因為並非蒙元朝廷的正式官兵，苗軍在組建時，結構完全由楊氏父子自行決定，父子二人又難得的文武雙全，在參考了各地官軍的模式之後，根據山民們的特點而重新搭建了隊伍。

所以苗軍並不像正式官兵那樣，設有眾多的冗餘職位，只是簡單地以嫡系將領約束各洞主、寨主，然後再以各洞主、寨主約束其麾下的小鑼、麻杆和牤子。雖然有失粗疏，卻足夠清晰明瞭。甚至某些寨主和洞主本身就兼任小鑼、麻杆，更是令軍令的完成效率，成倍地得到了提高。

臨近中軍的各處山頭，在傳令親兵沒抵達之前，就快速安穩了下來。稍微遠一些的山頭，聽到中軍處一直有不疾不徐的號角聲傳來，看到顯示一切平安的燈光信號，也慢慢恢復了秩序，不再因為隔著好幾里遠的炮聲而亂作一團。

有幾處率先恢復了安穩的軍營內，主動點起了燈火。很快，其他各營紛紛效仿，不多時，群山之巔，燈球火把連成一片，宛若星河落地，在隆隆的炮聲裡顯得格外璀璨。

「哼——！」望著周圍汪洋燈海，楊完者冷笑著搖頭。自己最初聽了張昱的提議，讓出建德大城，轉進白起嶺，未必沒存著置身事外的心思，而朱屠戶既然得了便宜還要殺上門，就別怪自己下手太狠。

且先讓他得意幾個時辰，待明天一早，看蚩尤天王的兒孫如何橫掃千軍！

不是他楊某人妄自尊大，出道四年多來，他跟倪文俊、趙普勝、彭瑩玉等若干紅巾名將都陸續交過手，取勝的幾率至少在九成以上，即使偶爾疏忽大意，被對方討了些便宜去，也很快就能重整旗鼓，把先前輸掉的連本帶利討還回來！

特別是在山林中，他幾乎是百戰百勝，任何一支紅巾軍進了山之後，戰鬥力都會因為地形的限制大打折扣。而他楊完者麾下的苗軍，戰鬥力卻可以得到極大的加成，充分利用地形和經驗的雙重優勢來打擊對手，令後者的士氣迅速就降低到崩潰的邊緣。

山地戰不比平地，沒有太多的空間讓雙方來擺開陣形，也很難發揮人數上的優勢，以眾凌寡。任何一座小山，通往山頂的道路都是有限的幾條，任何一條道路，在途中都會有幾個易守難攻的關鍵，熟悉地形的一方只要卡住關鍵位置，就會讓另外一方進攻受阻，很長時間都無法前行半步。

當進攻方付出了巨大的代價，將一座山頭徹底攻陷後，往往就會鬱悶的發現，防守方已經將主力撤到了另外一座更高的山頭上，自己先前所經歷的磨難，還要再重複一遍或者幾遍。

而兩座看似彼此間距離沒超過五百步的山頭，真正爬起來通常卻需要走一千五百，甚至兩千步。沿途任何地方都可以藏著陷阱，甚至某個看似毫不起眼的石頭後，都能突然跳出上百伏兵！

四座山頭直線超過兩千步的距離，充足的水源、糧草、弓箭、火藥，還有高漲的士氣，楊完者無論如何都想不出，那朱屠戶憑什麼殺上門來跟自己決戰?!

誠然，淮安軍的火器無論數量和品質都堪稱天下無雙，可四斤炮的射程不過數百步，怎麼可能從山腳直接轟到山頂？

倒是淮安戰船上的火炮，據說射程非常遙遠，但是其分量也絕對不會太輕。白起嶺距離最近的河道也有四、五十里，除非那朱屠戶真的會法術，否則，他憑什麼將幾千斤重的巨炮搬到山中來？

反覆在心中計算著敵我雙方的優勢和劣勢，楊完者越算信心越足，目光穿過單薄的夜幕，彷彿已經看到了自己將淮安軍拖垮，然後直搗揚州的那一天。

「束髮從戎四五年，戰罷平地……」這時候，伴著炮火的轟鳴聲，輕吟一闕長詩，方顯主帥之風流倜儻。

可是有人偏偏不識趣，沒等楊完者搜腸刮肚將第二句吟完，就忽然大聲叫道：「大人，情況不太對勁！」

「你個……」楊完者的半截詩性被憋回肚子裡，好不惱火。然而看到說話的人是張昱，只好將後半句罵人的話咽了回去。

「是你啊？弼公，您老有何見教？」

「情況不對勁，山腳下的炮聲打了至少有五十下了，卻沒有停下來的意思，也沒有向前推進分毫！」老儒張昱無視楊完者話語裡的不滿，皺著眉頭道。

「那又怎麼樣？朱屠戶造的炮結實，可是出了名的！」楊完者看了他一眼，不以為意。

朝廷最好的火炮，連續發射十五次以上也必須停下來冷卻半個時辰，否則炸膛的機率就成倍提高，而從苗軍從紅巾賊那邊繳獲來的四斤炮，卻能連續發射到四十次依舊安然無恙。這些對任何有勝利經驗的將領來說，差不多都已經是常識，老張頭怎麼突然就犯起了糊塗？

正百思不解間，又看到張昱猛的跺了跺腳，煩躁不安地說：「關鍵是他沒向前推進，這又不是開山炸石頭，姓朱的何必幾十門炮一字排開，朝著萬竹臺狂轟不止？按照常理，他早就該將火炮停下來，然後再派步卒上前，探一探石猛土司的斤兩！」

「嘶——！」聞聽此言，楊完者立刻倒吸一口冷氣。

他雖然對自己信心十足，卻也不敢太小瞧了朱屠戶，畢竟對方自出道以來未曾遭遇一敗，在黃河兩岸都打出了赫赫威名。

「我想起來了，是聲東擊西，當年在淮安城外，他就這麼幹過。」不給楊完者仔細思考的機會，張昱聲嘶力竭的叫嚷道：「快看看其他地方是否還有疏漏！小心朱屠戶趁著咱們的注意力都放在萬竹臺的時候……」

「哪裡？」楊完者被對方的話說得心中直打哆嗦，轉著圈子四處張望。

前方是老虎嶺、土地廟和萬竹臺，身後是高逾百丈的白起嶺主峰，朱屠戶的人除非肋生雙翼，否則就不可能飛過來！左側是自己的好朋友老鄰居阿朵土司的部族，還有自己的心腹愛將肖玉？右側……

「不可能！」下一個瞬間，楊完者嘴裡忽然發出一聲絕望的驚呼。右側大約三里遠的地方是一處斷壁，除了猴子之外，不可能爬上任何活物！但是，早在大半個時辰前炮聲剛剛響起的時候，他就派了親信鍾矮子帶著數百名弟兄去巡視，為什麼到現在還沒有任何消息送回來?!

「吹角，趕緊吹角，讓兩位楊將軍，讓臨近山頭所有人向中軍靠攏！」張昱也名不虛傳，狠狠推了楊完者的親衛千戶楊雄一把，大聲命令。

鍾矮子帶了五百人去斷崖處巡視，至今無一人返回，能借著火炮的聲勢，悄悄將鍾矮子以及其麾下五百弟兄全都幹掉，對方爬上來的兵馬至少是五百的三倍。

「吹角，趕緊吹角，按照軍師的話，讓臨近各山頭弟兄向我靠攏！」楊完者終於如夢初醒，又從另外一側推了自己的親兵千戶一把，氣急敗壞。

「嗚嗚……嗚嗚——」傳令兵們吹響了號角，將楊完者的命令發送出去，低沉的角聲在群山間回蕩，吵得人心頭陣陣發緊。

「嗚嗚……嗚嗚——」群山當中，無數號角聲暴起相和，宛若虎嘯龍吟，但是沒有一聲是來自楊完者的麾下。

他麾下的各部土司剛剛接到「按兵不動，等待天明」的命令，這麼短的時間內，不可能對完全相反的命令做出回應，**這些角聲只能來自另外一波人，那就是，紅巾淮安軍。**

他們來了，就在山民們拜祭圓月的時候，偷偷地潛入了白起嶺！

他們來了，就在楊完者被萬竹臺處炮聲所迷惑的時候，偷偷地靠近了苗軍的中央所在，紫雲台！

他派出了數不清的斥候，在苗軍各部駐地附近，吹響了進攻的號角，擾亂對手的軍心！他們攀過了絕壁，偷偷地將鍾矮子所部巡哨者屠戮一空，然後殺向了楊完者本人！

月光雖然明亮，卻誰也看不清淮安軍究竟派出了多少兵馬。嶙峋怪石，參天古樹，還有夜風中搖擺不定的蒿草，這一刻彷彿都有了生命。排著隊，邁著整齊的步伐，層層疊疊壓向楊完者的中軍，準備替天行道，將這夥殘暴的殺人者碾成齏粉。

每個山精樹怪都是一手持刀，另外一隻手拎著把巨大的牛角號，每向前走動數步，就奮力吹響，「嗚嗚嗚——嗚嗚嗚嗚！」

「嗚嗚！」親兵千戶楊雄實在不甘心在月光下等待對手殺上門，丟下傳令的牛角，拔出腰刀，向著敵軍最可能出現的位置猛指，「跟我來！是騾子是馬，殺過去就知道了！」

「殺過去！殺過去！」兩名麻線帶著各自麾下的牤子，咆哮著跟上。跟在他的身後，撲向敵軍最有可能到來的方向。

山路難行，周圍各部土司和頭人們即便立刻率領兵馬趕赴中軍，也得半個時辰之後才能到達。在這之前，他們必須盡起親兵的責任。

「從今天起，你楊雄就是我的親弟！」楊完者沒有阻攔下屬的輕舉妄動，相反，他猛的抽出腰刀，朝著自己左臂劃了一下，然後讓鮮血順著刀刃淅瀝瀝瀝落在地上。「改名通雄！從此福禍與共！」

「福禍與共！」楊雄扯開嗓子大聲重複，頭也不回。

「福禍與共！」「福禍與共！」兩百名擔任親衛的山民扯開嗓子，重複著一句永遠不可能兌現的諾言，大步流星。

「跟上，跟上！」被周圍的情緒感染，立刻又有四名麻線紅著眼睛，招呼起各自的下屬，追在了第一波人身後。

兩波親衛一前一後，伴著周圍嘈雜的號角聲，湧潮般朝著先前自家袍澤消失的斷崖迫近。轉眼間，就走出了四五百步。就在他們即將脫離楊完者之視野的瞬間，前面的山坡上，忽然迎面湧過來另外一哨人馬。

當先的將領只有五尺來高，肩寬卻超過了三尺，手裡倒拖著把碩大的鐵蒺藜骨朵，行進間與地上的燧石摩擦，叮叮噹噹火星亂濺。

這長相和做派，不是先前奉命去探索斷壁的鍾矮子，又是哪個？

親衛千戶楊雄見到，原本緊繃著的神經迅速鬆懈。揮了下腰刀，大聲斥罵：「奶奶的你鍾矮子，死到哪裡扣屁股去了！差一點兒就嚇死了老子……」

「嚇的就是你！」鍾矮子猛的向前躥了幾步，鐵蒺藜骨朵從地上瞬間彈起，帶著風聲直撲楊雄的頂門。

「噗！」剎那間，桃花萬朵。苗軍近衛千戶楊雄連哼都沒來得及哼一聲，頭骨碎裂，當場氣絕！

萬萬沒想到被救援對象轉眼變成了敵軍，楊雄所部苗兵近衛們，一時間根本不敢相信自己的眼睛。

然而那錘矮子卻沒做任何猶豫，從血泊中再度掄起六十斤重的鐵蒺藜骨朵，大步向前，見一個砸一個，「噗！」「噗！」「噗！」……霎那間，紅光四射。凡是擋在他身前者全都砸了個筋斷骨折。

「打冤家，打冤家！」跟在錘矮子身後，則是三百多名手持各色長短兵器的山民。每個人右胳膊上都纏著一條黃緞子，遇到凡是胳膊上沒繫標識者，則上前一招砍翻。

他們心裡向來就沒有什麼朝廷概念，更不在乎誰是大軍的主帥，他們唯一認的，就是自家土司。數千年來，向來就是土司大人說打誰，大夥就跟著打誰，從來不問其中是非。

即便想問，也問不明白。在紅巾賊起事之前，蒙古朝廷和地方官員對待山民，比對待治下的南人還要苛刻十倍。南人在蒙古達魯花赤眼睛裡頭，至少還能交糧納稅。而山民們一不肯給官府繳納稅賦，二又不肯忍辱負重，動輒就結伴作亂。達魯花赤老爺們當然更不會在乎他們的死活，每逢局勢動盪，對待他們的辦法向來只有一個，殺！

殺！殺！殺！殺得人頭滾滾，殺得血流成河，當大山裡只剩下了死屍和老弱病殘，地方上自然就安靜了。如今，你蒙古達魯花赤老爺拿紅巾賊沒辦法了，卻讓曾經被你們殺得屍橫滿谷的山民替你們去滅火，這便宜也賺得太簡單了些。

所以山民們跟誰作戰根本無所謂，鍾土司昨天跟楊完者一起喝雞血酒，那大夥就幫著鍾土司和楊完者去殺紅巾賊。今天夜裡，鍾土司忽然改口說楊完者是整個寨子的仇人了，大夥就跟著鐘土司去「打冤家」。反正打誰都是打，扒光了衣服之後，死人長得其實都差不多！

抱著類似的想法，山民們跟在自家土司鍾矮子身後，對著昔日的袍澤狂攻亂剁，轉眼間，就將楊雄所帶領的兩百親兵砍翻了一大半兒；剩下的另外一小半兒群狼無首，慘叫一聲，掉頭就逃。

「打冤家啊，路大人答應過，當場結算，每人十貫！」鍾矮子將守中鐵蒺藜骨朵兒高高地舉起，大聲叫喊。

十貫淮揚銅錢，足夠讓弟兄們帶著家小都搬出大山，換另外一種活法了！山民們不肯去平地討生活，並非為天生懶惰，而是根本沒有去平地安身立命的本錢，打完這仗，本錢就有了。不光鍾土司麾下的山民們有了，鍾土司本人也可以快樂逍遙一生。

淮安軍軍情處的路主事出手大方，光訂金就給了五萬貫吶！哪怕過後另外一半不兌現，賞給手下人每人十貫之後，鍾矮子自己也能落袋四萬五！

有道是，重賞之下必有勇夫，山民們這幾年跟在楊完者身後四處劫掠，最後所得大部分卻都被充了公，實際上落在自己手裡的卻沒多少。而今夜，鍾矮子當眾就許下了十貫錢的賞格，頓時令眾人士氣大振，揮舞著鐵劍、斧頭、彎刀朝前撲去，將沿途所有阻擋都快速砸成肉餅。

而第二波衝過來的四百名牤子，黑燈瞎火中先被自家亂兵衝得東倒西歪。還沒等他們穩住陣形，就又看到軍中數一數二的猛將鍾矮子帶著數百同夥朝自己撲了過來。一時間，哪裡抵擋得住？直被殺得人仰馬翻，抱頭鼠竄而去。

「死守中軍，以不變應萬變。天明之後，賊勢自敗！」眼看著周圍大大小小的山頭亂成了一鍋粥，紫雲丘上卻人影幢幢，敵我難辨，楊完者重金禮聘來的軍師張昱跳起來，聲嘶力竭地提醒道。

這一招，不可不謂**對症下藥**。山路陡峭，無論作亂的是山民自己，還是偷偷摸上來的淮安軍，其數量都不可能太多。所以最佳戰術**就是一個「拖」字**，死守中軍，讓「亂兵」無法將混亂繼續擴大，只要天色一亮，敵我雙方立刻就會被分得清清楚楚，屆時，苗軍以數萬百戰老兵，怎麼可能奈何不了對方區區幾千人?!

「吹角，傳令給馮安、洗良、秦無運，讓他們三個帶著兵馬，迅速向我靠攏！」楊完者對老儒張昱向來倚重，慌亂間，立刻將此人的建議付諸實施。「吹角，讓臨近山頭加快速度！吹角，讓楊通知，楊通泰迅速返回來護駕。吹角，告訴其他各部，嚴守營盤，不得輕舉妄動！」

一連串命令傳下去，立刻化作一陣陣抑揚頓挫的號角聲：

「嗚嗚，嗚嗚嗚，嗚嗚嗚嗚，嗚嗚嗚……」

吵得人心臟差點從嗓子裡跳出來，腹內胃腸肝肺不停地翻滾。

正茫然不知所措的各部苗兵，則迅速找到了主心骨。紛紛在麻線、小鑼和頭人們的帶領下，穩住隊伍，減輕混亂。

畢竟是一支戰鬥經驗頗為豐富的老隊伍，當主帥採取了正確措施之後，很快，秩序就開始恢復。一些膽大心細的小鑼們，還主動派遣心腹，將距離自己相對較近的潰兵強行拉入自家隊伍，遇到不肯服從命令者，則一刀殺死，避免其將恐懼和混亂繼續傳播。

在他們的齊心協力之下，鍾矮子的攻勢迅速被遏制下來，三百餘名族人在重賞的刺激下呼和酣戰，然而周圍的苗軍卻越來越多，隱隱就要構成一個包圍圈。

就在此時，黑暗中忽然跳起數點火星。緊跟著，火星躍上了半空，拉出數條亮麗的弧線。幾百枚拖著弧線的鐵疙瘩，從半空中落下，狠狠地砸在了眾苗軍的頭頂！

然後轟然炸裂，將數不清的斷肢碎肉送上了天空。

「轟！」「轟！」「轟！」不是火炮，爆炸後的威力卻不亞於火炮分毫。

正率部努力阻擋鍾矮子去路的苗軍千戶蘇適只覺得腳下一串悶雷滾過，身邊的弟兄就像被冰雹砸過的高粱般，齊齊整整地倒了下去。隨即，他就看見一面猩紅色的戰旗，在死亡的火焰中現出了身影。

旗面下，有名身穿精鋼坎肩兒的將軍猛的向前揮了一下手，又是數百條亮麗的弧線。

「轟！」「轟！」「轟！」雷聲滾動，血肉橫飛，當著四分五裂！

「擲彈兵，攻擊前進！」

第三軍團長史李子魚用力揮動令旗，帶領三百名精挑細選出來的壯漢，將甜瓜大小的手雷朝敵軍砸去。

「轟！」「轟！」「轟！」又是一陣電閃雷鳴，四個苗軍百人隊足足被放翻了三分之一，剩下的魂飛膽落，轉身加入了逃命的隊伍。

「第三〇二四團，結三角陣，攻擊前進！」

李子魚繼續揮舞令旗，古銅色的面孔上，寫滿了為將者特有的從容，「擲彈兵，跟在三〇二四團身後，隨時準備強行開道！」

「諾！」周圍的親兵們齊聲回應，然後用燈籠和嗩吶，將命令轉化為所有人都能聽得見看得見的信號，傳遍整個山丘。

「滴答答，滴滴嗒嗒，嘀嘀嘀，噠噠噠噠噠……」

從黑暗處殺出來的淮揚第三軍團精銳們，在跑動中迅速組成了一個巨大的攻擊三角。刀盾兵在最外，然後是兩排火槍手，跟在這個三角形之後，則是三百名身材高大，膂力強勁的擲彈兵。每個人身上都只披了一件非常單薄的鋼絲背心，每個人腰間除了一把匕首以外，就只剩下了一排香瓜大小的手雷。

大總管府過去很少插手各軍團的具體事務，所以淮安軍的幾大主力都受其主將的影響，在戰鬥中形成了自己的特定風格。第一軍團火炮配備數量最多，型號也最複雜，所以每戰必以火炮開道。

第二軍團則保留了最多的冷兵器和重甲，衝鋒陷陣時銳不可擋，而徐達所指揮的第三軍團，外界通常只傳聞一個「穩」字，每戰必然謀定而後動，動起來就如海水漲潮，一浪接著一浪，吞噬任何阻擋……

這些傳聞不能說完全錯誤，但是幾乎所有人都不小心忽略了兩個事實，第一，三軍團除了都指揮使徐達之外，還有一個武力堪比陳德的副都指揮使王弼；第二，三軍團的長史李子魚原本為擲彈兵副千戶，而第三軍團是幾大主力當中，唯一還保持著擲彈兵建制的隊伍，規模為一個團。

誠然，早期的點火式手雷存在著攻擊距離近，啞火率高，容易被對手避開等若干缺陷，所以隨著四斤炮和虎蹲炮的出現，其地位就迅速被後者取代。但是，隨著玻璃的誕生，如今淮揚所產的手雷，已經不需要外部點火，而黑火藥的顆粒化和內部導火線技術的不斷改進，也令手雷的威力與穩定性，與日俱增。

此外，手雷的攻擊距離雖然遠不如火炮，但是手雷卻擁有火炮無法相比的靈活性。並且還不需要造價高昂的炮管。一千門四斤炮，足以讓淮揚大總管府的財政連續數月入不敷出，而培養訓練一千名擲彈兵所花費的開銷，卻與普通戰兵基本相同，甚至遠低於重甲戰兵。

所以在得到了軍情處的密切配合之後，第三軍團都指揮使徐達立刻將擲彈兵這個殺手鐧祭了出來，由長史李子魚親自帶隊，率領一個步兵團和一個擲彈兵營，在苗軍內部線人的帶領下，悄悄地潛行到了楊完者的中軍駐地，白起嶺紫雲丘附近，然後再利用山民們每逢中秋月圓，必然放下手邊一切進行拜月祭典的時機，自紫雲丘側面的斷崖直接攀上的丘頂。

集結、列陣、摸索前進。當確定了前來巡邏的敵軍，是早已被軍情局收買了鍾矮子之後，勝利的曙光已經遙遙在望。

而那鍾矮子在將李子魚領到正確位置之後，就果斷帶領其所部的山民，主動讓開了攻擊的道路。他的任務到此已經基本完成了，再衝殺下去，便會讓自家傷筋動骨。而整個部族的搬遷，卻不是一朝一夕的事，沒有足夠的男丁為依仗，錢財越多，越容易受到周圍其他山民部落的窺探……

隨著他們的主動撤離，山丘上敵我雙方的隊伍就漸漸變得分明，陣形齊整，有條不紊地朝著丘頂帥旗處推進的，是一千三百多名淮安精銳。而東一簇，西一股，像受驚的螞蚱般四下亂竄的，則是楊完者匆忙調回身邊護駕的嫡系親兵。

後者要麼出身於楊完者自己的寨子，要麼寨子首領與他楊氏家族之間長期通婚，互有姻親。

正所謂打仗親兄弟，上陣父子兵。在冷兵器時代，血緣關係往往比政治或利益同盟更為牢靠，儘管擋在淮安軍兵鋒所指位置上的山民一隊隊地被鋼刀砍死，一排排地被火槍射成篩子，一簇簇地被手雷送上天空，卻依舊有麻線和小鑼前仆後繼地帶著自家嫡系上前卡位，拼將一死，也要替楊完者這個主帥爭取時間。

而楊完者在此時此刻，也顯出了一個百戰老將的應有素質，知道自己的安危是決定整場戰役的勝負關鍵，所以也不在乎什麼顏面不顏面，在剩餘的四百名親兵的簇擁下，果斷退向了山丘的另外一側，向臨近的其他部落靠攏。

只要能與麾下幾個大將所統屬的部落兵會合，淮安軍的整個作戰計畫就會落空；只要他能逃到安全地點，憑著百倍於敵的山民，就是一人一口吐沫，也能將由斷崖爬上紫雲丘的這千把淮揚精銳活活淹死！

「想走，沒那麼容易！」李子魚早在出戰之前，就在沙盤上反覆推算過楊完者的應對舉措。發現此人果然準備棄軍潛逃，立刻從親兵手中扯出一面金黃色的戰旗，高高舉向了空中。

「呼啦啦！」綢緞做的旗面被夜風吹動，來回翻捲，反射出一團團金色的流光，照亮每名淮安士卒的眼睛。

「滴答答，滴滴答，滴答答滴答答！」銅嗩吶聲撕心裂肺，三角形攻擊陣列猛的從中裂開，化作兩條長龍，一條繼續長驅直入，另外一條，則在半山坡上猛的來了一個大擺尾，掃開周圍的阻擋，繞向楊完者的身前。

「砰、砰、砰！」火槍手在走動中不停地扣動扳機，將滾燙的鉛彈打進敵軍胸口。

走在龍頭處的十餘名刀盾兵則默不作聲，迅速撲過去，踩著中彈者的屍體，將其餘擋路的敵軍從中央一分為二。其他位置上的刀盾兵，則在前進中化作了護體金鱗，將整個隊伍護住，避免受到敵軍殘兵的騷擾。

被刀盾兵護在身後的擲彈兵們則瞅準機會，朝著敵軍密集處丟出一枚又一枚手雷，每次炸響都是血肉橫飛。

他們是擲彈兵，老徐州左軍中最早的火器部隊，新淮揚軍中最老的火器兵種，他們已經太長太長時間被人遺忘，他們今夜要在敵軍的屍山血海中涅槃，如浴火重生的鳳凰一般，驕傲地展示自己的翅膀！

請續看《燕歌行》15 一決雌雄

燕歌行 卷14 幕後真凶

作者：酒徒
發行人：陳曉林
出版所：風雲時代出版股份有限公司
地址：10576台北市民生東路五段178號7樓之3
電話：(02) 2756-0949
傳真：(02) 2765-3799
執行主編：朱墨菲
美術設計：許惠芳
行銷企劃：林安莉
業務總監：張瑋鳳

初版日期：2020年10月
版權授權：蔡雷平
ISBN ：978-986-352-864-7
風雲書網：http://www.eastbooks.com.tw
官方部落格：http://eastbooks.pixnet.net/blog
Facebook：http://www.facebook.com/h7560949
E-mail：h7560949@ms15.hinet.net
劃撥帳號：12043291
戶名：風雲時代出版股份有限公司

風雲發行所：33373桃園市龜山區公西村2鄰復興街304巷96號
電話：(03) 318-1378
傳真：(03) 318-1378
法律顧問：永然法律事務所 李永然律師
北辰著作權事務所 蕭雄淋律師

行政院新聞局局版台業字第3595號 營利事業統一編號22759935

定價：270元

國家圖書館出版品預行編目資料

燕歌行 ／酒徒 著. -- 初版 -- 臺北市：風雲時代，
2020.04- 冊；公分

ISBN 978-986-352-864-7（第14冊；平裝）

857.7　　　　109000129